ゲーマー兄妹たちはカップルにならなきゃ出られないそうです
ノーゲーム・ノーライフ 11
NO GAME NO LIFE
著／イラスト◎榎宮祐

『あ～だっる……
な～んであたいがこんなことせにゃならんのだわ。
クソが』

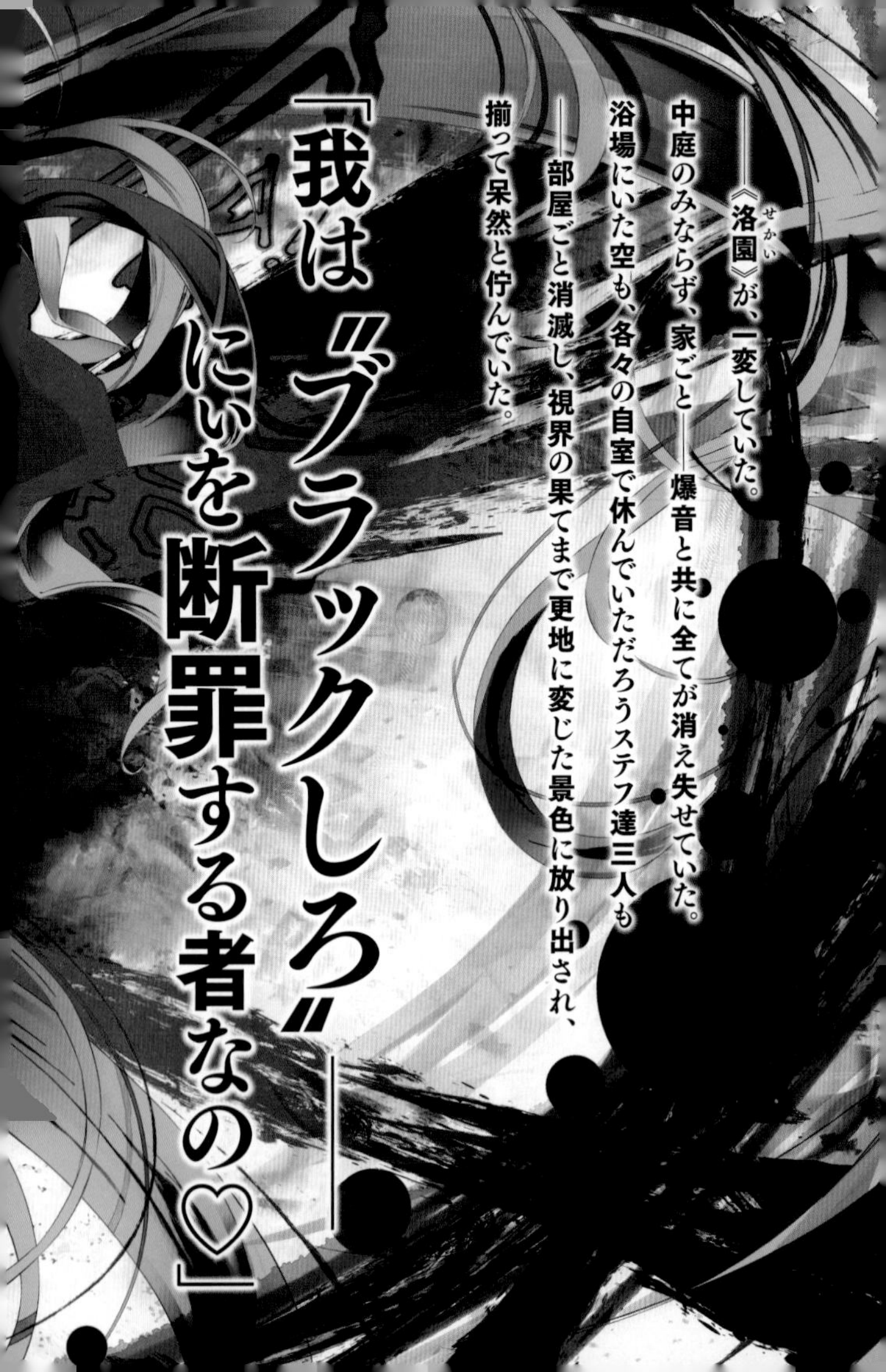
——《洛園《せかい》》が、一変していた。
中庭のみならず、家ごと——爆音と共に全てが消え失せていた。
浴場にいた空も、各々の自室で休んでいただろうステフ達三人も
——部屋ごと消滅し、視界の果てまで更地に変じた景色に放り出され、
揃って呆然と佇んでいた。
「我は〝ブックしろ〟——
にぃを断罪する者なの♡」

「……よし、最終確認だ。
イミルアイン、本当にできるんだな？」
「【肯定】当機の視覚および
自律浮遊型観測機《ドローン》によって
記録された全映像情報。
指定修正を加えて

ご主人様の端末《スマホ》で
再生可能動画《フォーマット》にして転送。
余裕のよっちゃん。えっへん」
各種族を代表する文字通り
人知を超えた美女美少女が、概ねここ!!
エルキア王城・大浴場に集結したのである!!

十の盟約

唯一神の座を手にした神、テトが作ったこの世界の絶対法則。
知性ある【十六種族《イクシード》】に対し一切の戦争を禁じた盟約——即ち。

【一つ】この世界におけるあらゆる殺傷、戦争、略奪を禁ずる
【二つ】争いは全てゲームによる勝敗で解決するものとする
【三つ】ゲームには、相互が対等と判断したものを賭けて行われる
【四つ】〝三〟に反しない限り、ゲーム内容、賭けるものは一切を問わない
【五つ】ゲーム内容は、挑まれたほうが決定権を有する
【六つ】〝盟約に誓って〟行われた賭けは、絶対遵守される
【七つ】集団における争いは、全権代理者をたてるものとする
【八つ】ゲーム中の不正発覚は、敗北と見なす
【九つ】以上をもって神の名のもと絶対不変のルールとする
【十】みんななかよくプレイしましょう

CONTENTS 11

ノーゲーム・ノーライフ 11
ゲーマー兄妹たちはカップルにならなきゃ出られないそうです

榎宮 祐

MF文庫J

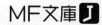

口絵・本文イラスト●榎宮祐
編集●大竹卓

ストリームスタート

初恋がいつだったかは、終わってはじめてわかるという。
ならば自分は、永遠に初恋を知ることはないだろうと少女は思う。
いつ始まったのかもわからないこの恋は——だけど、それでも。
永遠に終わらないことだけは、わかっているから。
——…………

——その恋がいつ始まったのか、少女には記憶がなかった。
だが、彼と初めて逢《あ》ったその瞬間——ではなかったはずだ、と思う。
生まれた瞬間か、あるいはそれ以前だったようにも思えた。
彼に恋していなかった頃、どうやって呼吸をしていたのか、思い出せない。
彼の顔を見るため——それ以外に、朝目を覚ます動機が、思い出せない。
彼に笑って欲しい——それ以外に、笑う理由も。
彼の腕のぬくもりを感じる以外に、眠る意味も……何も——
少女には、彼がいない頃の自分を思い出すことはおろか、想像もできなかった。

だから少女は思う——きっと自分は、彼と出逢《であ》うために生まれたのだろうと。
彼に出逢うまでは、まだ生まれてさえいなかったのだろうと。
故に、その恋が終わるとすれば、死ぬ時だろうと——半ばそう確信していた。
……あるいは、と。ある日少女は思った。
たとえ死んでも自分は——生まれ変わってでも彼に逢いに行くだろう。
では——そう想《おも》いながら、既に死んだのだとしたら？
なるほど、彼に恋したのは前世となり、記憶がないのも当然であった。
ならば自分は、やはり永遠に初恋を知ることはないのだろう。
この恋はきっと、死さえも終わらせられないのだから——

□□□

——かつてそう思考した日から、どれほどの時が過ぎただろう。
果たして少女——白《しろ》は、その日、ある『扉』の前に立たされていた。
そこには、白の他に、当然兄と——そして何故《なぜ》か、余計な三人がいて。
五人が揃《そろ》って注視する『扉』には大きく、こう……記されていた……

――『カップルにならなきゃ出られない空間』と……

そう――つまり。

――自分と兄を、言うに事欠いて――カップルじゃないと宣《のたま》った挙げ句に。

兄を、自分以外の誰かとくっつけようとする〝なにものか〟の存在を示す『扉』に。

すなわち――死さえも終わらせられないはずの、己の恋を。

今まさに終わらさんとす――〝敵《なにものか》〟に、その日、白は。

ふっ、と……小さく笑みを零《こぼ》して……静かにキレた――

■■■

エルキア王国――首都エルキア。

滅びに瀕《ひん》していた様相は一転、忙《せわ》しなく人が行き交う活気に満ちた王都。

その中央に聳《そび》える王城の談話室で、現在三つの人影が円卓子《まるテーブル》に向かっていた。

一人は『I♥人類』と書かれたシャツを着た、黒髪黒瞳の青年――空《そら》。

もう一人は、その膝上《ひざうえ》に座る、長い白髪にルビー色の瞳の少女――白。

民に『放蕩《ほうとう》王』『留守王』『不労王』と無数の二つ名で愛されるエルキア王二人。

彼らは今――働いていた。

──そう。働いていたのである……っ!!

……正確には、トランプでゲームしているだけなのだが?

ゲームで全てが決まるこの『盤上の世界《ディス・ボード》』──その一国の王が行うゲーム。

遊んでいるようにしか見えずとも、崇高な労働であるのは誰の目にも明らかであった。

そんな勤労王二人の対面に座るは、本日の対戦相手──某伯爵家のご令嬢。

急拡大したエルキアの新たな領地から齎《もたら》される、資源や希少産物。それらの利権を求める銭ゲバ──もとい諸侯の陳情は通常、宰相が対応する案件なのだが。

その要求が〝王に直接関わる内容〟となると、王が相手するのは当然であり──

「ほい、俺の勝ち。悪いけど、俺を相手するには一生早かったな♪」

空《そら》が無造作に開示したファイブカード──露骨なまでのイカサマを隠しきったまま勝利してのけ煽《あお》ってみせたのも無論、やむなき自然な労働行為に他ならなかった。

だが──

「……さすがは我が王。見事なお手並み。感服いたしました」

敗北した伯爵令嬢はそう席を立ち、優雅にドレスを摘まみ深々と一礼した。

「それでは誓いに則《のっと》り──〝侍女〟として御身に仕えさせて頂きたく存じます」

──彼女が勝てば、某伯爵家を陞爵《しょうしゃく》し、新領地に辺境伯として封じる。

負ければ以降は宰相の政策に従い、更には自ら侍女として王宮に奉公する。

それが、この勝負で交わされた賭けの内容……だったのだが……

「……ふむ。さすがに最近、ちょっと様子がおかしいな……？」

伯爵令嬢改め——侍女見習いEとなった背中を見送り、空は怪訝《けげん》そうに呟《つぶや》いた。

諸侯当主ではなく、その娘が代理として挑んでくる展開——これで五回目である。

しかも敗北した令嬢らの様子も、一貫しておかしい。

悔しがる様子はなく、むしろ一様に上気した顔で、上機嫌で帰っていく……

新領地の利権に関わる道を断たれた上に、メイド服でお茶《ちゃ》汲み係に任命されたハイソなご令嬢が「っしゃあ!!」とガッツポーズまでかますのは一体何事なのか……？

「まさか変な風邪流行《はや》ってねーだろな？　異世界で疫病とか勘弁して欲しいぞ」

エルキアの文明水準は精々十五世紀初頭程度——抗生物質など当然ない。

下手な病が流行すれば亡国の危機に直結——というか空達の身も危うい。

場合によってはエルキア連邦で対策を協議する必要がある事態だが——

「……にぃ。……そんなだから……童貞、なの……」

「たまには国を憂うことが童貞の原因だった!?　ならば国なぞ直ちに滅びよっ!!」

膝上《ひざうえ》の妹に冷たく告げられた衝撃の指摘に、光の速さで暗君落ちした空に、

「白《しろ》様がおっしゃりたいのは、敗北こそ彼女達の目的だった、ということかと♪」

答えたのは、刹那前まではそこにいなかったはずの華やかな声。

虚空を脱ぐように顕《あらわ》れた瞳に十字を宿す少女——天翼種《フリューゲル》ジブリールだった。

「……？　敗北が目的？」

「はい。つまり〝マスターに侍《はべ》る権利〟こそが、真の狙いだったのではないかと」

……なるほど、そういうことか、と空《そら》は顔をしかめた。

敗北の代償に見せかけ、国王の傍《そば》に自分の娘を送り込み——その美貌や色気で空を誑《たら》し込ませる方が——ゲームで勝つより脈あり、と。首尾よく行けば王妃の座すら狙える。

貴族的には、由緒正しき政略結婚の布石なのだろうが——

「……親の命令でハニートラップの駒ってのは、気分の良い話じゃないな……」

そういうことなら、全員故郷《くに》に帰すか……と思案する空に、だが。

「何故《なぜ》でしょう。彼女達にとっては、願ったり叶《かな》ったりかと思われますが？」

「……ん？　何が？」

理解の追いつかない空に、ジブリールは満面の笑みを浮かべて言う。

「未《いま》だ人類種《イマニティ》の感情の機微には疎い私でございますが——彼女達が、どこからどう見てもマスターに〝ほの字〟であることは明白にございますので♡」

ほの字て。古いなまた。

だが——それこそあり得ない話、と空はため息吐《つ》いて応える。

「まだ当分疎いままっぽいなジブリール。俺のどこに惚《ほ》れられる要素が？」

「お言葉ですがマスター、ご自分を顧みられてはいかがでしょうか」

ふむ……

童貞でコミュ障で学歴・職歴・彼女歴なしのゲーム廃人かつヒキコモリ。

恥しかない生涯を送っているのを、今更顧みてどうして欲しいのか。

「まず――マスターは人類種《イマニティ》最後の国、このエルキアを救った〝英雄〟でございます」

だがジブリールは芝居がかった声音で、大仰に続ける。

「異世界からこの『盤上の世界《ディス・ボード》』へ舞い降り、人の身で森精種《エルフ》の間者――魔法を打ち破り
王となられた……マスターが現れなければ人類種《イマニティ》は滅亡さえあり得たでしょう」

……それは、まあ……

「そして玉座に就くや、異界の知識でエルキアを平定!!　天翼種《わたし》を容易《たやす》く降《くだ》してみせっ!!

世界第三位の大国・東部連合《とうぶれんごう》を降し領土を奪還!!　更にオーシェンドの奸計《かんけい》も叩《たた》き潰《つぶ》し!!

ついには神霊種《オールドデウス》を降し機凱種《エクスマキナ》さえ従え!!　――この全てを〝無血〟で行ってみせました」

……まあ、うん……

「かくして滅びに瀕《ひん》していたエルキアを、複数の種族からなる一大〝連邦〟――今や世界
最大国エルヴン・ガルドにも匹敵する、エルキア連邦へ押し上げたのでございます」

……ふむ……

「人類種《イマニティ》では決して及ばぬと誰もが諦めていた強敵を前に。恐れず怯《ひる》まず果敢に挑み!!知略を以《もっ》て捻《ね》じ伏《ふ》せ——ついには神霊種《かみ》さえをも降《くだ》し。誰も夢にさえ見ることのなかった〝種族の壁を超えた共栄〟を実現——嗚呼《ああ》、人類種《イマニティ》に限界などないと示す可能性の体現。生ける伝説にして最新の神話!! ——以上。それがマスターでございます」

……なるほど、こうして飾り立てられると最高にカッコよく聞こえる。

その内実——〝童貞コミュ障の物語〟の部分さえ伏せればまさに英雄譚《たん》だ。

そう遠い目で黄昏《たそが》れる空《そら》に、だが——

「そんなマスターが客観的に——おモテにならない理由がございましょうか」

「…………客観的、に？」

——言われてみれば……？

内実がどうあれ結果だけ見れば、ジブリールの解釈も不可能では、ない？

「ましてそれらを抜きにしても、マスターは紛《まご》うことなき『王』——私人としてどうあれその財や権力を目当てに言い寄る女性が現れるのは、至極当然のことではないかと」

——な、なるほど。それは確かに。

そも貴族の政略結婚と言えば聞こえは悪いが、職業や経済力といったステータスで結婚相手を値踏みするのは庶民でも当然のことだ。何も批難されることではない。

「改めてお伺いしますが——何故《なにゆえ》に、マスターがモテないと思われるので？」

「……え、えーと……白《しろ》さん？ ジブリールくんはこう仰《おっしゃ》っておられますが」

確かに、冷静に考えれば、その通り……のような気もしてきた。

だが、それでも直感に反する答えを前に、確認を求めて白を見下ろす。

果たして——膝上《ひざうえ》の白が一貫して不機嫌そうにしていた理由と共に、

「…………ん。最近の、にぃ……モテすぎ、てる……」

そう肯定した言葉に、空は頭を殴られたような衝撃に身を震わせた。


そういやそうじゃんっ!?


冷静に考えたら——俺ってば王《キング》ぞ!?

人類種《イマニティ》の王《キング》。しかも救国の英雄ぞ!?

それでモテなきゃ誰がモテるのだ!?


いや、そも——ゲームで全てが決まる世界——

あらゆる武力が禁止され、ゲームで決するこの『盤上の世界《ディス・ボード》』において。

ゲームの強さとは——唯一許された〝絶対的な武力《ちから》〟そのものではないか!!

人類最強の男——人類女子に最もモテる男であるは至極必然ではないかッ!?

「いいえマスター。失礼ながらまだ謙遜が過ぎます」

知らず口に出ていたらしい空の思考に、だがジブリールは粛々と訂正を入れる。

「マスターは確かに〝人類種《イマニティ》最強〟ながら——〝人類種《イマニティ》のみの最強〟ではございません」

……なん……だと？

「マスターは既に天翼種《わたし》を。更には森精種《エルフ》を退けておられます。獣人種《ワービースト》、海棲種《セーレーン》、吸血種《ダンピール》、神霊種《オールドデウス》、そして機凱種《エクスマキナ》さえ——それ以上の武力《ちから》を有すると証明済みでございます」

——つ、つまりなんだ？　もしやと思うが……？

「全人類女子どころか!!　天使っ娘にエルフっ娘ケモ耳っ娘マーメイドっ娘ヴァンパイアっ娘——あまつさえ神っ娘とメカっ娘《こ》までも既に我が武力《モテ》に跪《ひざまず》く運命にある、とっ!?」

なん——ということだ。人類史上、最もモテる男——否《いな》。

有史以来『最大最高のモテ王』が、既に爆誕していた——ッ!?


「それではマスター……以上を踏まえた上で、ジブリールめから提案がございます」

「ほう……このモテ王《オレ》に提案だと。いいだろう。特別に赦《ゆる》す。述べてみたまへ？」

かくて光の速さで調子に乗った空《そら》に、ジブリールは当然と跪き述べる。

「侍女に迎えられた五名——侍女でなく〝後宮〟に迎えては如何《いかが》でございましょう」

——後宮。王の妻や、愛人を住まわせる宮殿。

要は——〝モノホンのハーレム〟のことである。

「彼女らの顔を見て明らかなように、拒否はなさらない——むしろ喜んで入られるかと。

また、その際是非とも私もそこに迎え入れて頂ければ有り難く存じます♥」

……い、いや……

いやいや……それはさすがに。こう、マズくね？

いつの間にやらモテ王にはなっていたらしい男。

だが依然として童貞王である男は、ジブリールの提案にビビって視線を落とす。

膝上《ひざうえ》の白《しろ》から、氷点下の眼差《まなざ》しを確信して身構えていた空は――だが。

「……………ん。……〝妾《めかけ》〟なら……正妻にならない、し……？」

予想に反し、葛藤しながらも白が親指を立てて――告げた。

「……許可、する。……にぃ、童貞卒業……おめ」

「ステ～～～～フッ!! 今すぐ後宮を建てるぞ！ ハーレム王に俺はなるっっ!!」

善は急げ。白を小脇に抱え放たれた矢のように執務室に飛び込み。

ドンと擬音を背負って吠《ほ》えた空に、机に向かい書類にペンを滑らせる赤毛の少女。

エルキア宰相――ステファニー・ドーラは……緩慢に、ゆっくりと、振り向いた。

そして――落ち着き払った様子で、深々とため息を吐《つ》いて……告げた。

「……そろそろ起きてくれませんの？」

――――？

はて。ステフは何を言っているのだろう。まったく意味がわからない。

ははー～ん？　さてはステフもこの最強王のハーレムに入りたいのだな？

よしよし愛《う》い奴《やつ》め。安心したまえよこの覇王空《そら》がちゃ～んとまとめて面倒見て――

「……気付いてますわよね？　これ、夢ですわ」

「…………………え。あ、あれ？」

そうステフが言うや――ピシッ、と。

何かに亀裂が走る音と共に、世界から色が消えた。

「というか、ソラがモテるわけないじゃないですの……」

一言重ねる都度また――ピシッ、と。

それは、果たして夢が崩れゆく音か。

――――な、なんでさ。

だ、だって僕……人類最強、の……ゲーマー……

「ええ。でもその強さすらもシロがいてこそですわ。ソラという個人は――」

――ピシッ、と。

はたまた空の心が割れていく音か。

――や、やめろ……その先を言うな……っ！

「一人ではゲームはおろか、喋《しゃべ》って歩くこともできない赤ちゃん未満ですわ」

――ビキキッ、と。

果たして派手な音に、己の心が割れる音だと察した空は。

なんとかステフの言葉を遮ろうと声を振り絞る――

や、やめろって……なあ!!

「嘘《うそ》つきのペテン師の詐欺師。いつも尊大に強がってみせてますけど、本当は自分に自信なんてこれっぽっちもない。モテたいと言いながらいざ好意を向けられてもどうしていいかわからず逃げるしかできない彼女欲しがっても性欲と愛情の区別もついてないから何をしたいのかすらわからないズルくて卑怯《ひきょう》で卑屈な人格破綻者――それがソラですわ」

そしてついには――ガラガラ、と。

心が崩れゆく心を聞きながら、空は、嗚呼《ああ》……と……

「あまつさえ仕事もせず、民の前にもろくに姿を見せないヒキコモリの放蕩《ほうとう》王が、どうしたらモテると思えるんですのよ。バカな夢見てないでせめて仕事してくれませんの？」

そうして急激に遠ざかっていくステフの声に。

白んで浮上していく意識の中、空はうっすらと――微笑《ほほえ》んだ。

――ああ、気付いていたさ……これが夢だなんて、とっくに。

なんなら俺と白《しろ》が真面目に働いている時点で、もう気付いていたともさ。

でも――いいじゃん。夢でもさ……

というか、夢の中でくらい、夢を見させてくれても、いいじゃん……？

果たして何万回目かわからない思いを胸に、空はゆっくりを目を覚ます。

……どうせ夢なら、せめてエロいことさせてから醒《さ》めろよ、と……

■■■

「ソラァ〜〜〜!! シロォ〜〜〜!? そこにいるんですのよね!? 寝てるんですの!?」

騒がしく扉を叩《たた》いて響くステフの声を、空《そら》は布団に包《くる》まって聞いていた。

嗚呼《ああ》——夢の中と同じように、今日も己を叩き起こして仕事しろと言うのだろう。

なんとも慣れた現実からの呼び声に、空は嗄《か》れた声で——絞り出すように返した。

「……どーせモテないから起きたくない……」

「今までで一番意味不明な理由ですわ!? いるなら早く起きて出てきなさいなぁ!?」

そう吠《ほ》え、ついに扉を蹴り始めたステフを無視し、空は更に深く布団を被《かぶ》った。

——夢から醒めた空は、泣いた。

枕に顔を埋《うず》めて、それはもう、ぐったりするくらい泣いた。

夢の中でさえハーレムが実現しなかったから——ではない。

気付きたくなかった真実に、気付かされてしまったからだ。

そう——空は童貞である。

確かにヒキコモリかつ不労者、ダメ人間街道を絶賛猛進中の身である。

だが夢の中でジブリールの語った通り、それでも、人類種《イマニティ》最強のゲーマーの片割れではある。それは事実であり、何より一国《エルキア》の『王』であることにも間違いはないのである。

それほどの権力と地位があって、なおもモテないこの現実。

では、ならばどうすれば空はモテるのか。答えは明瞭――

――〝不可能《どうしようもない》〟である……

かくして空は、泣き腫らした声帯を振り絞って扉の向こうへ語る。

「男が生きる理由なんざな……要するにモテるためなんだよ……」

――人はなんのために生きるのか。

高尚なこの問いは、だが少なくとも男性諸氏には明確な答えがある。

それは生物学的に言えば、優れた個体であると示し魅力的な異性と繁殖すること。

身も蓋もなく言えば、男が頑張るのは、常に〝カッコいいと思う〟からであり。

要するに女の子に「カッコいい♥」と瞳にハートを浮かべて言われるためである!!

命を賭け戦うのも富や名声を求めるのも――生きるのも要はモテたいからである!!

……では、もし。決してそうはならないとしたら？

どれほど命を賭け戦い、富と名声を積み上げようとも女の子にハートを浮かべた眼《め》を向けられることなく――決してモテることなく、永遠に彼女ができないとしたら？

「……一生モテないと知ってなお、朝目覚める……何のため？　決して報われない苦痛《じんせい》がただ続くだけと悟ってなお、それでも何故《なにゆえ》に生きる？　嗚呼《ああ》……俺は疲れたよ……」

　ああ……もう、疲れた。

　モテない現実に疲れた。

　モテると夢見ることさえ許されない人生に、疲れた。

「なあ、白《しろ》……兄ちゃん、このまま布団で朽ちるけど、いいよな……？」

「……すぴぃ……」

　隣で寝息を立てる妹を抱いて、これが今生最後の涙だ、と。

　そう目を閉じた空《そら》は、だが──

「何を言ってるかぜんっぜんわっかんないですわよ!!　いいからとっとと起きて出て来なさいなぁ!!　異常事態なんですのよ!!　私達《わたくし》──閉じ込められてるんですのよ!?」

「申し訳ございませんマスター。空間転移も魔法も使えないようで──」

「【付随】現在地も不明。出口と思われる扉含め建物の一切が破壊不能。また飲料水含む食料も未確認──【結論】ご主人様達に深刻な命の危機と推定。地味にやばい」

　ステフに続いた更に二つの報告に、ようやく白と共に身を起こした。

　──…………はあ？

「…………え？　どこだ、ここ？」

なんとかベッドから身を剥《は》がし、白を連れて部屋を出たそこは。

エルキア王城でもなければ、城内にある空と白の自宅でもなかった。

全く見覚えのない部屋であるそこには──ステフの他に、光輪を頂く天翼種《フリューゲル》の少女と、あやめ色の髪の機凱種《エクスマキナ》──ジブリールとイミルアイン、二人の姿もあった。

彼女ら曰《いわ》く、空間転移も魔法も使えず、建物の破壊もできないという。

与えられた不穏な情報を前に、ステフもまた不安げに──続けた。

「やっぱりソラもわからないんですのね……みんな、気付いたら知らない部屋で寝ていたようなんですの……どこですのここ。というか──どうしてここにいるんですの？」

つまり──空と白、ステフ、そしてジブリールと、イミルアイン。

五人揃《そろ》って、見知らぬ部屋で目覚め、何故ここにいるのかもわからない……

魔法が使えず──自力での脱出は不可能と思われる密室に閉じ込められ、食料もない。

ステフが叫んだ通り、異常事態らしい現状に、空は改めて冷静に周囲を見回した。

そこはやはり見覚えのない──どこかファンシーな装いの部屋。

窓の一つさえないそこからは、外の景色から何処《どこ》かを窺《うかが》い知《し》る術《すべ》もなく。

ただ、中央に申し訳程度のソファーとテーブル、五つの椅子があるだけ。

そして──小さな扉が四つと、大きな扉が一つあるだけの空間だった。

小さな四つの扉は――空《そら》と白《しろ》、そして三人がそれぞれ目覚めた部屋への扉であり。

必然、出入り口があるならそれだろう――大きな扉へ、空は無言で歩み寄った。

……ノブも、鍵穴もない。だが押しても微動だにせず、開く様子はない。

だが、それも当然だろう。なにせ――と。

改めて眼前の扉にかかった札を見やる空に倣うように。

そう――きっとそれが最大の問題であろうと、誰もが思っていたのか。

五人は、揃《そろ》って扉にかかった札を見やった。

より正確には、扉にかかった札に並ぶ――人類語の文字列を。すなわち――

――『カップルにならなきゃ出られない空間』という一文を……

■■■

――つぅ……と。

「ソ、ソラ!?　急に泣き出してどうしたんですの!?」

ステフの声もどこか遠く、空の頬《ほお》には先程まで呪った現実への感謝の涙が伝った。

……長かった……苦節十八年。この世界に来てからも久しい。

だがようやく。ついに。待ち望んだ展開が来た――とッ!!

そう――『カップルにならなきゃ出られない空間』――ッ!!

カップル――辞書に曰《いわ》く『一対、一組。主に恋愛関係にある恋人または夫婦』だ。

空と白は明確に二人一組《カップル》だが、今現在出られないなら、ここでは除外されるだろう。

であれば――この文言が指すカップルとは「恋人関係の一組」なのは明白であり!!

かくして女性が四人に、男性は自分一人で！

〝恋人同士にならなきゃ出られない空間〟に閉じ込められた、というわけである!!

永遠にモテない現実に絶望していた空が――これに涙せずにいられようか……

彼女いない歴＝生存時間に終止符が打たれる、歴史的イベントを前に――!!

――どうせまた寸止め展開だろうって？

ふふ。なぁに、今更そこまで望まないさ。

そもそも密室である。エロいことなどできまい。というかエロいことしなきゃ出られない部屋に閉じ込められて本当にエロいことする奴《やつ》らって監視されてんのとかガン無視なの凄《すご》いよな。だからリア充なのかな？　ともあれそこまでは端《はな》から求めていない!!

だがここを出るための口実、形式的なことに過ぎないとしても!!

ここから出られた時、空は自動的に「彼女いたことない童貞十八歳」から「彼女が一瞬はいたことがある童貞十八歳」にバージョンアップしているのであるッッ!!

……何が違うと思っただろうか？
ところがどっこいまったく違うのである。
王であり、人類最強のゲーマーの片割れである空《そら》が、何故《なぜ》モテないのか。
それは――『0《ゼロ》に何をかけても0《ゼロ》だから』だったと考えられるのであるッ!!
0《ゼロ》にいくら富や名声などをかけたところで、結局は無《ゼロ》のままなのだが、しかし！
一瞬でも彼女がいたことはある――〝0・1〟なら1以上の答えも望めるのである!!
一瞬とて彼女いたことない童貞と、すぐ別れたが彼女がいたことはある童貞。
そのリア充度に、天地の間より大きな乖離《かいり》があるのは明白であるが故に!!

……ああ。無論、決して楽観視できない――異常事態ではある。
前後の記憶は無く、脱出不能の密室に監禁され命も危うい中、恋愛関係を強要……
だが『十の盟約』がある以上――一方的な拉致監禁や、記憶消去は不可能である。
例外は〝相互同意〟のみ。すなわちこの状況もまた、同意の上で行われたものだ。

――そう、この状況は間違いなく『ゲーム』だ。
対戦相手も目的も不明――そこまで条件に織り込んだ――攻略可能なゲームだ。
この条件でも勝ち目があると俺が判断しなければ、この状況は成立し得ない故に。
まさかこの俺がモテないことに絶望して「彼女つくれるなら何だっていい！」とか！

トチ狂ってノリと勢いで勝てないゲームを始めたハズもなし……ッ!!

であれば——もはや何も恐れることはない。

逆フラグ立ても万端、条件は全てクリアされた、幸せな勝利《キス》は目前である！

ここまでをコンマ秒未満で思考し終え、空は改めて視線鋭く、女性陣を見やった。

さあ、我が記念すべき初彼女はこの中の誰かね、ンンンンンン〰〰〰ン!?

「【明瞭】状況を把握。事態解決は極めて容易。余裕。あいんふぁー」

——最初に動いたのは、ある意味予想通り。

あやめ色の髪を靡《なび》かせたメイド服の機械少女は、空の右腕にもたれ——告げた。

「【整理】当該空間はカップル成立によってのみ脱出可能。当機はご主人様が好き。好き。大好き。あいしてる。えへへ。後はご主人様が『俺も』と三音発声すれば晴れてカップル成立。当該空間から脱出可能。さあご主人様。リピートアフターミー。お・れ・も？」

その甘い囁《ささや》きを、空は男が真に不純なことを考えている時の顔。

すなわち——この世で一番真剣な顔《カッコいい》で聞いた。

——フ……初めての彼女が、イミルアインか。いいじゃん？

ちょっと病んでてポンコツで愛の押しつけが重すぎるが、見た目は文句なしの美少女。

しかもリアルにカスタムメイドなメイドでご主人様呼びのロボっ娘《こ》——よしそれで！

「──でしたらマスター。どうか彼女役はこの私めにお任せください」

勢いで承諾しかけた空《そら》の天秤《てんびん》を引き戻すように、今度はジブリールが左腕にもたれる。

「ポッと出のガラクタを選ばずとも、マスターの下僕たる私が。おはようから翌おはようまで、二四時間対応のコンビニ感覚で望む全てのサービスを提供致しましょう♥」

【反論】感情の機微を解さない天翼種《フリューゲル》にご主人様を満足させるサービス提供は不可能」

「はて？　マスターに疎まれていることも察せない人工無能が何か仰《おっしゃ》いましたか？」

「【諦念】番外個体《イレギュラー》の聴覚に異常を検知。歳《とし》だからしかたない。かわいそう」

「脳に異常があるよりはマシで──おっと失礼。脳もないのでございましたね♪」

空を挟んで舌鋒《ぜっぽう》鋭く二人の美少女が殺意を飛ばし合う。

普段ならすくみ上がる空は、だがなおも真剣な顔を崩さず検討を続ける。


──ふむ。初彼女がジブリール──いや、申し分ない。

冷静に考えて、自称下僕であるジブリールは恋人を超えて自分を許容するだろう。

イミルアインのように率先して奉仕するのではなく、求められればその全てに喜んで応じてくれる──そんな問答無用の包容力が期待できる。おいおいどうなっちまうんだ？

いいね、オイいいね!?　俺の人生、今初めて俺が主人公してるぞ!?

クソ童貞の分際で誰を彼女にするか品定めとか何様だと思うが。

だがしかし状況がそうさせるのだ！　そう、これは不可抗力なのだ!!

っかぁ～……やれやれモテる男はつれぇわぁ～～～～!!


「ま、待ってくださいな！　そ、そもそもそういう問題じゃないですわよね!?」

欲望まみれの思考で揺れる空に、ステフが慌てた声で叫んだ。

「【却下】名称不明女性はご主人様への好意を繰り返し否定してる。当問題における発言権は認められない。速やかにご主人様から離れることを推奨。かみひぎん《あっちいってて》？」

「それともドラちゃん、ようやくマスターが好きだと認める気になりましたか？♥」

「は、はぁあ!?　いえ、で、ですから今はそんなこと関係ないですわよね!?」


——ふーむ、だが初めての彼女は、やはりステフだろうか。

なんだかんだ言って、一番恋人っぽくなりそうだ。

料理から裁縫までこなす——地味に万能で、アットホームな魅力が満載である。

何より、確かに美少女だが——美少女過ぎない。なんだかんだ普通っていいよね。

手が込んだ料理をいくら食っても、結局は最後は味噌汁《みそしる》に戻るんだよ。

幼馴染《おさななじ》みヒロインを思わせる安定感に揺れる空は……だが。

続いた言葉に、ようやく暴走していた思考が——止まった。

「カ・ッ・プ・ル・し・か・出・ら・れ・な・い・な・ら・——四・人・し・か・出・ら・れ・な・い・ですわ!?」

「──……、うん？

「私達《わたくし》五人ですわ!?　二組は出られるとして──残った一人はどうするんですの!?」

「ですからその話をしているのでは？　マスターが私とカップルになれば、必然的に白様《しろ》はドラちゃんとカップルでございます。残る一人──つまりは〝誰を殺すか〟という話で検討の余地なくそこの産業廃棄物を正式に廃棄すべきという話でございます」

「──……、え!?　そういう話だった!?

「【否定】カップルの定義が不明瞭。最低限片方の恋愛感情は必要と推定。当機はご主人様がちょー好き。従って当機とご主人様のカップルは直ちに成立可能と判断。また妹様の命令で番外個体《イレギュラー》は妹様を好きになれる。必然的に死ぬのは名称不明女性。おまえだ」

「恋愛感情が条件でしたら、それこそ盟約に誓ってゲームすれば片付く話でございますのでガラクタのノイズは無視して結構ですが──もしやドラちゃん？　ドラちゃんごときが気付く程度のことを、マスターが気付いていないとでも思われたので？」

「【必然】〝誰を見殺しにするか〟という問題。故にご主人様は涙した」

「そ、そんな……ソラ、本当ですのッ!?」

「──………」

ステフの詰問に、だが空《そら》は答えられなかった。

——『気付いてませんでした』とは言えない空気であること、以上に。

それどころではなくなったことに、猛然と脳が高速回転していたからである。

待て待て待て待て——そうすると話が変わって来るぞ空童貞十八歳——考えろッ!!

確かにこの文言では、四人しか出られない。

また当然——同性でもカップルは成立する！

——まずい。まずいまずいまずいまずいまずいまずい——マズいぞッ!?

ならば——この先の展開も見えてるだろーが空クソザコ童貞十八歳!?

「認めませんわ！　誰を犠牲にするかなんて相談でしたら、一切応じませんわ!?」

【要求】脱出手段の代替案。なければ当機がご主人様とカップルになって脱出。然《しか》る後に残った一名の救助方法を再検討するのが最も現実的。つまりは名称不明女性の」

「いいえ!!　ソラの苦悩の顔を見なさいな!!　他の方法を考えてるんですのよねソラ!?」

期待して貰《もら》ってすまないがステフ——そうじゃない。

無論それも考えなければならない。可及的速やかに。

だがそれ以上に優先される問題に空は脳を限界まで加速させ思考していた。

——この展開の行き着く先を。

彼女ができて出られるという予想の修正——すなわち——

「……ぜん、いん――だまれ……」

――ここまで一貫して顔を伏せ無言だった白《しろ》の、初めての言葉。

有無を言わさぬ命令形と声音に、水を打ったように静寂が落ちる。

そしてゆらりと、死神のような気配を纏《まと》った顔が――振り向く。

――無論、その場の誰にも、白の内心など知り得なかった。
だが自分と兄を〝カップルじゃない〟と宣われた時点でとっくにキレていた白は。
更には――誰も〝空《そら》と白がカップルになる〟という選択肢をあげなかったことに。
果たして――

「……みんな……ゲーム、しよ？」

マグマのように煮《に》え滾《たぎ》る感情を、笑みで蓋して朗らかに続けたのは、

「……負けた人、は……〝空《にい》への一切の感情を恒久的に破棄〟……にぃを嫌いになる……

そのあと、で……改めて……誰がカップルになる、か……決めれば、いい……」

白にとって命より重い――〝己の恋〟を賭けたゲームの提案だった。


――ああ、ちょうどいい機会だ。

ここで、おまえら、全員――一人残らず駆逐してやる――と。

誰が正ヒロインか、白黒つけようじゃないかという、それは。

白以外の女性陣への──明白な宣戦布告──否《いな》。

──〝根絶宣言〟であった……

その内心は知り得ずとも。

白が纏う問答無用の〝敵意〟から意図を汲《く》み取《と》った女性陣は──果たして、

「【応戦】当機の愛《こころ》を奪おうとする。機凱種《エクスマキナ》の本質。危害するなら対応する。万難排除。手段不問にて敵を撃滅する。以上《アウス》。……死ぬ気でかかってこい。当機、まけない」

「未《いま》だ恋愛感情を解せずにいる不出来の従者ながら──白様に抵抗を許可されたとあらば全身全霊手向かいさせて頂きます。謹んでお胸をお借りし、いざ全力で──参ります」

ジブリールとイミルアインは、大気を震わせるまでに決死の戦意を漲《みなぎ》らせ。

「わ、私《わたくし》はそもそも破棄するような感情、な、ないですわ!?」

同じく決死の思いで声を張り上げたステフだったが──

「【命令】なら直ちに了承を。当機の解析。潜在的最大障害は名称不明女性。この機会にご主人様争奪戦から全ての敵を排除する。ひとりも逃がさない。でで・でっででん」

「失うものがないのでございましたらなんの問題が？　──ドラちゃん宣言を♥」

「……ステフ……もお、くだらない茶番……おわり、に……しよ？」

宣言通り、一人も逃がす気はないらしき三人によって包囲された。

「〰〰〰ソ、ソラァ!?　こ、この方々を止めてくださいな!?」

真顔のイミルアイン、笑顔のジブリール、冷笑を浮かべる白《しろ》に詰め寄られ。

混迷を極めていく状況に、救いを求めて声を上げたステフに——だが。


——**ガンッ!!**　と……


応えたのは、一瞬にして場に静寂を落とした——重い打撃音と。

「……んなんだよ。それ……おい。ナメてんのか？」

拳《こぶし》が砕ける勢いで扉を殴りつけ、続いた空《そら》の咆哮《ほうこう》に一同は目を剥《む》いた。

「こんな状況《こと》を!!　俺が同意するわけねえだろが——ッ!!　あぁッ!?」

そう——あり得ないのである。

同意がなければ成立し得ないはずの状況——だが、それでも。

己がこの状況に同意したはずがないのである!!

何故《なぜ》なら、この展開の終着点など、一つに決まっているからだ。

すなわち——


これ百合《ゆり》カップル二組爆誕して俺ぼっちになる展開じゃん!?

「出せ!!　こっから出しやがれ!!　どんなペテンで俺らをハメた!?」

「ソ、ソラ!　やっぱり……っ!」

「認めるわけがねえんだよこんな状況――〝五人で二人一組をつくれ〟だなんて!!　そんな残酷なことを俺が許すかよッ!!　他のルールがあるはずだオイ答えろッッ!!」

それは熱く――いるはずの〝このゲームの主催者〟へ――真実を求める魂の叫びだった。

――小学生当時のトラウマ。はーいお友達とペアつくってー。

その憎しみ籠もる空の声に、開戦秒読みだった美少女達は冷静さを取り戻して行った。

「……確かに。マスターが犠牲をよしとするなど、目に余る愚考にございました……」

【猛省】1の犠牲も拒んでこそ真の勝利。それがご主人様。当機、本当に恥ずかしい」

「…………気のせいですの?　ソラ、気付いてなかった気がしてきましたわ?」

開始0・001秒で気付いてたしっっっっっ!?!?

「……………………………にぃ……おばか」

「っち、ちくしょぉぉぉぉぉぉぉぉぉぉぉぉおおお……ッッ!!」

ただ一人、兄の思考を全て完璧に察したらしい白の冷たい眼差《まなざ》しから逃れるように。

扉を殴りながら悲痛に叫んでいた空は――だが。

カップルにならなきゃ開かないはずの扉が――唐突に開いたことで、体勢を崩した。

どれだけ殴っても押しても開かなかった扉は――なるほどそれも当然だった。

――スライド式だったのだから。

かくてダメ元で横に力を加えた空《そら》は、勢い良く外へ転がり地面に顔から突き刺さった。

「いくらなんでもマヌケ過ぎんだろ!? 一人くらい引いてみなかった……の、か――」

顔を上げた空の悪態は、だが尻すぼみに小さくなって途切れた。

「ソラ!? 大丈夫ですの――って……」

「マスターご無事ですか――――っ!?」

空を追って外に飛び出してきた女性陣もまた、揃《そろ》って息を呑《の》み。

目の前に広がるものを見て――同じように、言葉を失った。


――そこは、小さな庭園だった。

枯れ木の森と薔薇《ばら》の生け垣に囲われた、無数の花吹雪が舞う極彩色の花畑。

春の可愛《かわい》い蕾《つぼみ》、夏の瑞々《みずみず》しい葉、秋の熟した花、冬の強《したた》かな芽……

自然界から美しいものだけを切り取って貼り付けた――優れた芸術家の手によってしか成立し得ない、不自然なまでに美しい自然物で構成されたキャンバスのような庭の――奥。

花で編んだような『門《ゲート》』に、改めて、豪華に飾られた札が、かかっていた。

――『カップルにならなきゃ出られない空間』……と。

なるほど――『空間』……

空達のいた〝あの部屋がそう〟とは、確かに一言も書かれてなかったな、と……

だが一同が言葉を失ったのは、その間抜けな見落としにでも、景色にでもなかった。

花畑の中央を漂う一際大きな花の上。

虹で編んだような小さな羽を泳がせ舞い踊る――幼い少女の姿にだった。

いや……それは〝幼い〟わけではなかった。

確かに背は低く、立って並べば幼児にも満たないだろう。

だが――花を乗せて二本に結った檸檬《れもん》色の髪、茫《ぼう》と宙を見つめるライム色の瞳。すらりと伸びた手足、小さく膨らんだ胸、くびれた腰――その姿は、成熟しきったとは言えずとも花開く寸前の少女の、仄《ほの》かな色気を帯びていた。

だから、そう。単純に――〝小さい〟のだ。

美しい少女の姿を象《かたど》った小さな人形が、そのまま命を得たような神秘性。

人間ではありえない、小さく、幻想的な少女。それは、まさに――

「――〝妖精種《フェアリー》〟ッ!?　で、ではもしやここは、空間位相境界――《洛園《スプラトウール》》内部ッ!?」

「【緊急】第三種危険種族を確認。ご主人様に直ちに戦略立案を要請。すごくやばい」

空の背後で固まっていたジブリールとイミルアインが、敵意も露《あら》わにそう叫ぶ。

この世界が誇る二大デタラメ種族が、即座に臨戦態勢を取ったことの、その意味を。

——天翼種《フリューゲル》と、機凱種《エクスマキナ》。

後に思い返せば、空《そら》はもっと危機感を以《もっ》て受け止めるべきだったのだが。

極めて遺憾ながら、この時点でのクソザコ童貞十八歳は、それどころではなかった。


——妖精種《フェアリー》……なるほど。

一人だけぼっちになるという——己が了承するわけがない状況。

その問題は〝六人目〟の存在によってクリアされるのである——っ!!

あのいかにも妖精種《フェアリー》の少女がつまり〝このゲームの主催者〟であり！

おそらく自分達を閉じ込めた犯人にして新キャラ——つまりは『引率の先生』の役割《ロール》を負い、余《お》ったぼっち《れ》と組む《カップリング》のを宿命づけられた哀れな今回の被害者《ヒロイン》というわけであるッ!!

……初めての彼女がコンパクトサイズというのは、少々アレな気もするが？

童貞如《ごと》きが細かいことを気にする立場ではない。全然ＯＫである！

やあお嬢さんごきげんよう君が私のＰａｒｔｎｅｒだね拒否権は認めん——!!

そんなクソみたいな思考は、だが無論チラとも顔に出さず空はキメ顔をキープする。

一時的とはいえ己の『彼女』になるのだ。

初対面なら己の内実など知るはずもなし。

第一印象さえ良くしておけば、あわよくば『その先』も有り得る!!

このチャンス、断じて逃がすものかという空の熱量さえ帯びた視線にも。
質量を得たかのようなジブリールとイミルアインの敵意も。
だが意に介す様子もなく、妖精種《フェアリー》の少女は淡々と踊り続けていた。

そう——踊っていた。
ぴんと伸ばした指先で宙を撫《な》で、花弁《ステージ》を踏む。
その都度、少女の踊る花から無数のシャボン玉が噴き出していた。
何かの演出——ではない。風に乗ったシャボン玉が庭園に散り、その一つが割れるたび
新たな花が、木が岩が泉が、天の色彩さえも塗り替えられるように——生まれていく。
それは、理屈などわからなくとも空や白《しろ》、ステフさえも察することができた。

——これが、妖精種《フェアリー》の魔法なのだろう、と。
あの妖精は、軽やかに踊りながら、小さな庭園《せかい》を創造しているのだと。
やがてついに、その小さな天地創造の御業《みわざ》に、一区切りがついたのか。
優雅な仕草で花弁《ステージ》に腰を落とした妖精種《フェアリー》は、小さく肩を上下させ吐息をこぼし。
耳にした者全てを恋に落とすような美しい響きで、その第一声を上げた。
そう——

「あ〜だっる……な〜んであたいがこんなことせにゃならんのだわ。クソが」

うんこ座りで頰杖《ほおづえ》ついて、百年の恋も醒《さ》めるような……第一声を。

────、
ジーザス。初彼女（予定）はやさぐれていた。

可愛《かわい》さの塊のような小さな少女が、不機嫌丸出しに顔を歪《ゆが》め虚空を睨《にら》んでいた。

唖然《あぜん》とする空《そら》達をよそに、妖精種《フェアリー》の少女はスカートのポケットから慣れた手つきで葉巻とマッチを取り出し、よどみのないスムーズな動作で一本咥《くわ》えて火をつける。

そして当然のようにポイ捨てされる燃えさし。

「ふぅ〜〜〜……ぁ？　あ〜。あーたら起きてたのだわ？　あーアレなのだわ。アレ。も〜ちょいスタンバっとくのだわ。ゲームの準備残ってるから、あたいまだ構えないのだわ」

ぷか〜っと、大口を開けて紫煙を吐き、続いて──

「ったく……こんな短時間で、こんだけの空間構築すんのどー考えても一人でやる仕事じゃねぇのだわ──ってうわっちぃッ!?　ちょ!?　あっちっ、灰がスカートに落ちたのだわ!?　ここ、焦げっ、焦げてるのだわ水、水はどこなのだわあッ!?」

悲鳴を上げて吸いさしを投げ捨てた少女が、ぎゃあぎゃあと転げ回る。

やがて魔法で消火すればいいと気付いたのか、慌てふためきつつ踊り出したその姿に、空のみならず、白《しろ》も、ステフさえも白目を剝《む》きそうになりながら思った。

……何かもう、台無しだ、と……

「…………ジブリール。え～と……アレが妖精種《フェアリー》、なのか……？」

「はいマスター。位階序列九位――妖精種《フェアリー》に間違いございません」

――【十六種族《イクシード》】位階序列・第九位――『妖精種《フェアリー》』……

その最低限の知識は、空と白にもあった。

大多数の個体が森精種《エルフ》――エルヴン・ガルドで奴隷にされているらしい種族。

クラミーの記憶では、何やら国家機密級の魔法補助もさせられているとか――

――いや、だが、それより。

「……ありゃ妖精じゃねーよ……場末のパブのママあたりだろ……」

あまりにもイメージから乖離《かいり》したその様相に、空はたまらず感想を零《こぼ》す。

先ほどまではあんなに可愛らしく見えた踊りも、今や場末の劇場で仕事だからしかたなく踊ってやってるベテランストリッパーの風格すら漂っていた。人生の酸いも甘いも噛《か》み分《わ》けた末に擦れてやさぐれきったおばちゃんオーラが迸《ほとばし》っていた。

――ついに葉巻咥えて踊り出したぞオイ。てか舌打ちめっちゃ多い。

さっきからちょくちょく飲んでるの、もしかしなくても酒だろ？

……マジか。俺の初彼女、葉巻と酒の臭いがする熟女なのか。

いや、確かに細かいことは気にしないとは言ったが、流石《さすが》に違うのでは？

妄想の中でさえアレと恋人関係になれるビジョンが見えないのだが……？

「……マスター申し訳ございません。私にはどうすればいいか……どうかご指示を」

「【危惧】妖精種《フェアリー》に《洛園《スプラトウール》》内で勝利した前例──該当なし。有意な対応算出不能」

と、空《そら》の嘆きは、だが焦燥に満ちた二つの声に断ち切られた。

「……？　えーと……え、妖精種《フェアリー》ってそんなやべえ種族なの？」

二人がそこまで焦る理由がわからず訝《いぶか》しげな空に、二人は揃《そろ》って頷《うなず》いた。

「はい。大戦時、序列七位以下で──天翼種を二桁消滅させた唯一の種族でございます」

「【記録】《洛園《スプラトウール》》内での交戦を試みた旧オルト連結体《クラスタ》・四三七機──全機未帰還。全滅」

──おいおい。流石に洒落《しゃれ》になってなくね？

いや、落ち着け。もう大戦ではない。そんなヤバいことにはならない──はずだ。

だがジブリールとイミルアインの表情に、空も白《しろ》もステフも思わず喉を鳴らす。

あの妖精種《フェアリー》は──現在ゲームの準備をしているという。

続けさせていいのか？　始まる前に手を打つべきか？

だが──何をする？　できることなど──

「っしゃ間に合ったのだわ!!　んじゃ始めるのだわオホン……ぁ〜あ〜行くのだわ!?」

だが空達の思考を断ち切るように、妖精種《フェアリー》の少女が叫ぶ。

妖精種《フェアリー》の少女が葉巻の火を慌てて消し、咳払《せきばら》いと喉の確認を一つするや――

「――うぉ!?　なんだぁ!?」

一切、抵抗の余地なく突如シャボン玉の中に閉じ込められた空達を。

徹底的に置き去りにして――それは、唐突に始まった――

■■■

「はぁい♪　あたいの僅かなチャンネル登録者のみんな、フォエニクラムなのだわ✽」

――別人のように豹変《ひょうへん》し。

ようやくその容貌に相応《ふさわ》しい可愛《かわい》い仕草で。

突如鳴りだした軽快な音楽を背に――フォエニクラムという名前だったらしい妖精種《フェアリー》の少女が、そう語りかけた相手は――だが、シャボン玉の中の空達ではなかった。

その眼前に浮かぶ〝平面状の光〟に対してであり――

「予告通り、今日からとびきりの企画を配信していくのだわっておいゴルァ!!　開始五秒で早速低評価つけてるカスはっ倒すのだわ!?　あ、うそうそチャンネル登録解除しないで欲しいのだわぁ～カスはこの世でただ一人、あ・た・いなのだわちゅっちゅちゅちゅ✽」

そして、開始五秒で早速化けの皮が剥《は》がれたその様は。

魔法はおろか、妖精種《フェアリー》に関しても専門外の空《そら》をして。

だが〝何が起きているか〟を瞬時に理解させるものだった。

「まじでまじで！　今回はマジマジの面白い企画なのだわって!!　――題して!!」

そう――〝平面状《がめん》の光〟――に縋《すが》り付くそれは。

――どう見ても〝ネットライブ配信〟の。
それも――〝底辺配信者〟の哀れな姿に他ならず――

「フォエニクラムチャンネル主催・個人配信企画!!
『リアルタイム・リアル恋愛ドキュメンタリーショー
～カップルにならなきゃ永遠に出られない空間～』なのだわぁ✽」
爆音からクラッカー、ラッパのＳ　Ｅ《サウンドエフェクト》までやかましく響かせた宣言に、
「それじゃー早速視聴者に企画趣旨説明、行くのだわっ!?」
『ちょっと待て!?　その前に俺らへの状況説明をだなッ!?』
そうシャボン玉の中で吠《ほ》えた空の声は、だがフォエニクラムには届かないのか。
ともあれ一貫して自分達を置き去りに、企画趣旨説明が始まった。

「ここ――あたいの構築《つくっ》した《洛園《スプラトウール》》に五名の男女を閉じ込めたのだわ!?　五名には今日からここで〝時間無制限・無期限〟で共同生活をして、恋愛して貰《もら》うのだわっっっ!!」

どうやら空達の認識通りだったらしい説明。ならば気になるのは――

「五名がここから出る方法は〝二つ〟!!」

そう――脱出条件である。

それも一つではないという言に、空達は注意深く目を細めた。

「まず〝互いをカップルと認識した二人〟で手を繋《つな》いで『門《ゲート》』を潜《くぐ》る!!」

一つは予想通り。やはり庭園の奥――あの門《ゲート》をカップルとして潜る。

「そして――『鍵』を購入して、使用すれば一人でも脱出できるのだわ!!」

――『鍵』……？

初出の情報に怪訝《けげん》に眉をひそめる空達は、だがやはり置き去りに。

「うんうん✽『それだけかよ』とか『所詮フォエニクラムか』って煽《あお》りは今のうちだわ？　ついでに〝掌返《てのひら》し〟で怪我《けが》しないよう手首の柔軟もしとけだわ!?　気になるその〝五名〟が誰か――精々たまげるのだわ、紹介するのだわッッッ!?」

次の瞬間――空達は己の意思と無関係に、ポーズと演出付きで紹介された――

古《いにしえ》の大戦!! かつて妖精種《あたいら》の里を三つ滅ぼした戦神の落とし子!! 破滅の代名詞は恋に挑んで勝てるのか!?
天翼種《フリューゲル》
ジブリール
同じく大戦現役世代!! 無限学習の弾丸は神さえ撃《う》ち墜《お》とした!! 意中の相手を墜とすなんざわけねーぜ!!
機凱種《エクスマキナ》
イミルアイン

脇役なんてもう言わせない!!
今日から私《わたくし》がヒロインですわ!!
その政治の手腕で恋人の手は掴《つか》めるのか!?
人類種《イマニティ》
ステファニー
小さな胸に秘める恋は超弩級《ちょうどきゅう》!!
その知能は恋も計算できるのか!?
ご存じ『　《くうはく》』の片翼!!
人類種《イマニティ》
白《しろ》
恋ってナニ食えるの!?
世界は手繰れても恋は五里霧中!!
永遠の童貞『　《くうはく》』の片翼!!
人類種《イマニティ》
空《そら》
I 人類

「以上!! 今『盤上の世界《ディス・ボード》』で最もホットな五名の恋愛模様をお届けしていくのだわ!!

どーだわそうそうたるメンツなのだわ!? はいは〜い手首は大丈夫なのだわぁ!?」

——と……画面の向こうでは派手な掌《てのひら》返しが起きているのか。

まさにゲームの——それもエロゲ方向な——オープニングばりの演出で。

テーマソング、更にクソ余計なお世話なコピー付きで紹介された空《そら》達に。

だがなおも取り合う様子なく、フォエニクラムの上機嫌な語りは続く。

「もちろん、ここには食料も水もないのだわ!? 五人の生活に必要な全ては視聴者からの投げ銭——〝支援《カキン》〟で賄われる——天翼種《フリューゲル》と機凱種《エクスマキナ》はともかく、他の三人は、水なしじゃ三日ともたないのだわ? 推しを死なせたくなきゃ〝支援《カキン》〟よろしくなのだわ✻」

そう脅迫に等しいス○チャ乞食《こじき》までかまして——

「というわけで!! 今日の初回配信——オープニングはここまでなのだわ✻」

そうして——

「明日から毎晩八時配信なのだわ!? おるぁ知り合いに拡散するのだわ拡散!! 切り抜き転載はオールNG!! 本編に誘導すんだわ!? そんじゃ〜また明日、ばっはは〜い✻」

最後まで空達に発言権を与えることなく。

オープニング配信とやらは、問答無用で終了した——

■■■

――閉じ込められていたシャボン玉は解除され。

だがなおも、唖然《あぜん》と。言葉もなく佇《たたず》む一同に――

「ふっふっふ……早速チャンネル登録者数が増えてるのだわ――ちょれ～～～～～ッ!!　やっぱ話題のゲスト呼ぶとチョロく稼げるのだわきゃ～～～っはっはっ!!　あたいを底辺呼ばわりしてたクソどもクソして泣いてろだわぶぁ～～か!!　ぷぎゃらっちょ～～～!!」

すかさず葉巻を取り出しフォエニクラムは下品に笑い転げた。

言葉もない――が。ないなりに空は、お約束な放送事故を予知し、呟《つぶや》く。

「……これ……マイクとかカメラ切り忘れてたりしてないか？」

「きゃっるる～～ん✽み・ん・な～応援よろしくなのだわ✽」

光の速さで葉巻を投げ捨てフォエニクラムは再度取り繕い。

そして今度こそカメラ等々を切ったのを確認したのか――

「……や～っべ燃えてるのだわ……ま、まあでも多少燃えたほうが話題になるのだわ？」

そう頬《ほお》に冷や汗を伝わせ強がる姿に、空はこめかみを押さえて問う。

「……えーと。ちょっとルールを整理させてくれるか……つまり？」

「ん～？　今のオープニング配信で語った通りなのだわ？」

何か説明してないことあったかな、と首を傾《かし》げフォエニクラムは語る。

「空《そら》くんと白《しろ》ちゃんの――〝すまほ〟と〝たぶれっと〟だっけだわ？　とにかくその端末に視聴者からの投げ銭――〝支援《カキン》〟が表示されるようにしてあるのだわ」

言われた空と白は、スマホとタブレットを取り出し確認する。

なるほど――見覚えのないアイコンをタップすると、確かに。

【15000】という表示、そして購入画面が表示された。

「早速ご祝儀の〝支援《カキン》〟が入ってるのだわ✽　それで買い物ができるのだわ。カップルになるか、それで買える『鍵』を使用することでここから出られる。以上なのだわ？」

至ってシンプルなゲームだろう？　と。

そう告げたフォエニクラムに、空は深呼吸を一つ――

「――ふむ。では極めて重要なことを確認させて貰《もら》いたい」

なるほどシンプルなゲームながら――それは一貫する問題であった。

その是非によってこのゲームが天国か地獄かに分かれる大問題であった。

すなわち――

「俺達五名――ってことは。その、つまり、おまえとは・・・・カップルになれない？」

「はぁ～？　なるわけねぇのだわ。ナメてんのだわ？」

だが意を決した空の問いに、フォエニクラムは顔を歪《ゆが》め舌打ちで応じ、

「あたいは『主催者』だわよ？　あーたらが、あたいを人気配信者にすべく！　つまりは視聴者を喜ばせるべく、大いに恋の花咲かせて〝支援《カネ》〟をガンガン稼ぐのだわ!?　まじのまじで期待してるのだわ!?　あたいってばちょ〜近い将来のちょ〜人気配信者なのだわ！　んじゃ色々仕事あるしちょっと出るのだわ!!　しゅわっち!!」

そうまくし立てるや、問答無用と虚空に溶けて消えた。

………、
果たして取り残された一同は、そのまたっぷりと五分は放心して佇《たたず》んだ。
そして──徐々に軋《きし》みだしていった空気に、空は天を仰ぎ笑みを浮かべた。

ああ……つまり、二組カップルができて。

残った一人は──『鍵』で出られるのだ。

誰かを犠牲にする必要がある──あり得ない前提は、かくて解決するわけだ。

そう──ただ単に、やはり──

「…………じゃ……話、戻そ、っか……？」

「【了承】ご主人様への愛を賭けて勝負。改めて宣戦布告。まとめてかかってこーい」

「白様の全力に挑む、身に余る光栄にございます──いざ、参りましょう」

「ねえ!?　結局この流れに戻るんですの!?　やっぱりなんか違うと思いますわッ!?」

再度、女性陣が互いを牽制《けんせい》し合うように。

――〝恒久的に空《そら》を嫌いになる〟代償を賭けたゲームを始めんと。

敵意を漲《みなぎ》らせにじりにじりと間合いを計り始めたその展開は――そう。


「やっぱ俺がぼっちになる展開じゃねぇかぁあああイヤだぁあ出せ、出してくれぇえ!!」

ただ単に、やはり――

百合《ゆり》カップルが二組爆誕し。

己のぼっちが確定する。

それだけのゲームであったことに空は悲痛な声を響かせ、涙した………

第一章――垂直思考《イン・ザ・ボトム》

突然だが、空はデスゲームが嫌いである。

正確にはデスゲームの〝成立する前提〟が大嫌いである。


デスゲーム――古今東西、数多《あまた》の作品で描かれてきたゲームの一ジャンルである。

往々にして参加者は退路を断たれ、生き残るため命を賭けたゲームに臨む。

突然攫《さら》われ、気がつくと参加させられている。莫大《ばくだい》な借金を負わされ、その返済を条件に参加させられる等々……参加に至る経緯は様々ながら、ともあれ参加者達は破滅を回避すべく、その理不尽に知恵や勇気、時には狂気さえをも武器に挑むのである。

どうすれば生き残れるか？

誰に味方し、誰を頼り、誰を欺き――誰を裏切れば生き残れるか？

駆け引きと謀略が交錯し、疑心暗鬼に陥りながらも参加者達は絶体絶命の極限状況で、驚くべき機転で見事な勝ち筋を描き、まさに生死紙一重の人間模様を魅《み》せるのである。


――だが、空はそもそものところを考える。

つまり、デスゲームに〝勝ち筋〟など本当にあるのか？　と。

答えは明白――〝NO〟である。

なにせまず〝勝利〟がないのだ。勝ち筋などあるわけもない。

だってそうだろう？

かくも理不尽なデスゲームに、知恵や勇気、狂気その他諸々《もろもろ》を武器に必死に足掻《あが》いて、生き延びたところで〝勝者〟が誰かといえば――きっぱり『主催者』なのである。

そう――デスゲームにおいて、主導権は常に『主催者』にある。

先の例で言えば、自分を攫《さら》いデスゲームに強制参加させることができる者は、そもそもいつでも自分を殺せるのだ。莫大《ばくだい》な借金？　返済能力が見込めない者に莫大な債務を負わせるアホはいない。目的は最初から返済ではなくデスゲームに参加させることだったのは明らかである。まして自己破産手続きなど、行政の保護も望めないなら、相手は必然的に超法規的な存在となり、そんな奴《やつ》らに目をつけられたらその時点で詰んでいる。

そして、どちらにせよ。

デスゲームなどという、真っ黒に違法な行為が行われた事実を明るみに出す恐れがある参加者をわざわざ律儀に生かして帰す理由も、特にないのは自明であり。

死力を尽くし生き残ったところで、待つのは口封《デッドエンド》じと考えるのが妥当なのだ。

つまるところデスゲームとは――ただの『処刑台』である。

ギロチンに首をかけられた参加者が、ほくそ笑む死刑執行人に「ゲームをしよう。俺を笑わせたら刃を落とさないでやる」と宣《のたま》われる、それは――断じてゲームではない。

死刑執行人の〝余興〟に過ぎず、生かすも殺すもその胸先一つ、気まぐれ一つであり。

笑わせたところで、本当に刃を落とされない保証さえ、どこにもない。

……もう、おわかりだろう。

『ゲームは始める前に終わっている』を信条とする空《そら》は、デスゲームが嫌いだ。

勝利とは、ゲームを支配し――主導権を握り続けた者が必然的に手にするものであり。

デスゲームは、最初に『主催者』に敗北し、主導権を奪われて始まるからである。

――ギロチンの刃を落とされない方法？

そんなもの、そもそも〝処刑台に上がらない〟という、ただ一点に尽きる。

デスゲームにおける勝利など、参加を意地でも回避することのみであり。

参加させられた時点で、既に敗者であることは確定しているのである……

■■■

「……じゃ……ジブリール。妖精種《フェアリー》について……詳しく教え、て？」

空《そら》と共に自室へ戻った白《しろ》は、部屋の隅を一瞥《いちべつ》し、諦めた様子でスマホに語りかける。

返事は部屋の外——ジブリールに渡した同期済み《ペアリング》のタブレットを通して返された。

『位階序列九位・妖精種《フェアリー》。大戦時から森精種《エルフ》と友好関係にあった種族でございます』

——この世界に、友好関係の種族なんていたの、と。

驚天動地の説明に震えた白の感動は、だが同じく扉の向こう——

『え？　でも妖精種《フェアリー》の大半はエルヴン・ガルドで奴隷にされているはずですわ？』

『はい。現在は六割が森精種《エルフ》の奴隷——全権代理者も不在になっておられますね』

ステフの問いに答えたジブリールに、早々と砕かれた。

『〝花の種族〟である妖精種《フェアリー》は、森を護《まも》る森精種《エルフ》とは生態が対立しませんで。大戦末期は魔法術式の共同開発を行うほど友好的でしたが、戦後ある時期を境に多くが奴隷に。それ以外の個体でも全権代理を立てておりませんで……その経緯は詳細不明でございます』

……やっぱりこの世界、友好なんて幻想なのかな……と。

遠い目で嘆息した白をよそに、ジブリールは淡々と続ける。

『ともあれ、妖精種《フェアリー》は序列の示す通り七位の森精種《エルフ》、八位の地精種《ドワーフ》に次ぐ高い魔法適性を有しておりますが、最大の特徴は自身の「魂」を併用する特殊な魔法体系——特に、このような空間位相境界への干渉——《洛園《スプラトウール》》と呼ばれる場の構築にございます』

――また魂ときた。相変わらずよくわからない。

そういえば吸血種《ブラム》も『魂』を消費して魔法を使うんだっけ……？

空間位相境界とやらに至っては更に――という白の疑問を汲《く》み取《と》ったのか、

『空間位相境界は〝亜空間〟のようなもので。これを応用し情報伝達網《リンカーネット》――マスター達の世界にある情報通信網《インターネット》のようなものを構築し、森精種《エルフ》に提供しておられます』

なるほど？　やはりフォエニクラムは、視聴者相手にネット配信していたわけだ。

いよいよ本当にY◯uTuberらしい。

『空間位相境界《洛園》《スプラトウール》内は妖精種《フェアリー》の独壇場……外へ持ち出しこそできませんが「魂」を対価に自由な〝創造〟を行えます。空気や水はもちろん――おそらく〝生命〟さえ』

「……デタラメ、すぎ……ない？」

今更この世界の連中――十六種族《イクシード》に節度など求めないが。

それはさすがにやり過ぎでは……？　と問う白に、

『はい。ですが、もちろん「魂」は無限ではございません』

ジブリールは肯定して答える。

『これほどの《洛園》《スプラトウール》を単独で構築したのが事実でしたら――フォエニクラムとやらは、少なくとも自身の「魂」のほぼ全てを消費したと考えて間違いないかと』

――なるほど。

魂が無限にあれば理論上天地創造さえできるが、有限である以上限界があると。

『また妖精種《フェアリー》はリンカーネット越しに「魂」を相互譲渡――〝通貨〟としています』

――消費することで《洛園《スプラトウール》》内に限ればなんでも創れる魂――

なるほど、文字通り万能の通貨として機能するというわけだ。

『マスター達にわかりやすく言えば《洛園《スプラトウール》》は〝ネット上に構築された仮想空間〟で「魂」はその仮想空間を創り変えられるデータ――〝仮想通貨〟と言えるかもしれませんね』

ジブリールのありがたい解説に感謝しつつ、白《しろ》は続けて――

『〝支援《カキン》〟とやらは、その「魂」――通貨の譲渡を意味しているかと』

――〝支援《カキン》〟……

こちらのスマホで確認できるという、その画面を改めて確認する。

オープニング終了時【15000】だったのが、現在【14900】。

消費することで生活に必要な全てを購入できるというそれは――〝水〟をイメージした白が『購入』ボタンをタップすると【100消費】と表示され。再度タップするとスマホからシャボン玉が出て、破裂したところに2Lペットボトルに入った水が現れた。

相場的には1＝1円ってところだろうか？

――だが、つまり、なに？

『え、それつまり視聴者――妖精種《フェアリー》はご自分の「魂」を〝投げ銭〟にしてるんですの？こんなしょーもないことに？　魂を投げ渡してるんですの？　――正気ですの？』

『【反論】譲渡は相互に可能。正当な労働の対価として増える。また妖精種《フェアリー》は〝なんらかの方法〟で魂の増幅も可能と推定。流動的なもの。人類種《イマニティ》の金銭と等価と定義可能』

もっともな疑問を投じたステフに、だが同じく扉の向こうのイミルアインが答えた。

『【付随】人類種《イマニティ》も労働時間――「寿命」を貨幣に変換する。また妖精種《フェアリー》の「魂」の授受と異なり寿命は金銭に変換できるが金銭は寿命に戻せない。不可逆変換』

――なんだろう。

今、さらりと貨幣経済に、えげつない一石を投じられた気がするけど。

ま、まあ種族が違えば経済の仕組みも違うよね。

あまり深く考えないようにしよう、と。

「……じゃ、質問、は……三つ、かな……？」

一通り説明を受けた白は、改めて情報を頭の中で精査し――問うた。

「……①……この状況、エルヴン・ガルドの、仕業……？」

『【解答】概算98・3％で肯定。ただし当該空間は個体名フォエニクラムの単独構築と推定される。複数個体によるものならもっと規模が大きい。断定はできない』

大半がエルヴン・ガルドの奴隷になっているという、妖精種《フェアリー》の仕業。

エルヴン・ガルドの意志でない可能性――考慮には値しても、２％にも満たないだろうというイミルアインの返事に、白は内心同意して続ける。

「……②……これが〝妖精種《フェアリー》のゲーム〟、なの……？」

各種族が保有する――他種族への〝切り札〟。

必勝、ないしは自種族に限り有利なゲーム。

それが、妖精種《フェアリー》は『問答無用で人を閉じ込めカップルにするゲーム』なのか？

そう問うた白《しろ》に、今度はジブリールが答えた。

『いえ……そも妖精種《フェアリー》は広大な面積の花畑――不可侵領域《サンクチュアリ》に隣接した領土を有してはいますが、そこも事実上エルヴン・ガルドの保護領でございますので。そもそも妖精種《フェアリー》が他種族相手にゲームを行った記録は、少なくとも公的にはございません』

終戦以前から森精種《エルフ》と同盟関係にあり、現在では何故《なぜ》か大半が奴隷になっている。

その妖精種《フェアリー》が他種族相手にゲームを行うなら、常に森精種《エルフ》の指示によるものだろう。

そしてそれを外部に漏らすこともなかろうし――それも当然の答えと言えた。

『妖精種《フェアリー》同士では、魂を用いて《洛園《スプラトゥール》》を自由に塗り替えられる特性から、陣取り合戦と申しますか――どのような空間にするか対立した際〝空間の塗り合いゲーム〟を行うとは聞き及んでおります。が、今回のようなゲームは私の知る限り前例はございません』

……なるほど。では、最大の問題。

「……③……ここから、自力で出る方法、は……？」

『……おそらく、ございません』

申し訳なさそうなジブリールの答えも、だが予想通りのものだった。

空間位相境界とやらへの干渉は、妖精種《フェアリー》の専売特許のようだし？

だが、続いたジブリールの言葉には、白は僅かに目を丸くした。

『そも──《洛園《スプラトウール》》内部からは妖精種《フェアリー》以外、精霊回廊に接続できません』

それはジブリールとイミルアインが空間転移できなかった理由──

『大戦当時でさえ〝外部〟から空間位相境界──つまり亜空間の歪《ゆが》みごと強引に消し飛ばす大規模精霊運用での突破が限界で──『十の盟約』以後はそれもできませんで』

それどころか魔法も一切使えず、文字通り手も足も出ない真の理由であり。

そして大戦時、妖精種《フェアリー》が天翼種《フリューゲル》や機凱種《エクスマキナ》を撃滅できた理由の回答であった。

つまり〝後手〟に回る──《洛園《スプラトウール》》内に閉じ込められたら〝必敗〟という──

『【否定】脱出は可能。具体案。術者の抹殺で当該空間は崩壊すると推測』

「……却下。という、か……できない、よね」

『【否定】盟約で術者への〝危害〟は不可能。でも〝過失〟はセーフ。提案。当機の自爆。保有精霊の爆発に〝偶然〟個体名フォエニクラムを巻き込めばワンチャン。ご主人様のためなら当機命惜しくない。ただ最後に当機を愛して欲しい。てるみー・あいらびゅー』

「……うるさい……すっこんでて」

『それなら私もできます。マスター達のためでしたら喜んで。どうかご命令を♪』

「……張り合わない、で……すっこんでて」

ともあれ、つまりは天翼種《フリューゲル》や機凱種《エクスマキナ》ですらそこまでしなければ打つ手がないと。

――この世界、各種族が本当にジャンケンみたいな相性だよね……

半眼で感心さえする白《しろ》は、だが思考をまとめる。


つまり――やはりこのゲームを攻略する以外に、脱出方法はない、と。

改めてその結論に達した白は、部屋の隅へ――謝罪と共に救いを求めた。

「……にぃ、ごめんなさい……しろ、取り乱した……と、とにかく部屋、出よ？」

そう……本来、ここまでの情報精査を担当するはずの者。

フォエニクラムによるオープニング配信後、己を嫌いにならんとする女子勢に「もう知るかおまえらみんな大っ嫌いだぁ」と白を小脇に抱えダッシュで部屋に閉じこもり――

今やその白にさえ怯《おび》えた様子で布団を被《かぶ》って震えて泣いている――兄に。

■■■

「……にぃ、しろ、じゃ……どうすればいいか、わかんない、よ……」

やはり、兄抜きでこの状況を打破する方法は見つかりそうにないと。

そう説得する白に、だが――

「ふふ……妹よ。こんな状況《デスゲーム》を強いられた兄など所詮は敗北者《ルーザー》……役立たずさ」

己を敗者と確信する空《そら》は、絶望に濡《ぬ》れた声で答えた。

そう――『十の盟約』があるこの世界では、空達の元の世界で描かれるように問答無用で参加者を拉致してデスゲームを強制するような真似《まね》は、根本的に不可能なのである。

その上でなお、不本意なゲームを強いられるなら結論は一つ。すなわち――

自分達は既になんらかのゲームで敗北し
その結果この状況を強いられている――と。

かくも敗北者に過ぎぬ己が、今更なんの役に立てよう、と。

そう嘆く空に、だが白はなおも食い下がる。

「……で、でも……あえて同意して始めた、かも？　帆楼《ほろう》のときみたい、に……」

ああ――確かに。

先ほど思考したデスゲームの前提には、なるほどいくつか例外はある。

たとえば往々にして一人はいる――〝デスゲームを承知の上で参加した者〟だ。

それは――デスゲームに参加させられた、誰かを助けるため。

あるいは逆に『主催者』を破滅させんと、あえて参加している者。

つまりは『主催者』に——まだ主導権を奪われていない者である。

彼らは強制されてでなく、自らの意思と策略に基づいて、あえて処刑台に上がる。

かつて行った対神霊種戦《オールドデウス》——帆楼《ほろう》とのゲームでの空達《そら》が、まさしくそれであった。

空達は自らの策で、自ら記憶を手放し一見デスゲームのような勝負に挑んだ。

だが悲しいかな。今回の場合は、それはない。何故《なぜ》なら——

「俺がこの状況に同意することなんざ——絶対にあり得ないんだよ……ふふふ……」

そう嘆く空に——だが、

「どるぁあ!! いつまで引き籠もってんだわ!? 配信時間が迫ってんのだわ!?」

ついにしびれを切らしたのか。

空と白《しろ》が引き籠もる部屋の扉を消失させて吠《ほ》えた妖精種《フエアリー》の少女。

フォエニクラムは部屋に飛び込み、空の布団を剥《は》がして吠えた。

「予定では初日の様子をハイライト編集して流すつもりだったのに、丸一日部屋に籠もって一切動きなしとかどういう了見なのだわ!? あーたらやる気あんのだわ!?」

「やる気!? あるわけねえよ何をやれってんだ!!」

だが空もまた必死に布団を掴《つか》み、抵抗して吠え返す。

「だから恋愛しろっつってんだわよ!? 初日はたとえば、突然密室に閉じ込められた不安を共有して、心細さを励ましあって後の恋の伏線を立てる——的な!! そういうのは!?」

「ねぇよ!!　それができりゃ非モテやってねーよナメてんのか、あぁん!?」

「そこで言い切って努力しねえから非モテなのだわ!?」

「クソみたいな正論やめろよな!?　しまいにゃ泣くぞコラ!?」

——努力？　何をどう努力しろというのか。

「カップルにならなきゃ出られないし、最低限〝支援《カキン》〟稼がなきゃあーたら食料すらないのだわ!?　ルールわかってんだわ!?　それともここで飢え死にする気だわ!?」

「たぶん誰よりわかっとるわ!!　わかってるから凹《へこ》んでんだろがッ!?」


ああ……ルールは単純——カップルになれば出られる……

または『鍵』を購入することで、一人でも出られる……以上だ。

そう——スマホで表示曰《いわ》く、5の後に0が9つも並んでいる『鍵』——

つまりは——【50億】と。

ふざけた値段がついている、この『鍵』の購入によって、である。

前者の方法では二組四人しか出られない。残った一人を犠牲にしないため——『鍵』を購入するため。またそもそも生存のため、視聴者——妖精種《フェアリー》から得られる〝支援《カキン》〟を稼ぐというのが、要するにこのゲームの概要である。

そして、そのためには視聴者を楽しませる——つまり恋愛する必要がある。

だがそこに——大いなる問題が立ちはだかるのだ。すなわち——

「〝恋愛ドキュメンタリー〟ってこの世で一番わかんねえジャンルなんだよ!!」

何をどう努力すれば視聴者が喜ぶのか？

皆目見当もつかぬという大問題が——ッ！

「そもそも適当な奴《やつ》らを集めて限定された枠組《クローズド》みで恋愛させるってなんだ!? そこで生じる恋愛なんざ〝制限された状況故の消極的選択〟じゃなきゃなんだってんだ!?」

——無人島に流れ着いた奴らがくっつく理由？

そんなの『他に相手がいないから』でF　A《ファイナルアンサー》である。

何故《なぜ》それで大恋愛ですみたいなツラができる。

あまつさえ何故それを涙で観《み》られる——その神経が理解できない！

「テキトーなネズミ檻《おり》に放り込んで限られた相手とやむなく繁殖するサマ眺めて悦《よろこ》ぶ心理なんざ〝生物学者だから〟くらいしか思いつかねえよ!! どういう悪趣味なんだよ!?」

「ど、どこまで非モテこじらせたらそんな解釈に至るんですの」

「地の底までこじらせてるが!? 反論があるなら言ってみろ!!」

ステフの戦慄を一蹴し、果たしてかくも意味のわからないゲーム。

まして己がぼっちになる結末しかない事実上のデスゲームに、己の同意などあり得ず。

強いられたゲームである以上、打つ手もないと確信する空《そら》に、だが——

「反論など一切ございません。さすがはマスター。まさしく慧眼《けいがん》にございます」

「【同意】あらゆる生物の繁殖は消極的選択が原則。身近な個体の中から選択する以外に方法がない。必然、恋慕の対象は常に同クラス・同部など限定された枠組《クローズド》みの中の誰か。ご主人様さすが。【再認】当限定条件で運命の相手《ごしゅじんさま》と出会えた当機はすごい。幸運」

空を肯定、賞賛するジブリールとイミルアインに、だが空は違和感を覚えた。

……え。あれ？

「……ソラ、それが当たり前ですわ……」

「――――え？」

「人は身近《であった》な人しか好きになれないの、当然ですわよね。それがおかしいと感じるのでしたら〝そも恋愛がおかしいと思う〟か〝他人《ひと》の恋愛が気に入らない〟のどちらかで――」

「……で、にぃの場合……後者。よーする、に……僻《ひが》んでる、だけ」

そう半眼で続けたステフと白《しろ》に、空は愕然《がくぜん》と喘《あえ》いだ。

――ステフにさえ……哀れまれた……

……ふ、ふふ……

「そう、だな……確かにそうだ。わかった……部屋から出るよ……」

どうやら自分は恋愛バラエティどころか、根本的に恋愛がわかっていないらしい。

だが、少なくともみんなは――自分よりは、まだしもわかっているようだ。

ならば、少なくとも自分よりは視聴者を喜ばせられるだろうし――

「俺が部屋に籠もってたら白《しろ》も身動きできんしな……リビングには出るから。そこで四人で恋愛やっててくれ……俺は部屋の隅で、膝《ひざ》を抱えて観葉植物にでもなってるから……」

ああ──どのみちぼっちになる結末が避けられないのなら。

せめて餓死は避けるべく、自分以外を行動させるべきだと。

そう運命を受け入れ悲痛な決断をした空《そら》に──


「ぬぁあああ埒《らち》があかねぇのだわ〰〰あ!! じゃあ予定変更なのだわ!?」

だがフォエニクラムは不満なのか、頭を掻《か》きむしって吠《ほ》えた。

「状況が膠着《こうちゃく》したらテコ入れにって考えてた案──まさか初日から膠着するとは思わなかったのだけど──とにかく、五人には今日の配信で『ゲーム』をやって貰《もら》うのだわ!?」

──ゲーム……?

反射的に警戒の色濃く目を細めた空達に、

「そんな身構える必要ないのだわ。ただの簡単なミニゲームなのだわ」

フォエニクラムは葉巻を咥《くわ》えて、笑顔で気楽に続けた。

「あーたらが勝利すれば、あたいは盟約に誓って──どんな質問にも一つだけ『YES』または『NO』で虚偽なく答える。そんな特典付きのミニゲームなのだわ」

「どんな質問にも!? たとえば『ここから出る別の手段があるか』とかでも、ですの!?」

「もちろん。YES／NOで導けるなら、どんな質問にも答えるのだわ？」

——そう……　〝隠されたルール〟が存在していようと。

ＹＥＳ／ＮＯで引き出せるなら、偽らず何でも答えよう、と。

そう提案したフォエニクラムに、視線を交錯させ頷《うなず》く一同に——

「……俺はパス。四人でやってくれ……」

「はぁ!?　な、どうしてですのよ!?」

「質問なんか特に何もねぇからだ……」

そう失意のまま、無気力に答えた空は。

だが続いたフォエニクラムの言葉に、ブオンッ——と。

「ちなみに空くんを含め〝誰かと誰かが暫定的にカップルになる〟ゲームなのだわ？」

「おい何をボサッとしている諸君!!　ここでグズグズしていても状況は変わらんぞ!?」

竜巻さえ巻き起こさんばかりの掌《てのひら》返しと共に——いつ移動したのか。

ジブリールにさえ認識させず、部屋の外からそう急《せ》かした。

■■■

「は～いみんな!!　第二回配信——張り切ってお届けしていくのだわ——や、だからアレは違うのだわって。そ、そうなのだわ。クソと言えばあたいあたいといえばクソ！　永遠の底辺配信者!!　みんなのサンドバッグ・フォエニクラムがお届けしていくのだわ✽」

──まだ昨日の放送事故が燃えているのか。

初手で視聴者に媚《こ》びへつらって始まった二回目の配信開始のアナウンスを。

だが空《そら》達は、言葉なく──言葉を発することを許されず。

また見ることも許されず、ただリビングのテーブルに着かされ聞いていた。

「と、とにかく楽しい企画をたくさん用意してるのだわ!! 五名の仲を強制的に盛り上げていく企画を!! さしあたり最初の企画、早速始めて行くのだわ──題してッ!!」


「**『密告白ゲーム』**──っ!! いぇ〜〜どんどんぱふぱふ〜!!」

騒がしくそうコールされたゲームの題に。

空達は、視聴者以上に注意深く傾注した。

──どんなゲームか、空達もまだ聞かされていなかったからだ。

事前説明されたのは、五人が席に着き、目を閉じて一切の会話を禁じる旨のみ。

よって、空と白《しろ》は隣席で、手を繋《つな》いで目を閉じたまま、無言でただ説明を待つ。

「五名には、念じれば文字が浮かび上がる札を一枚ずつ持たせたのだわ!!」

ああ──白と繋いだ手とは、逆。

左の手には、確かに札を持たされている。

「五名はこれから札に『AはBが好き』と書いて貰《もら》うのだわ!? Aには自分を除く四名、Bには自分を含め、かつAに書いた者を除く四名の名前が書けるのだわ!!」

――ふむ……。

「たとえば空くんなら『空はBが好き』とは書けない。でも『Aは空が好き』とは書けるって寸法なのだわ!!　当然、『空は空が好きである』とは書けないのだわ。要するに――誰が誰のことを好きか、互いに密告して貰うゲーム、なのだわぁ!?」

……なんという趣味の悪いゲーム。

そんな空達の内心をよそに、フォエニクラムの説明は続く。

「誰かが『AはBが好き』と書きもう一人誰かが『BはAが好き』と書けば密告白成功!!　AとBはカップル成立なのだわ!!　五名には最低一組カップルを成立させるまでこれを続けて貰うのだわ――なお〝一回目で成立させれば〟五名にはご褒美があるのだわ✽」

――なるほど。つまり、それが事前に誓った〝特典〟――

フォエニクラムに一つだけどんな質問にもYES／NOで答えさせる条件と……。

「札は誰がなんて書いたかわからないよう、あたいが回収し視聴者と確認――都度発表するのだわ✽　つまり匿名なのだわ遠慮なく密告してOKなのだわ、ちぇけらッ!!」

……つまりフォエニクラムには不正できない、と。

「もちろん打ち合わせは禁止!!　目を開く、または声を発したらその瞬間、五名の敗北とするのだわ!!　配信的にこれが最悪のオチだからマジで厳守プリーズなのだわ!?」

そう空達の不正も封じて、一通りルール説明を終えたのか。

フォエニクラムは最後に。

このゲームの最大の趣旨を──高らかに告げた。

「なお成立したカップルは、一日限定で『強制的に仮カップルになる』のだわ!!」

──そう……〝誰かと誰かが暫定的にカップルになる〟ゲームと。

最初に空達《そら》に告げた──そして視聴者を楽しませる本命の趣旨を。

「では一回目を始めるのだわ！　しんきんぐたいむ五分──スタートなのだわッ!!」

果たしてそう叫ぶや、

「その間、あたいはコメント拾いしていくのだわ✽　『こんにちはフォエニクラムさん』はいこんにちはアネモネさん✽　『あなたのトークが一番クソ要らねえです』──ふふ。うっせーのだわ✽　じゃとっととクソ消えるのだわカス。あ、マジで視聴者一人減ったのだわ!?　うそうそ、土下座するから見てって欲しいのだわ～ん？　も～い・け・ず✽」

シームレスに視聴者とバトり出したフォエニクラムをよそに。

空は目を閉じたまま、無言でルールを整理──熟考する。

──要するに打ち合わせなしでペアを作るゲーム。

一人が書ける組み合わせは──4×4で16通り。

適当に書いてペアができる確率は、ざっくり計算して四割ほどか……低くはない。

だがそれは〝適当《ランダム》に書けば〟だ。実際はプレイヤーの心理が絡み、複雑になる。

必然、本来こういうゲームは複数回勝負を前提とし、各回の結果から偏りを読み、駆け引きを行うものだが。今回、空達の勝利となるのは〝一回目でペアが成立した場合のみ〟

——つまり、空達にとっては、事実上〝一回勝負〟ということだ。

フォエニクラムとしては、カップル成立して盛り上がって欲しい。

だが、当然ながら——空達の質問になど本当は答えたくない——

一回目での成立を困難にし、複数回やらせる趣旨のゲームというわけだ。

ああ、駆け引き要素は皆無。勝利は運任せのゲームとなる。

——正攻法でやれば。

だが、故にこそ空は苦笑を禁じ得ず、ただ白《しろ》と繋《つな》いだ右手の指を動かす。

正攻法でやるとでも思ったか——？　と……

『俺は〝ジブリールは空が好き〟と書く。白は〝空はジブリールが好き〟と書いてくれ』

——指だけを動かし白にそう伝えた空に。

数秒の間を置いて、白の指は『了解』と答えた。

そう……確かに打ち合わせは禁止されている。発声もできず、表情さえ読めない。

魔法さえ使えないという空間——ジブリールやイミルアインとも共謀はできない。

だが——空《そら》と白《しろ》だけなら、かくも容易《たやす》く共謀できるのである。

手を繋《つな》いでさえいれば、明日の献立の内容すら打ち合わせられる、二人の票があれば。

一回で、どんな組み合わせも、文字通り目を瞑《つぶ》っていてさえ自在にできるのである！


とはいえ、それでもリスクはあると空は熟考を重ねる。

——『一日限定の強制的仮カップル』なるルールが具体的に何を齎《もたら》すか、不明だ。

誰と誰をカップルにするか——極めて慎重に考える必要があった。

故に、まず一人目はジブリールだ。最悪どんな事態になっても、危害が及ぶと考えにくく、また空と白の命令で全ての行動をキャンセルでき、リスクを最小化できるからだ。

だがもう一人は——どうしたところでリスクを排除できない。

よって当然、そのリスクを負うべきは——己をおいて他にいまい!?

かくも合理的かつ自己犠牲的判断を瞬時に行えた己を自画自賛する空に——

「五分経過なのだわ!!　じゃ〜札を回収、一回目の集計と行くのだわ✲」

果たしてそう響いたフォエニクラムの声。

左手から回収されていく札の感覚に、空は慈悲深い笑みを浮かべる。

そして——

「お～っとコレは意外!?　本当に一回目でカップル成立したのだわっ!?」

そう告げるフォエニクラムの声に、ガッツポーズの準備を始めた。

――確かに嗚呼《ああ》、危険な役回りだ。

まったくもって気は進まないが!?

自分がぼっちになって終わる一本ルートであると確信していた、このゲーム!!

それを覆せる僅かな光明を見た空には、それは払うに値するリスクであった!!

かくて鼻息荒く空は確信する。

このゲーム――貰《もら》ったと。具体的には。

――初彼女《ジブリール》、貰った――――ッ!!　と!!

一日限定、仮ながらも彼女いたことある空童貞十八歳、ようこそ。

永遠の0《ゼロ》が、本日ついに――0・1に進化するのである、と――

そう感慨深くフォエニクラムの続く声を待っていた空は――だが、

「ステファニーとジブリール両想《りょうおも》い判明なのだわ!!　意外な組み合わせなのだわ!?」

「「――はぁあ!?」」

空とジブリール、そしてステフの三人が揃《そろ》って悲鳴を上げた。

「おいふざけんなっ!? そんなわけねーだろーがてめー不正しやがったな!?」

カップルが成立した以上、ゲームは終わりだ。

目を閉じている理由も黙っている理由もない空《そら》は、猛然と抗議の声を上げた。

自分と白《しろ》の票が無視されている。明らかにフォエニクラムによる不正だと。

だが空と同じく抗議の声を上げたのは、共謀した白――ではなく、

「――こ、のガラクタっ――この私を騙《だま》すとは、いよいよ本当に殺されたいので――」

「【嘲笑】騙される方が悪い《ばか》。この世界の絶対原理。必然、番外個体《イレギュラー》はばか。証明終了《ば～～か》」

そう空間さえねじ曲げそうな殺意を込めてイミルアインを睨《にら》むジブリールだった。

……イミルアインが、ジブリールを騙した？

待て。そういえば、フォエニクラムの結果発表――

疑問の声を上げたのは、空と、ジブリール、そしてステフの三人だけだった。

まるで状況がわからず、ならばと白とイミルアインに説明を求めた空の声は、

「なあ、いったいどういう――――ことですかぁあすみませんでしたぁっ!?」

だが二人から返された――絶対零度さえ下回るような視線に、悲鳴に変じた。

――やべえ。さっぱりわからない。

何が起きた。んで何が起きてる!?

何もわからない。わからないながらも――一つだけ確かなこと。
最愛の妹が、味方ではなか《うらぎ》ったことだけは理解して、空は涙目で思った。
――俺、今度はどんな地雷踏んじまったんすか……？　と……

■■■

ピンで標本を刺すように、視線で空を穿《うが》ちながら白は、思う……
駆け引きに長《た》ける兄が、恋愛が絡むとポンコツになる様に、思わずにいられない……
……にぃって、もしやばかなのかな……？　と……
兄は色々考えていたようだがこのゲーム、極めて――本当に極めて単純だったのだ。
だって、そうだろう？　こんなの――

――全員『空は自分が好き』って書くに決まってるよね……？

兄はただ、好きな子を選んで『○○は空が好き』と書くだけで終わりだったのだ。
しかもそれは――〝密告〟でもなんでもない。普通にただの告白である。
それこそが、フォエニクラムの本命《ねらい》だったの……なんで気付けないのかな……

だから——白《しろ》はただ、声は出さずにこう、唇を動かした。

——『にぃがジブリールとくっつこうとしてる』と……

イミルアインなら——機凱種《エクスマキナ》のセンサー、観測装置をもってすれば。

目を閉じていても、読唇できると踏んで。そして、ただこう続けた。

——『しろ〝ステフはジブリールが好き〟と書く』と……


白と同じく、数理的、合理的に思考できる——イミルアインなら。

彼女ならそれだけで白の意図を読み、ノって来ると確信したのである。

つまり——ジブリールに『空《そら》はジブリールが好き』と書かせるのを阻止——おそらくは
『妹様から伝言。〝空は白が好き〟と書け』と、なんらかの手段でジブリールに伝えた上で、
イミルアイン自身は『ジブリールはステフが好き』と書くだろう、と。

そう、自分と空のカップリングは、一旦諦めてでも。

まず——空とジブリールのカップル成立を阻止して。

かつゲームの勝利条件を満たす——次善の策で手を打ち結託してくれると——‼

果たしてその目論見《もくろみ》は成功した。

だが——それでもなお、白は、空と——そしてジブリールに。

「——ひっ⁉」

と揃《そろ》って悲鳴を上げさせる――刺し殺すような視線を向ける。
だって、そもそも――さ。……にぃ？
二人で確実に勝つなら、二人で、さ？
――『空は白が好き』『白は空が好き』って書くだけで、よかったよね……？
なんでわざわざ白に、ジブリールをにぃとくっつけるよう、指示したの……？
あとジブリールも、さ……？
どさくさに紛《まぎ》れて『空はジブリールが好き』って書こうとしてたよね……？
イミルアインが阻止しなきゃ、絶対、書いてたよね……？　ねぇ……？
「さぁてそれじゃールールに則《のっと》って――行ってみますかだわ!?」
が、空とジブリールにとっては幸いにもその追撃を遮るように、
「ジブリールとステファニーの一日強制仮カップリング――スタートなのだわ!?」
そう興奮した様子でフォエニクラムが高らかに宣言したと――同時。
――〃トゥンク〃……と。
見つめ合ったステフとジブリールが、恋に落ちる音を。
白を含めた全員が――確かに、聞いたような気がした。

■■■

――〝一日限定の強制的仮カップリング〟……

そのルールが齎《もたら》す結果を空《そら》も白《しろ》も、イミルアインさえ固唾を呑《の》んで注視した。

ステフとジブリールが恋人関係《カップル》になる――？　まったく想像できない。

だが、互いに見つめ合って頰《ほお》を染める二人……これが恋人《カップル》になった状態なのか？

……え、これだけ？　と空が拍子抜けしかけた――次の瞬間、

「――――♥」

「ひぃいっ!?」

ジブリールはだらしなく笑み崩れ、ステフは真っ赤にした顔を引きつらせた。

――明らかに恋人同士がする顔ではないその様子に、空が怪訝《けげん》にすると同時。

ジブリールは音の壁を破る勢いでステフに飛びかかり――そして、

「お〜〜っとお!?　配信強制終了《BAN》されるような十八禁展開はNGなのだわ✽」

――何が起きたのか、空が認識するより早く。

そう告げたフォエニクラムによって何かがキャンセルされたのだろう。

ジブリールはステフの側《そば》を通り過ぎまっすぐと壁に突き刺さり。

一方のステフは、カタカタと自分を抱いて涙目で震えていた。

――どういうことだ。

BANされるようなことをしようとしたのか!? ていうか何が起きてる!?

「えっと……ジ、ジブリール、おまえステフと恋仲になってるのか？」

「私がドラちゃんと？ ご冗談を――ドラちゃんは私の・・・ペットでございますが？」

恐る恐る問うた空に、たんこぶを押さえたジブリールはきょとんと答えた。

「下僕如《ごと》きがペットを飼う――マスター達が寛大にも許可してくださったもので」

――一応、空と白は互いを見合って確認する。

そんな許可した覚えもなければ、そもそも申請された覚えもないが。

「ペットの分際で生意気にも服を着てらっしゃるものでつい――しかし、まあ、脱がせられないのでしたら今は許してあげましょう。ドラちゃん。おすわり。からのお手♥」

「――は、はい……ですわ」

「よーしよし。ドラちゃんはいい子でございますね～♥」

「う、ううう……っ」

ともあれステフとジブリールの間では、その共通認識があるのか。

犬扱いで命令され、撫《な》でられるステフもだがまんざらでもなさげに顔を赤らめていた。

「……えっと。確認させて貰《もら》えるかな……お二人、いつからそういう関係に？」

「はい。マスター達と初めてゲームした翌日から、でございます。マスターがドラちゃんに首輪と犬耳と尻尾をつけて散歩させていたと聞いて、私も、と——ドラちゃんはリアクションが可愛《かわい》いのでございますよ？　いじめた時の泣き顔ときたらそれはもうゾクゾクするものが——ああ。裸で散歩させた時は特に——」

「ジブ——あ、ご主人様⁉　それ誰にも言わないって約束でしたわよね⁉」

「……はて？　ペットが主《わたし》に意見する、と♥」

「ひっ！　あ、あのっ！　お、お仕置きはせめて優しくしてくださいな⁉」

なるほど、よしわかった。

どうやらかなり大規模な記憶の改竄《かいざん》が行われているらしい。

その確認が取れた空《そら》は、ふぅと一息——

「おいフォエニクラム‼　これのどこが恋人関係《カップル》だ⁉　てめぇ騙《だま》しやがったな⁉」

どう見ても〝恋人関係《カップル》〟ではなく〝主従関係〟になっている二人に。

ルールの虚偽を訴えた声に、だがフォエニクラムはテンション高く断じた。

「カ・ッ・プ・ル・な・の・だ・わ‼　二人の〝無意識の合意であり得るカップル〟になるのだわ⁉」

そう告げたフォエニクラムの言葉が事実なら、つまり——

「……ステフ、は……ジブリールのペット……アリって……思ってた？」

ステフが無意識にでもそう思ってなければ、この状況は成立しないと。

そうフォエニクラムに問うた白《しろ》に、

「ち、ちがっ⁉　わ、私《わたくし》はあくまでもジブリールが頼むから……仕方なく……っ」

だがステフは必死に弁明を重ねた。

「だ、だって‼　あのジブリールが、私《わたくし》を求めて、お、お願いして来たんですのよ⁉

私《わたくし》だってこんなの、本当はイヤですわよ⁉　ふ、普通の、その──こ、恋──」

「……ドラちゃん？　マスター達がドラちゃんに質問したならともかく、飼い主の許可なく他人《ひと》と口利いてよいとでも？　少々躾《しつけ》が足りないようでございますね♥」

「ひぃ！　申し訳ありませんでしたわぁ‼」

そう叱るジブリールの声には、だが。

明らかな占有欲──嫉妬の色が含まれているのは明らかであり。

それに気付いているが故にステフの謝罪の声にも喜色が籠もっていた。

その様に、空達は揃《そろ》って納得した──なるほど確かにカップルだ、と。

──そ・う・い・うカップルだ、と。

つまり──〝一日限定の強制的仮カップリング〟……

〝互いに惚《ほ》れる〟わけでなく、あくまでも〝カップルになる〟ことの強制。

互いに〝こ・う・い・う関係性なら〟と無意識下でも合意できる恋人《カップル》関係になるわけだ。

その上で既にそ・う・い・うカップルになっていると認識するよう、記憶が捏造《ねつぞう》される。

ならば──とイミルアインは警戒色濃く問う。

「……【確認】一日経過後。捏造《ねつぞう》された記憶。当然消える？」

「当然消えないのだわ♪　でもまー〝捏造された記憶〟って認識できるようにはなるから
そーいう夢を見た、くらいになるのだわ。あと夢と同じでそのうち忘れるのだわ✽」

不本意な相手と恋人関係《カップル》になった記憶が、それでもある程度は残るという。

フォエニクラムの言に背筋を震わせる白《しろ》とイミルアインに反し、空《そら》は思う……


──つまり、俺が計画通りジブリールとカップルになれていれば。

ジブリールと何らかの形で恋人関係《カップル》になった夢くらいは見られたのである!!

夢の中でさえ非モテのこの俺が!!　なんて希望に満ちたルールなのか!?

ちくしょう、結局俺は何故《なぜ》負けたのだッ!?　と。

後悔に打ちひしがれ、己の敗因を必死に考察する空をよそに──


「うぇっへっへ～結構稼げてるのだわ～みんな～〝支援《カキン》〟よろしくなのだわ～✽」

どうやらジブリールとステフの百合《ゆり》カップル、それなりに好評らしく。

上機嫌で画面にそう語りかけるフォエニクラムに、空はふと思い出し冷静になった。

「……そういやこれ、ネットで──森精種《エルフ》にも配信されてんだっけ……」

天翼種《フリューゲル》が人類種《イマニティ》と恋人関係になっている様。

それが世界中に――少なくとも森精種《エルフ》には観《み》られているのか、と……

仮にジブリールとカップリングできたとしても、それが――ともすればフィールやクラミーにも観られているかもと思うとさすがに御免被《こうむ》りたいが……と葛藤し出した空に、

「あ。この配信、森精種《エルフ》は観られない――〝個人配信〟なのだわ」

フォエニクラムは答える。

「妖精種《フェアリー》の精霊回廊接続神経はちょっと特殊なのだわ。空間位相境界ごしに根っこのように伸びてて、妖精種《フェアリー》同士でそのリンク――根を繋《つな》ぐことでリンカーネットを構築してるのだけど。あたいがこの配信でやってるのは〝直接接続〟なのだわ。だからチャンネル登録――あたいと個人的に接続した妖精種《フェアリー》しか観られないのだわ✽」

……なるほど？　細かいことはよくわからんが。

そういえばフォエニクラムは最初から〝個人配信〟と謳《うた》っていたか。

要するに鍵付き配信――というか、仕組み的にはＰ２Ｐ接続みたいなものか？

となるとそれはそれで――

「……つまり、今〝支援《カキン》〟を投げてる奴《やつ》ら、わざわざおまえと個人的に接続――チャンネル登録をして、わざわざコレを観て、あろうことかわざわざカネまで払ってる、と？」

しかもジブリール曰《いわ》く――『魂』であるところのカネを。

スマホの表示に曰く――見間違いじゃなきゃ【１万】とか【２万】って額を。

仮に日本円と相場が同じとすれば1万円とか2万円を投げ銭している、と……

——正気か？　と問う空《そら》の半眼に、

「ふっふっふ……他人《ひと》の恋バナのためなら、すすんで奴隷にさえ身をやつすそれが妖精種《フェアリー》なのだわ。まして天翼種《フリューゲル》が恋するサマ——カネ払っても観《み》たい子はそりゃいるのだわ✽」

「ちょっと待て。今〝すすんで奴隷に身をやつす〟って言ったか？」

妖精種《フェアリー》と森精種《エルフ》——かつては友好関係にあった種族だとは聞かされた。

だがある時期を境に奴隷になった——経緯は不明らしいが——まさか、と。

「ん？　あー……エルヴン・ガルドがあたいらのこと国家機密にしてるから妖精種《フェアリー》の生態あんま知られてなかったりするのだわ？　じゃー教えたるのだわ!?」

疑念が浮かんだ空に、だがフォエニクラムはあっけらかんと——

「妖精種《フェアリー》は何より〝他人の恋バナ〟を欲するのだわ!!」

空が半眼で〝まさか〟と疑った通りの経緯を語った。そう……

「長い寿命があるくせに粘着質な森精種《エルフ》の恋愛——どろっどろだし、むっつりだから芸術もそっち方面やたら発展してるのだわ!?　そりゃ太古から味方もするし、安定して恋バナ供給されるなら奴隷になる子もいるのだわ《愛神《アルラム》》に創られし愛の種族ナメんなだわ!?」

と要するに。空はもはや公式設定と確信した——森精種《エルフ》ならぬ〝エロフ〟の。

ドロドロの恋バナや創作物を目的に、妖精種は自ら奴隷になった、と……

あまつさえ――

「リンカーネットだって、森精種《エルフ》に情報網として提供して、行き交いする〝アレコレ〟を覗《のぞ》き見《み》て楽しむために始めたもんだわ？」

「……一〇〇％覗き見されてるの承知で使うインターネットって」

「森精種《エルフ》からしたら、妖精種《フェアリー》なんて〝通信機能付きの便利な花〟程度の認識なのだわ？花に見られてることをいちいち気にする森精種《エルフ》なんかいないのだわ」

なるほど、下位種族の認識は想像以上に絶対的なようである。

だが、それより……あまりにあまりな真実に、空は思わず呻《うめ》く。

「……そんなくだらねえ理由で、森精種《エルフ》の奴隷になってるってのか……」

「くだらないとはなんなのだわ。妖精種《あたいら》にとって文字通り生命線《ライフライン》なのだわ？」

ムッとした様子で、フォエニクラムは語った。

そも妖精種《フェアリー》は花の種族――土と水と太陽さえあれば食事さえ要らないという。

その土と水と太陽も《洛園《スプラトウール》》内部に創れる――究極エコロジーな種族である。

だが魔法を行使すると消費する『魂』の補給はどうしたって必要であり――

「その『魂』を増幅させるものが――〝他人の色恋〟なのだわ✿」

イミルアインが示唆した方法を――フォエニクラムは語る。すなわち。

「他人様《ひとさま》の恋バナ色恋沙汰を!! 観《み》て聴いて生じるモノ──つまりつらみ・エモみ・尊みその他諸々《もろもろ》に〝萌《も》えて〟育つのが妖精種《あたいら》なのだわ!! 花だけに!! 花だけに!! ……え？ 渾身《こんしん》の種族ギャグだわよ？ え、笑うのだわ!?」

己がスベったのがよほど衝撃だったのか、涙目で訴えるその姿に。

だが申し訳ないが空《そら》はそれどころではないと、頭痛に耐え問いを重ねた。

「……や、それを考慮してもさ。森精種《エルフ》の奴隷にまでなる必要あったのか？」

「必要はなくても都合がよかったのだわ。森精種《エルフ》とは生態的に相性がよかったのだわ」

ああ……その辺はジブリールにも聞かされた。

確かに、植物を根絶する勢いの地精種《ドワーフ》とは不倶戴天《ふぐたいてん》だろうにしても。

それでも森精種《エルフ》以外でもよかろうし、やはり奴隷契約を交わすほどでは──

「そも他に選択肢があったのだわ？ 自我すら怪しい上位種、今にも滅びそうな吸血種《ダンピール》、パートナーをとって食うだけの海棲種《セーレーン》に、ヒキコモリの月詠種《ルナマナ》、魔法適性ゼロの人類種《イマニティ》にまして獣みたいな恋愛しかしない獣人種《ワービースト》に上質な恋バナ安定供給が望めるのだわ!?」

──改めて考えるとこの世界、まともな恋愛する種族少ねえな……と。

内心そう唸《うな》った空は、だがそれ以上に気になる発言に咄嗟《とっさ》に口を挟み、

「最後んとこ詳しく。なあ、獣人種《ワービースト》の恋愛ってやっぱ、いのみたいなのが普通な──」

「そう──過去形なのだわ!! あたいは！ 世界を燃やし尽くす恋が見たいのだわ!!」

だが捨て置いたフォエニクラムの弁舌はなおも熱を帯びて続く。

「森精種《エルフ》のドロドロ保守的恋愛も食傷気味なのだわ⁉　性別も種さえ超えた圧倒的な恋‼

これが新しいスタンダードになるとあたいは確信してるのだわ‼　この通りに！」

そう——ドスッ、と空の頭の上に座って。

フォエニクラムが叫んで指すは、この間ずっと続く恋人関係《カップル》の二人。

本物の犬さながらに仰向《あおむ》けになり、笑顔のジブリールにおなかをサスサスと撫《な》でられて
恥ずかしそうに——だが隠しようもなく嬉《うれ》しそうにしているステフという、この図が。

恋愛の新しいスタンダードになるのだという。

旧スタンダードも理解できない空には、その前衛的恋愛観はわからなかったが。

ともあれフォエニクラムの言に『ＹＥＳ』と告げる拍手代わりのように。

視聴者からの〝支援《カキン》〟の音が、チャリンチャリンと絶え間なく響いていた……

「あ、そうそう空くん達、一回目でカップル成立できたからご褒美があるのだわ」

——ああ……そういえば。完全に忘れていた。

フォエニクラムに一つだけＹＥＳ／ＮＯで導ける質問ができる権利。

正直、空には特に質問などないのだが——

「配信時間はまだあと一時間ちょっとあるから、それまで待って欲しいのだわ✻」

「……いや。一時間と言わず、一日待たせて貰《もら》うよ……部屋で」

ステフは質問したいだろうし——二人が正気に戻るのを待つべきだろう。

I ♥ 人類

と、更なる盛り上がりを見せ始めるジブ×ステに背を向けて。

己を責めるような白《しろ》のジト目からも逃れるように、空《そら》は部屋に戻った。

■■■

三日目――夜。

「――――はっ！　私《わたくし》いったい何をしてたんですの!?」

「ふむぅ……ナニをしていたのか――って」

「……きいても、いい……の？」

配信終了から一日。強制カップリングから――22時間ほどが経過し。

突如正気に戻った様子のステフに、恐る恐る部屋から顔を覗《のぞ》かせ空と白が問う。

ジブリールとステフが百合《ゆり》展開する空間に、己らの居場所などなかろうと。

――配信終了も待たず自室に籠もり、延々と二人ゲームをして過ごした空と白に、その後のジブリールとステフに何があったのか、具体的には知り得なかったが――

「ぜっっっったい教えないですわぁあ!?」

「【報告】名称不明女性と番外個体《イレギュラー》で行われた一部始終。録画済み。ご主人様観《み》る？」

「ぜっっっったい観させないですわ!?　ジ、ジブリールも！　あれは違うんですのよ!?

強制されたことであって、断じて私《わたくし》の意思じゃないのはわかって貰《もら》えますわよね!?」

「ええ、まあお互い様ですので。しかしなかなかに刺激的な体験ではございました♥」

その反応と──あれが一日続けば発展する流れから、察することはできた。

強いて言えば、フォエニクラムにより十八禁展開が封じられたままどう推移したのかはわからなかったが。ともあれ空《そら》と白《しろ》はステフの要望通り、それ以上訊《き》かないことにした。

が──またもドスッ、と。

空の頭の上に座った、完全にオフモードのフォエニクラムは下卑た笑みで告げる。

「ぐぇっへっへ……安心するのだわ。配信終了後のさっきまでの一日を、二時間に収めたダイジェスト動画を絶賛不眠不休で鋭意編集中なのだわ⁉　今夜の配信はコレでバッチリ──空くん達どころか全視聴者みんなに観《み》て貰《もら》うのだわ‼」

「アレを配信されるんですの⁉　嘘《うそ》ですわよね冗談じゃないですわ⁉」

頭上で葉巻を吹かす妖精と悲鳴を飛ばすステフの姿に──空は苦悩する。

──正直、観たい。だが、観たくない、と。

ステフとジブリールの百合《ゆり》絡み──本来の己なら、刮目《かつもく》して鑑賞したろう。あわよくばオカズにすべくスマホに録画までして堪能したろう。だが、カップルができあがっていき己がぼっちになっていく過程を観る──

わずかに拒否感──つまりは悲しさが勝った空は、

「……っつーかさあ……何でフォエニクラムも参加しないんだ？」

そーすりゃ俺がぼっちになることもなかったのに、と。

そーすりゃ俺も大手を振ってステフとジブリールの百合展開観られたのに、と。

そう責めるように問うた空に、

「え。だってあたいら――妖精種《フェアリー》は自分では恋愛しないのだわ？」

フォエニクラムはきょとんと答えた。

「妖精種《あたいら》、基本的に花なのだわ。繁殖は花粉でするし恋愛する必要ないのだわ？」

「待て。ってことは、何……妖精種《おまえら》――〝雄しべと雌しべ〟両方ある、とか？」

「ん？　もちろんあるのだわ？　見てみるのだわ？」

「……すとっぷ。雄しべと雌しべ……って〝比喩〟？　それとも、そのままの意？」

半眼で問うた白の問いは、だが聞こえなかったのか。

フォエニクラムはそれ以上に――と何より熱く語った。

「そもそもあたいらは〝観る専〟なのだわッ!?　情熱的に、一心不乱な大恋愛が今まさに行われている――その片隅にひっそり咲く一輪の花でいたいのだわ!!　自分自身がそこに関わるなんて論外!!　せっかくの恋バナが穢《けが》れるのだわ!?」

「と、申しますか、マスター。妖精種《フェアリー》が恋愛で『魂』が増幅され、その『魂』で魔法を使えるのでしたら自分で恋愛できては永久機関で……そこまでデタラメではないでしょう」

「デタラメがデタラメを指してなんぞ言うとるで」

――別に〝繁殖に不要〟だからというだけなら、それは天翼種《フリューゲル》も同じであり。

恋愛しない理由にはならないはずだが……どちらかと言えば種族的な制約なのか。

ともあれ空《そら》は、諦めからの達観で以《もっ》てため息で二人の主張を呑《の》んだ。

「──で？　全員正気に戻ったところで──そろそろ『質問』するのだわ？」

今夜の配信までもうそろそろ時間もないし、と。

急《せ》かす様子のフォエニクラムに、だが空は変わらず応じる。

「や、だから俺は質問なんか特に何もねえって……」

「ありますわ!?　『ここを出る別の手段』の有無とか、そもそもこの状況の説明とか!?」

「じゃーステフが質問すればいいだろ……」

「私《わたくし》がＹＥＳ／ＮＯで必要な情報を引き出せると思ってますの!?」

胸を張って──いっそ堂々とそう言い放ったステフに、空は嘆息して思う。

──ああ……俺は質問なんか特に何もない。

それでも、あえてしろというのなら、それは『確認』であり──

「……じゃーまずステフ。おまえに質問だ」

「──は？　え、私《わたくし》ですの？」

「おまえ、その服装で寝ることはあるか？」

「へ？　いえ、そりゃー、パジャマに着替えますわよ？　あ。こ、ここに着てから買ったパジャマでしたら無駄遣いじゃないですわよ!?　ちゃんと安物にして――」

どうでもいい言い訳を慌てて並べるステフを、だが無視して空は続ける。

「だよな。少なくともその装飾つけて寝ることはないよな刺さるし。んで俺と白《しろ》もスマホにタブレット、携帯ゲーム機まで持ってる。なのに一つだけ――あ・る・は・ず・の・も・の・が・な・い」

そこから導き出される事実は、そう――質問するまでもなく、

「つーわけでただの確認だが……フォエニクラムに『質問』――」

「――『俺・と・白・は・既・に・エ・ル・キ・ア・王・で・は・な・い』――だろ？」

「――『ＹＥＳ』……なのだわ」

果たして空のその質問と、フォエニクラムの回答に。

ステフとジブリール、イミルアイン――果ては白までもが目を剥《む》いた。

「あ、そろそろ配信時間なのだわ!?　今日はハイライト動画を視聴者とコメントつけてく感じだから空くん達はゆっくりするのだわ!!　次の『ゲーム』も明日夜八時から――遅刻せず待機しとくのだわ！　んじゃ二時間ほど失礼するのだわ！　あでゅー!!」

そう慌ただしく告げるや、フォエニクラムは虚空に溶け込むように消える。

そして――

「ちょ、待っ、え!? どど、どういうことですの!?」

取り残された一同を代表して、悲鳴混じりにそう空《そら》に詰め寄ったステフに。

どうもこうもないのだが……と空は一貫してローテンションのまま答える。

「寝起きだったから最初スルーしたが、俺と白《しろ》は――〝王冠〟がないんだよ……」

そう――本来なら空の右腕に腕章のように巻かれているはずのもの――王冠が、ない。

そして白の髪留めにされているはずのもの。

今更気付いた様子で、慌てて空と白の王冠を探すようなステフ達の視線は捨て置き、

「寝るときは外すからそりゃそうかと思ったが、ならステフがいつも通りの服装なのは、おかしいよな。ましてスマホやタブレットも別に抱いて寝てるわけじゃない」

よって――

「……俺らが起きてる時にゲームが始まり――〝私物〟ごとここに閉じ込められた。その〝私物〟に王冠がない――俺と白はエルキア王座を追われた、と考えるのが妥当だろ」

「え、ちょ、待ってくださいな。それ――一大事じゃないですの!?」

「ああ。一大事だな」

消された記憶――その間に、相当ヤバいことが起きたのは間違いない。

では具体的に何が起きたか？ そう問うステフ達の視線に、だが空は首を振る。

「だがそれ以上はわからん。つか、わからないように記憶が消されてるっぽいから」

「……マスター。どういうことでございましょう……？」

ジブリールにステフ、イミルアインが揃《そろ》って空に説明を求める視線を向ける。

――正直に言えば、空は相当落ち込んでいた。

その理由を改めて説明させられる――陰鬱極まるものであり。

空としては無言でため息吐《つ》いてまた部屋に戻りたいところだったが――

「……にぃ？」

他ならぬ白の視線には抗《あらが》えず、ため息は吐きながらも――続けた。

「………白。ここに閉じ込められる前――最後にある記憶は？」

「……イミルアイン、が……エルキアに、残った……とこ？」

そう――機凱種《エクスマキナ》が突如エルキアを――空を訪ねてきて。

すったもんだの末に去って行き、イミルアインだけが残った……これが空の最後の記憶
であり――無言で頷《うなず》いたステフとジブリール、イミルアインも同じくしているようである。

しかし、それは〝それまでの記憶はある〟ことを意味しないのだ。何故《なぜ》なら――

「ああ。だが記憶の削除は――それ以前にまで及んでる」

目を丸くする四人に、空は証拠としてスマホを取り出してみせる。

「タスクスケジューラー。機凱種《イミルアイン》達が来る前の時点から、不自然に真っ白なんだよ」

空が何かを企《たくら》み、企てる際、必ずタスクを入力していたアプリ。

それが――明確に記憶があるはずの時期でさえ、何も入力されていないのだ。

何を企てていたのかは、わからない。記憶がない。

だが空《そら》と白《しろ》が──〝何も企てなかった日〟などあるわけがないのである。

その記憶どころか、記録さえも虫食いのように消されている──しかも、

「するとまあ──スマホも弄《いじ》られてることになって、画面に表示されてる日付が正しいのかもわからんわけだが──イミルアインがエルキアに残った日から三・九・日・経・過・し・て・る」

「……【肯定】当機内蔵の観測機器と一致」

イミルアインも同意する三九日間──まさか寝ていたわけもなかろう。

よって──結論はシンプルだ。ようするに──

「俺らは機凱種《エクスマキナ》が来る前から企ててた何かが原因で、王座を追われ──」

そして。

「何かをミスって……〝敗北《まけ》〟たんだろうよ。その結果が、この状況《ザマ》だ」

──敗北《まけ》、た……？

空と白が、敗北《まけ》た？『　』《くうはく》が、本当に敗北《まけ》た？

ステフも、ジブリールも、イミルアインまでも。

空のその言葉を、だが脳が受けつけてくれないのか、呆然《ぼうぜん》とする様に。

だが、空は多分の自棄《やけ》も込めて──吐き捨てるように畳みかける。

「わかりやすく言おうか？　どうやっても真実には行き着けないよう、記憶も記録も徹底して消され、その上でどうやっても勝てないゲームをやらされてるって、この状況《ザマ》だ」

「――え？　どうやっても勝てないゲーム、って……どういうことですの？」

なるほど、何が起きたか推理さえ不可能にする徹底した記憶消去が行われた。

だが、それで何故《なぜ》空が〝どうやっても勝てないゲーム〟と断じるに至るのか。

論理の飛躍に思えたステフ達の怪訝《けげん》な視線に、だが――


「……どうしても知りたいんなら、次の『質問』で答えを出してやるよ」

ついに気力が尽きた空は、それだけ告げて肩を落とし踵《きびす》を返した。

フォエニクラム曰《いわ》く――〝次のゲーム〟とやらは、明日らしい。

昨日と同じく『質問権』を餌に、強制カップリングする趣旨のゲームだろう。

ならば次の『質問』――もとい『確認』で全ての答えが出るだろう。

何より、ゲームすりゃワンチャン誰かとカップルになれる可能性も残ってるわけで？

「つーわけで、俺はまた部屋に籠もるわ……また明日な～……」

と白を連れ部屋に戻る空の背を、ステフとジブリール、イミルアインは呆然と見送った。

■■■

四日目——の夕刻。

フォエニクラムが宣言した次のゲーム——夜八時を待たず。

空《そら》と白《しろ》は、いい匂いに釣られて、ふらふら～と部屋から顔を覗《のぞ》かせた。

そこで二人が見たものは、昨夜からは一変したリビングの——

「あ。ソラ、シロ。ちょうどよかったですわ。呼びに行くところでしたの」

ダイニングキッチンで、そう笑顔で料理するステフの姿だった。

台所に食卓、食器に調理器具等々……随分と生活感が増したそれらは——ジブリールに預けっぱなしにしていたタブレット——つまりは〝支援《カキン》〟を消費して購入したものに間違いなく——

「ス、ステフ——お、おま、俺の脱出用の『鍵』買わなきゃならんのに……!?」

最後に残されるのが己であると確信する空は、たまらず悲鳴をあげた。

——こ、こいつ……なんという無駄遣いを!?

メシなんか食パンだけ買っときゃいいものを!? と嘆く空に、

「ご心配なく、ちゃんと収支計算して購入しましたわ」

ステフはふふーんと、胸を張って答えた。

「ここで一週間以上過ごすことになるのでしたら、その度に調理済みの食料や飲料水を購入するより、水は庭に井戸を創って。食事は最低限の調理設備を用意して食材をまとめて購入したほうが安くつきましたわ」

——ふ、ふむぅ……なるほど、と。

スマホで〝支援《カキン》〟の残高を確認した空は、内心さすがステフと唸《うな》った。

昨夜の配信終了時点では【198４000】だった残高は、だがステフがこれほどのリフォームと食材購入を行ってなお、まだ【187１000】も残していた。十万ちょいで安定した水の確保から、一週間分以上の食料まで調達したらしいステフ——やはり財政管理と、何より空と白が壊滅している〝生活力〟にかけては、頼もしいことこの上ない。

そう喉を鳴らし、促されるまま食卓に着いた空と白の前に、料理が出された。

「心の乱れは体の乱れから、ですわ！　ちゃ～んと食べてくださいな。まあ……最低限の食材と調味料しか買ってませんから、大したものは作れませんでしたけど……」

ステフはそう言うが、主食に主菜に副菜、更には簡易ながらデザートまで。

この四日間——どころかこの世界《ディス・ボード》に来るまで、食パンやカップ麺、カ〇リーメイトの類《たぐい》しか食って来なかった空と白にとっては、それはもう、充分過ぎるごちそうであった。

とりあえずありがたく頂こう、と。手を合わせ食べ始めた空と白だったが——

「はて……ときにドラちゃん？　何故《なぜ》お皿が五人分あるので？」

「はい？　もちろんジブリールと、イミルアインの分ですわ？」

「【遠慮】当機は食事を必要としない。ご主人様達の貴重な資源。無意味な浪費」

そう、ジブリールもイミルアインも、精霊で動く。

通常の食事は不要と断る二人に、だがステフはにこやかに答える。

「大丈夫ですわ。そう言うと思って量は少なく――三人の分の余りで作ったものですわ。ジブリールは紅茶が。イミルアインも実はコーヒーが好きなの、知ってますわよ？」

必要ないだけで、食べられはすると。まして――

「美味《おい》しい食事は〝心の栄養〟ですわ。お二人にも心があるなら、やっぱり必要ですわ。あくまでも遠慮するのでしたら――〝食べない人の前で食べるのは私達《わたくし》の心によくない〟って言いますわよ♪」

――ステフ……ゲームにおいてはヒエラルキーぶっちぎり最下位なのに。

ことが生活になると、この場の誰にも反論を許さぬ主導権を見せる――〝まるでおかん〟という一同の内心さえ飲み込まされた二人は、かくて渋々着席し食事に手をつけた。

「…………じ～」

「……ドラちゃん、私の顔に何かついているので？」

「あ。いえ……食べるよう半ば強要しといて勝手だとは自分でも思いますけど……最低限の食材と調味料しかありませんでしたから。その……味、大丈夫かな～と」

「……はあ。まあ……普通に食べられますが……？」

「っ！　よかったですわ！」

……その間、空《そら》と白《しろ》は黙々と食べ続ける。もぐもぐ。

「……以前から疑問でしたが、ドラちゃんは腐っても王族だったはずで」

「腐ってませんし過去形でもないですわ!?」

「ご自分で料理する必要はなかったはずですが、どこでこれほどの料理の腕を？」

「へ？　ああ……子供の頃、お祖父様《じいさま》にお菓子を作ったら褒めてくれたんですの」

……もぐもぐ。

「色々作ってたら、気付いたら趣味になっただけですわ。侍女のみなさんに教わって……いつも〝姫様が厨房《ちゅうぼう》に立つなんてやめてください〟って言われてましたけど。ふふっ」

「……さようで。あ、紅茶、美味しゅうございます」

……もぐもぐ。ごっくん。ふぅ……ごちそうさまと。

食事を済ませ、食器を置き、丁寧に手を合わせた空は――

…………さて……と。満を持して――泣いた。

「うわぁ～～あん白ぉぉお!!　クソカップルが兄ちゃんを傷つけるよぉお!!」

「は!?　え、カップル!?　どこですの!?」

「ええいシラを切るか陽属性の者よ!!　貴様らが放つ陽の気に俺ほどの陰の者が気付かぬとでも思うたかッ!!　見紛《みまが》うはずもない――付き合いたてほやほやの初々しいカップルが漂わせる、不安ながらも温かい――そんなオーラが貴様らの全身から漂うておるッ!!」

ああ見紛《みまが》うものか——この、なんとなく口を挟むのを憚《はばか》られる空気!!

知らんうちにクラスでこっそり付き合いだした二人から漂うソレに相違なし!!

恋愛ごとにはまるで疎い空《そら》も、だがその空気を見誤ることなどあり得ないのだ。

——『すっこんでろ』という、その無言の拒絶は恋愛と無関係故にっっ!!

「嗚呼《ああ》!! 〝別に俺彼女いらんし〟とか〝どうせできないし〟と、見栄《みえ》や諦念という名の毛布に包《くる》まり孤独の寒さに震える者がこの世にいるなどとついぞ考えたこともなかろう、傲慢なる温《ぬく》もりのオーラ!!!! おのれぃ幸多き者よ我が前から疾《と》く失《う》せるがいいッッ!!」

「……にぃ、ちょっと……うる、さい……っ」

「ごはっ！　ぅう……もうやだぁ～ぼくかえるぅ……土に還《かえ》るぅ」

腹部を殴られ蹲《うずくま》った空をよそに、白《しろ》は鋭く目を細める。

「……〝一日〟……とっく、に……過ぎてるよ、ね……？」

「【肯定】昨夜二〇：四三を以《もっ》て24時間が経過。更に19時間と23分が経過済み」

「……じゃ、なんでステフとジブリール……まだ、カップルのまま、なの？」

「はぁあ!?　私《わたくし》とジブリールが!?　いつも通りですわよ!?」

「はい白様。確かにゲーム終了後は醜態をお見せしましたが、既に正常に——」

「【否定】番外個体《イレギュラー》が名称不明個体に個人的興味を示した前例未確認。名称不明女性の料理に感想を述べた前例も未確認。【報告】番外個体《イレギュラー》と名称不明女性間に《好意》を検出」

「違うっつってますわ!?」

「【命令】黙って。重大な懸念事項。『一日限定の仮カップル』という妖精種《フォエニクラム》の言に虚偽が疑われる。【要求】速やかな解答。――二名は現在、間違いなく正気?」

「――――っ!?」

イミルアインの問いに息を呑《の》んだステフとジブリールに、だが。

「あら？　言ってなかったのだわ？　そりゃごめんしたのだわ」

答えたのは、そう上機嫌に虚空から出現した、葉巻を吹かす妖精種《フェアリー》の少女。

「はぁい！　二人のおかげでチャンネル登録者数うなぎ登り！　近い将来の超人気配信者が約束されてご機嫌なフォエニクラムがご機嫌ついでにお答えするのだわ！」

果たしてフォエニクラムが続けたその言葉と、その笑みは――

「あたいが創ったこの空間では――恋愛感情が時間経過で増幅されるのだわ」

「――――、」

「もちろん0《ゼロ》をいくら増幅しても0《ゼロ》なのだわ。でも、強制的にでも互いを恋人と認識して一日を過ごす――〝0《ゼロ》を1にする〟には充分。そして1になってしまえば、時間経過で2にも3にも……さぁ～て？　いつまで恋仲を否定してられるか、見物なのだわ……？」

空を除く四人には、死神の鎌を連想させ、内心悲鳴を上げさせるものだった。

これが――これが〝本命の狙い〟かッ!!

一昨日《おととい》の密告白ゲーム――あまりにも簡単すぎたゲーム。

一時的なカップル成立という、その場限りの恋愛しか生まないゲーム！

その本当の狙いは――一日限定の仮カップリングなどではなかったのだ!!

今後も行われるだろう、それらの時限カップリングを通して――本当のカップルを作り上げてしまうことなのだ。当人達の〝本来の想《おも》い〟など一切考慮することなくッ!!

何故《なぜ》気付かなかった。もっと警戒すべきだった！

ここは『カップルにならなきゃ出られない空間』などではない。

――『問答無用でカップルにさ・せ・ら・れ・る・空間』なのだ――ッ!!

フォエニクラムは――当機のご主人様への想い、私《わたくし》のソラへの想い、私のマスターへの想い、しろのにぃへの想い――そ・ん・な・も・の・は・知・っ・た・こ・と・で・は・な・い・のだッッッ!!

そう戦慄し、血の気が引いていく女性陣に対し、唯一理解できていない者――


「つ、つまり俺が誰かと本当に恋人同士《カップル》になれる可能性が、まだあると!?」

恋愛が絡むと知能指数が一桁台になるらしい童貞は、希望に瞳を輝かせた。

「と、いうわけで！　今日の配信は予告通り――『ゲーム』なのだわ！　前回とはルールが違うけど、賭けるものは同じ。あーたらが勝てば質問権一つゲット。勝利条件は最低限一組が一日仮カップルになること――やるのだわ？　もちろんやるのだわよね～？」

「無論やるとも!!　質問権を得るため、やむなくながら!?　さあやろうか諸君!!」

そう鼻息荒く同意する空《そら》に、だが女性陣はそれどころではなく苦悩していた。

これで――一昨日のゲームとは、条件が変わってしまった。
一日限定なら――と、気楽に誰かをカップリングできなくなったのだ。
一日限定のカップリングであろうと、長期的には本カップリングになると判明した今、
自分と空以外のカップリングは、全員が拒否し、なんとしてでも回避しようとする!
一方で当然、自分と空のカップリングを狙えば、全員が阻止しようとする――っ!
このメンツを相手に――誰かと誰かをくっつけた《カップリングした》上で、自分だけが空とくっつく《カップリングする》――
そんな神業の駆け引きが求められるゲームになったのだ……ッッ!!

「……ジブリール……〝命令〟――」

「【阻止】番外個体《イレギュラー》の基本的人権を主張。自由意志の剥奪《はくだつ》はダメ。妹様それずるい」

「……よもやあなたに感謝する日が来ようとは……申し訳ございません、白《しろ》様」

「あ。私《わたくし》でも気付きましたわ。今、消去法で全員で私《わたくし》をハメる方向で一致しましたわね!?

上等ですわぁあああいつまでも負けっぱなしの私《わたくし》じゃないですわよ!?」

と――誰から見ても中心にいる空が、誰からも蚊帳の外に置かれたまま。

熾烈《しれつ》な事前駆け引きと共に、かくて四日目のゲームは始まった……

■■■

そして五日目──夜。

昨夜の簡単なコイン当てゲームから、一日を待って部屋を出た空《そら》と白《しろ》は──

「……よし。聞くまいと思ってたが、何があったかあえて聞こうか？」

「べっつに～～～い!? な～～～んにもありゃしませんでしたけどぉ!?」

というその台詞《せりふ》に反して、どっからどう見ても色々とあったと訴える不機嫌な様子で、ジブリールとイミルアインに詰め寄るステフに出迎えられた。

「【報告】名称不明女性による詰問。昨夜まで番外個体《イレギュラー》といい感じだったのに、番外個体《イレギュラー》が当機とカップリングされたことによる嫉妬・怒りと推定。当機極めて不本意」

「何もないって言ってますわ!? ジブリールが誰と仲良くしようが勝手ですわ!?」

そう──昨夜のコイン当てゲーム。

どんな駆け引きが行われたか──結局まるでわからず、当然のように誰ともカップルになれなかった空をよそに──なんと、ジブリールとイミルアインがカップル成立した。

天翼種《ジブリール》と機凱種《イミルアイン》──不倶戴天《ふぐたいてん》の代名詞の、強制カップリング。

〝無意識の合意であり得る関係性〟というルールでは、いかなる合意も取り付けられず原理的に実現し得ないように思われたカップリングは──だが意外な形で実現した。

「ドラちゃん撤回して頂けますか。私は『マスターに〝抱き合え〟と命じられた』と認識させられただけで。そも強制された時間中も、そこのスクラップと恋人関係《カップル》と認識した覚えもなければ、まして仲良くした覚えも、この先する予定も永久にございません」

「【肯定】〝ご主人様が悦《よろこ》ぶなら〟という錯覚に基づく行為。前提はご主人様への愛」

と――どうやら二人とも〝空に抱き合うよう命じられた〟と認識していた。

ジブリールは、単純に空に命令された、と。

イミルアインは、ジブリールと抱き合えば空が興奮すると告げられた、と。

そう認識させられ、かくて天翼種《フリューゲル》と機凱種《エクスマキナ》のカップルなる歴史的偉業が成された。

「【指摘】当機を抱く番外個体《イレギュラー》に異常な興奮を検出した。当機への好意ちょーキモい」

「マスターの命令で〝ゴミ〟を抱く……その屈辱に名状しがたい感情が生じたことは認めますが、どうか身の程を弁《わきま》えない勘違いはしないよう。うっかり殺してしまいます♪」

いつも通りそう敵意と嫌悪を向け合う二人に、だがステフは吠《ほ》えた。

「じゃーど～～してまだ手を繋いでるんですの!?」

「「――――っっっ!?」」

そう――二人はとっくに正気に戻っている……にもかかわらず。

ステフに詰め寄られる二人は、未《いま》だ手を繋《つな》いでいたのである。

指摘された二人は慌てて手を離したが――時既に遅し。

「……しろ、知ってる。最初は、主《あるじ》のため、って……嫌悪……やがて、やみつき、に……気付いたら……〝主のため〟、が口実化する……って、流れだよ、ね……」

「よ～し白《しろ》。その流れどこで知ったのかな……や。やっぱ言わなくていい」

健全な漫画で描かれる系の展開ではないそれを、兄の薄い本以外のどこで知れるのか。追究しようとした空《そら》は、だが少女漫画ならあるいはと思い直した。そう思っておこう。

よって、無論その展開を空も知っている。

かくして順調に、微粒子レベルながらも存在したかもしれないフラグ。

自分と、ジブリールやイミルアインとのカップルルートが確実に消滅していき。順調に地獄《ぼっち》への道が舗装——いや、鉄道を敷かれて行くように確定していく様に空は涙し、

「マスター。後生でございます——昨夜からの記憶を失うよう御命令ください」

唐突に、ジブリールが跪《ひざまず》き、祈るように頭《こうべ》を垂れて請うた。

「この一日でそこの産業廃棄物に私が0・1でも恋愛感情を抱いた可能性があるのでしたら。時間経過で増大する前に——どうか、この記憶を抹消してください——あるいは」

そして別れを告げるような、晴れ晴れとした笑顔で——続けた。

「——さもなくば、どうか。死なせてください」

「【実行】記憶消去シークエンス開始。エラー。自爆シークエンスに移行」

ある意味仲良くそう訴えたジブリールとイミルアインは、だが——

「あ、申し訳ないけど〝記憶操作〟も〝自害〟も禁止してるのだわ？」

またも唐突に、虚空から現れたフォエニクラムに遮られた。

「このゲームで、あーたらが『どの記憶をどの程度保有するか』は、ゲーム前に決めさせて貰《もら》ってるからあーたらにその決定権はないのだわ。悪《あ》しからずご了承願うのだわ♪」

その発言に、ジブリールとイミルアインは青ざめ絶望して。

一方で、空《そら》はただ嘆息して──「やはりな」と内心舌打ちしたが。

フォエニクラムはただどこまでも楽しそうに、

「ていうか天翼種《フリューゲル》と機凱種《エクスマキナ》の恋──これ以上の話題性《ネタ》もないのだわ⁉ 記憶消去？ 冗談じゃないのだわ‼ むしろガンガン恋愛感情を増幅するから覚悟するのだわぐへへへ」

そう下卑た笑みで続けて──さて、と。


「そろそろ今夜の配信が迫ってるのだわ。『質問』はしないのだわ？」

一昨日《おととい》と同じく、今夜はジブ×イミルの一日のハイライト動画を流すのだろう。

まだ編集が終わってないのか、時間なさげにそう急《せ》かしたフォエニクラムに、

『…………』

ステフとジブリール、イミルアイン──そして白《しろ》まで、揃《そろ》って空に視線を向けた。

──一昨日、この状況を〝どうやっても勝てないゲーム〟と断じて。

その答えを、次の『質問』で示すと告げた空は、かくて何度も繰り返した言葉。

「だから……俺は質問なんか特に何もないんだが……」
そう——だからこれは質問ではなく、確認に過ぎない、と。
空は深くため息吐《つ》いて——言った。
「質問——『このゲーム、いかなる方法で脱出しても俺らの敗北だ』……だろ？」

「は!?　え、ちょ……どういう意味ですの!?」

長い沈黙を経て、ようやく四人の絶句を代弁する声を上げたステフに。

空は諦めた様子で、このゲームの——この状況の本質を語る。

「順を追って説明しようか……まずこのゲーム、そもそも脱出不可能だ」

いや——それも正確ではない、と空は頭を振って言い直す。

「ちょっと違うか……脱出するだけなら簡単だ——〝互いを恋人と認識した二人《カップル》〟で手を繋《つな》いで『門《ゲート》』を潜る——簡単すぎるんだよ。てきとーに『互いを恋人と認識する』よう、盟約に誓って八百長《ゲーム》すりゃ、四人はいつでも脱出できる。四人は——な」

そう——問題はあくまでも、それでは一人は取り残されることであり。

「で、一人取り残された状態ではもう恋愛できない――〝支援《カキン》〟も見込めない」

そもそも四人脱出した時点で、フォエニクラムの企画は破綻する。

それ以上の配信ができなくなり――〝支援《カキン》〟も稼げなくなる。そこで終わりだ。

「だから、まず『鍵』を購入する必要がある――【50億】って法外な額を配信で稼いでからじゃなきゃ、実質誰もここから出られないってことだ。ここまでは？」

「……え、ええ。でもそれは、最初からわかってましたわよね？」

そう――最初からわかっていた。

だから空《そら》が語るこの先も――最初からわかっていたことなのだ。

故に空はずっと失意でいるのだ。つまり――

「だが50億なんて……普通に考えたら稼げるわけがないだろ？」

この五日で、空達が稼いだ〝支援《カキン》〟は――スマホ曰《いわ》く【８９７万】程度である。

このペースで推移しても、50億稼ぐには何年かかるか。更に――

「逆に、稼げるなら60億でも１００億でも稼げる。そんなドル箱を誰が手放す？」

「――――」

よって――結論は単純である。

「フォエニクラム《こ　い　つ》は、そもそも俺らを脱出させる気はない」

「……で、でも……にぃ、そんなの、同意する、はず――」

ああ、その通り。真実に決して行き着けないよう徹底的に記憶を消され。

あまつさえ、永遠に閉じ込められることに同意する——あり得ないのだ。

「だから——〝敗北《まけ》〟たんだよ。俺らは。その結果、この状況《ザマ》を強いられたわけだ」

九分九厘、エルヴン・ガルドの仕業であるこの状況。

自分達はエルヴン・ガルドに敗北し。王座を追われ、始まった状況——

つまりこのゲームは自分達が敗北した結果の〝罰ゲーム〟なのである。

故に、空は問うた——いや、確認したのだ。


「ルール説明をよく思い出してみろ。フォエニクラムは〝脱出条件〟には言及したが——

俺らの〝勝利条件〟には一言も言及してない……何故《なぜ》か？　ないんだよ勝利条件なんか」

「…………」

そう——『カップルにならなきゃ出られない空間』——

だがそれさえこの閉鎖空間——《洛園《スプラトウール》》から脱出できる、と言っているだけで、

——『ここから出た先に別の《洛園《いさくうかん》》がない』とさえ……言っていないのだ……

50億稼ぐことがまず不可能で、稼げたならなおのこと、脱出させる理由がない。

仮に一人を犠牲に四人で出たとしても——得られるのは〝敗北した外〟だけだ。

だから——つまりこれは、デスゲームなのだ。

参加させられた時点で勝利などなく、既に敗北が確定しているのである。

負けて始まったゲーム。コレはギロチンを落とすかどうかという余興に過ぎない。

……だからこそ、ここが処刑台であろうと、ギロチンを落とされようと。

せめて死ぬ前に、彼女くらいは欲しかったんだけどなぁ……と……

そう遠い目に涙を光らせた空《そら》に――だがフォエニクラムは予想外の答えを返した。


「――『NO』なのだわ」

…………

――――…………なに？


「何度でも言うのだわ。盟約に誓って――『NO』なのだわ」

動画編集の手を止め、空の眼《め》を――黒い夜のような瞳を。

まっすぐと覗《のぞ》き込《こ》んで、フォエニクラムはそう答えを重ねた。

ライム色の瞳に――そこに映る色に気付いた空は、目を剥《む》き――

「……じゃ、そろそろ今日の配信の時間だから、あたいはここで一旦離席するのだわ!!

次の『ゲーム』も明日夜八時から――遅刻せずちゃ～んと来るのだわ？　ばびゅん！」

そう笑顔で告げていつも通り消えたフォエニクラムに、取り残された一同。

その視線は、しばらく呆然《ぼうぜん》と——放心したように佇《たたず》んで。

やがて爪を噛《か》み、眉間にしわを寄せて猛然と思考する空に注がれた。

「……にぃ？」

「……ちょ、っと……待ってくれ白《しろ》……考えさせてくれ……」

——待て。待て待て待て。どういうことだ？

——『NO』……だと？　勝利条件は——ある？

であれば、話が前提から変わって来るが——

「……わり。偉そうに語っといて派手に読み違えたらしい。頭冷やして考えさせてくれ」

そうブツブツと呟《つぶや》いて、白を連れ空が部屋に戻るのを、三人は無言で見送った。

——まさか……まさか、そういうことなのか？

■■■

七日目——夜。

空が己の読み違いに気付いた五日目の、翌日。

六日目夜に行われた『ゲーム』から——更に一日が経過した夜。

部屋から出てきた空《そら》と白《しろ》は――派手な修羅場を目撃した。

「ですから！　あれは強制されたのであって、私《わたくし》の意思じゃないですわ!?」

「さようでございますか♪　いえ、よろしいのですよ？　あれほど私に詰め寄っておられたのに、随分ゴミと仲良くなられたようで。私としてはドラちゃんがそこのゴミを連れてさっさと外へ――ゴミ収集車に回収されてくれれば願ったり叶《かな》ったりで♪」

「【擁護】強制カップリングに自由意志は介在しない。番外個体《イレギュラー》も当機と確認済みのはず。ドー様を責める行為に正当性はない。推定。当機に嫉妬している。みにくい」

「……ちょっと待ってくださいな？　ドー様ってもしや私《わたくし》のことですの？」

「おやおや。〝名称不明女性〟はやめたので？　仲良しでございますね♥」

「【審議】――否定。【事実】当機はステファニー・ドーの名称を知っている。よって名称不明女性というこれまでの呼称が失策だった。失策を正しただけ。好意は無関係」

「あと一文字！　あと一文字ですわ！　私《わたくし》はステファニー・ド――」

「【結論】また当機はご主人様のメイド。当該個体はご主人様の側近かつエルキア連邦盟主国・エルキア王国宰相。必然的に当機より社会的地位は上。よってステファニー・ドーをドー様と呼ぶことになんら不備はない。当機は正常。ご主人様あいしてる」

「ど――して誰も私《わたくし》をちゃんと呼んでくれないんですのぉ!?」

昨夜の配信……またも簡単な心理ゲームだったそこで。

今度は、ステフとイミルアインのカップリングが成立した。

だが、空はカップル成立で『質問権』を獲得したと同時、席を立ちまたも白と共に部屋に籠もったため、その後一日何があったかはおろか、二人がどういう関係になったかさえ知らなかったし――正直それどころでもなかったが。

強制カップリングとも無関係に三角関係が構築されているらしいその様《ざま》を捨て置き。

一昨日《おととい》の夜からそれどころでなく、終始思考を重ね続けた空は――

「ん〜……チャンネル登録者数の増加も、収益も悪くはないのだわ……でもやっぱ天翼種《フリューゲル》×機凱種《エクスマキナ》ほどのインパクトはないのだわ。てかステファニーちゃんチョロ過ぎて逆に盛り上がらないのだわ。どーすんのだわぁ〜そろそろテコ入れを考えないとマズいのだわ？」

葉巻を吹かし酒を飲み、どこか焦燥を見せるフォエニクラムに、直球で切り出した。

「……フォエニクラム――『質問』だ」

その空の声に、表情に――瞳の色に、何かを感じ取ったのか。

フォエニクラムも、喧々囂々《けんけんごうごう》と騒いでいたステフ達までも静まって空を注視した。

――二晩かけて、考えた。

やはり、記憶は真実に行き着けないよう意図して消されているとしか思えない。

ここまで徹底した記憶消去と、この状況に同意する必要性も――やはりわからない。

よって、この状況《ゲーム》が自分達の敗北によって始まったものであり。
少なくとも、自分達に主導権がないのは何度考えても間違いない。
だが、その上で──まだ。
〝勝利〟がある、と──〝勝ち筋〟があると言うのなら。
どうやっても垂直思考の推理では行き着けない答えが、あるというのなら。
「まず……これは質問じゃない。確認だ。だから答える必要はない」
──空《そら》は、自分の〝本来の推理法〟で行き着ける答えを信じることにした。
すなわち──
「フォエニクラム──おまえは、俺達の味方だな？」
──根拠は、ない。
だが、こいつは少なくとも──『敵』ではないという〝直感〟を。
「────✽」
果たして空の要望通り、無言で、無表情で応じたフォエニクラムの、その眼《め》。
ライム色の瞳が宿した色は、二日前。やはり空の眼を覗《のぞ》き込《こ》んだ色《モノ》と同じだった。
それは〝悪意〟のない色だった。〝敵意〟も〝害意〟さえも含まない、色。
フォエニクラムの眼に宿っていたのは期待、信頼、そして──不安。
だが、故にこそ空は己の直感の正しさを確信し、断じるように問うた。

「質問――『おまえもこのゲームの参加者で――〝勝利条件〟は俺らと同じだ』」

フォエニクラムは――少なくとも『死刑執行人』ではない、と。

……『主催者』なのは間違いないのだろうが、それでも。

あえて言うなら、それはデスゲームにおける〝最後の例外〟――

――主催者こそが、主人公達の『共謀者』であるケース……

そう告げた空の直感に、果たして――


「――『YES』なのだわ✽」

そう不敵に――満足そうに笑って答えたフォエニクラムに、空は苦笑した。

「ま……なんだ。遅くなってすまん。やっと状況を把握できた」

「……あのぉ……つまり、どういう状況なんですの？」

一同の疑問を代表してそう訊《たず》ねたステフに、空は頭を掻《か》いて猛省していた。

我ながら取り乱し過ぎていた――冷静に考えれば気付けたことだ。そう――

「まず、フォエニクラムは、エルヴン・ガルドの手先じゃない」

森精種《エルフ》の恋愛沙汰には食傷していると。奴隷になる子もいる――と、どこか他人事《ひとごと》のように語った。何よりコイツからは――最初から一貫して敵意が感じられない。

だが——ならば、味方であるはずのフォエニクラムが。

どう考えても空《そら》達が応じるわけがない、徹底した記憶の消去を伴ってまで。

どう考えても空達にとって不本意なこの状況を——作らざるを得なかったなら——

「で、俺らはやはり何かをミスった。そして——たぶんエルヴン・ガルドに敗北した」

そう——相手がエルヴン・ガルドかどうかは、もはや断言はできない。

だが誰かに敗北し、結果この状況が生まれた——ここまでは、やはり揺らがない。

ただし、その上で、まだ〝勝利《かちすじ》〟があり、フォエニクラムが味方であるのなら——

「その敗北を覆すため、俺らにとって極めて不利な条件を呑《の》んでまで、フォエニクラムとこのゲームを行うことに同意を取り付けた……ってことだ」

では、そんな主催者《フォエニクラム》が——俺らと同じくするという〝勝利条件〟とは、何か？

わかりきっているだろう。フォエニクラムが敵ではなく、味方だというのなら。

それは、最初からこのゲームの目的として語られた通りなのである。

つまりは——『〝支援《カキン》〟をガンガン稼ぐこと』だ。
ソレがなければ、事実上誰一人ここから出られない——『鍵』の購入。
本当に50億稼ぐ——それが俺らの、敗北を覆す共通の勝利条件なのだ。
「……あの……私《わたくし》の理解力が足りないんですの？　結局、何を、どうしてミスって、誰に敗北したのか——肝心の部分は、依然として何もわかってないですわよね……？」

そう己を疑うステフに、だがジブリールとイミルアイン、白《しろ》までも同感なのか。

揃《そろ》って怪訝《けげん》な視線を向けられる空は、だが――頭《かぶり》を振って答えた。

――それらは、別に〝肝心の部分〟などではないから。

というかぶっちゃけた話〝どうでもいい部分《こと》〟なのだ。

単に――

「んじゃ、フォエニクラム。ステフ達のためにもう一つ、質問いいか？」

「ん～？　質問は一つなのだわ？　あたいが本当のことを言う保証はないのだわ？」

別に質問してもいいが、その真偽は盟約によって保証されない、と。

律儀にもそう答えてくれるフォエニクラムに、空は苦笑して返す。

「いいや。おまえは本当のことを言うさ――俺らの味方なんだからな？」

そう――コイツは、そもそも喋《しゃべ》りすぎだ。

配信の仕組み、妖精種《フェアリー》の生態等々――空達の質問には、全て答えていたのだ。

おそらく――〝自分から言えない〟だけで……〝問われれば答えられる〟……

このゲームは、そういう条件で始まっているゲームなのだろう。

「それにまー別に答えるまでもなくわかりきってることだ。ステフのための確認だ」

故に、空はその確信を以《もっ》て、問う。ようするに――

「質問——『エルキアは現在〝滅ぶかどうか〟ってギリギリの瀬戸際にあり、このゲームの結果次第で、辛うじて首の皮一枚が繋《つな》がるかって状況にある』……だろ？」

「——っ!!」

その言葉に、空《そら》とフォエニクラムを除く一同が息を呑《の》んだ。

そう——何故《なぜ》、誰に、敗北したかは——この際どうでもいいのである。

エルキアからこの五人を不在にしてまでこの条件を、状況を呑ませるほどの事態。

それ自体が、エルキアの存亡に直結する危機であるという証拠なのだ、と。

確信して告げた空に、だがフォエニクラムは不敵に笑って、答えた。

「……『NO』なのだわ？」

——あれ？　と。

またなんか読み違えたか？　と身構えた空は、だが。

「〝エルキアだけじゃない〟から『NO』なのだわ。エルキアはおろか、全人類種《イマニティ》は当然のこと、複数の種族が滅ぶかどうかってギリギリの瀬戸際にあるのだわ✽」

——おやぁ？　と。

そう続けたフォエニクラムに、空は冷や汗を伝わせた。

そして、やはり期待と信頼、そして多分な不安の色を瞳に宿し——

「——気張るのだわ？　こっちも一世一代の大博打《おおばくち》なのだわ」

そうシリアスな顔で告げるや虚空に消えたフォエニクラムに。

「……ソラ〜。ソラ〜？　本当に何をミスった《やらかし》んですの……？」

どうやら自分達の敗北《ミス》が、想像以上の状況を齎《もたら》しているらしい〝外〟を想《おも》って。

半眼で問うたステフは、だが無視して。空はただ、猛然と思考を巡らせていた。


——自分達がどんなミスをしたのか。

記憶を消され、外部とも連絡が取れない今、それを考えることに意味はない。

ましてこれが敗北を覆すためのゲームであるのなら——おそらく時間もない。

故に〝最速で50億稼ぐ〟——その方法論だけに、思考を集中させた…………

■■■

七日目の配信も無事に終えて。

空間の狭間《はざま》に拵《こしら》えた自室で、フォエニクラムは独り下品に笑う。

「うっひゃひゃひゃひゅほ〜〜〜!!　ぐぇふふ、今日もがっぽり稼げたのだわぁ!!」

当然だろう。なにせ僅か87だったチャンネル登録者数が、今や——12万超。

〝支援《カキン》〟——魂もフォエニクラムが保有したことのない数値に達しているのである。

「あぁ～今のあたいってばトップクラス――とは言わないまでも、中堅配信者なのだわ!? 軽くセレブなのだわ！　魂《カネ》の余裕は心の余裕なのだわ今ならあたいを底辺配信者呼ばわりしたカスどもにだって優しく――はできないのだわ。うん、嘘《うそ》は吐《つ》けないのだわ✽」

配信画面に――確かに非接続状態《オフライン》なのを確認し――力一杯中指を立てる。己を見下した連中を見下ろす――これ以上の快感があろうか。いやない！

「ぷぎゃらっしゃ～～てめーらザマァなのだわぅぁぁ～～か!!　うっひょ～～～!!」

汚い歓声と共にフォエニクラムは舞い踊り――ふと、止まる。

そして――チラッ……チラチラッ、と。

表示されたままの、空《そら》達が稼いだ〝支援《カキン》〟の残高――魂の総額を見やり、呟《つぶや》く。

「……こんだけあったら、ちょびっと私的に使っても、バ、バレないのだわ……？」

今なら、あの花冠卿《グラン・メイガス》の激レア動画や、職人達の特殊シチュ空間構築術式《パッチ》が――万年金欠故に涙を呑《の》んで見送ったアレコレが余裕で買える。買いまくれる。

……………。

「い、いやさすがにダメなのだわ!?　……や、でも今後の資料にも使え……そ、そうなのだわこれは投資！　更なる配信クオリティ向上のための設備投資なのだからして――!?」

そう自己正当化に成功したフォエニクラムは――だが、

【浪費は許さぬ】

「ぎゃはふへほぉぉお!?　う～～～そうそに決まってるのだわ～んも～軽いジョークで――いえはい魔が差したのだわでも未遂なのだわ許し――って何だてめーなのだわ？」

咎《とが》める声に弁解をまくし立てつつ勢いよく土下座したフォエニクラムは、だが。

響いた【声】が画面からのものではなく。

故に、その正体に気付くや、舌打ちして不機嫌そうに顔を上げた。

「ったく、土下座して損したのだわ……で。なんの用なのだわ？」


【既に自白は始まった。猶予はない。急げ】

端的に命じる【声】に、フォエニクラムは鼻を鳴らした。

――言われずとも、状況はわかってるのだわ、と。

そう……それは、空達には決して行き着けない真実。

彼らの記憶から徹底的に消された――『毒』により生じた〝外〟の状況だ……

すなわち――エルヴン・ガルドが使役する妖精種《フェアリー》達が行使した『洛園堕とし《スプライトトウーン》』によって空間位相境界――《洛園《スプラトウール》》に閉じ込められたエルキアを、一刻も早く――間者達が全てを自白する前に解放しなければならない、という状況である。
それには、エルキアを飲み込んだ以上の力で空間位相境界に干渉し返す必要があり。
そのために必要な力――『魂』の総量が、つまりは【50億】なのである。

だが──

「んなのわかってんだわ。でも森精種《エルフ》に内緒で──あたいと個人接続して『口外しない』って盟約に誓わなきゃ視聴できない、この縛りの配信じゃ時間はかかるのだわ？」

何しろエルヴン・ガルドの思惑と真っ向から対立する企画である。

表立った宣伝も打てず、盟約で秘密厳守を誓わせているため口コミも詳細は伏せるしかない。どうしても拡散は遅れる──現状の拡散速度でさえ早すぎるほどだ。

というか、そもそもの話として──

「てめーが空《そら》くん達の記憶を徹底的に消した挙げ句、あたいから語らせるの禁じてなきゃもっと早くコトが進んでたのだわ？　文句ならてめーに言っとくのだわ」

──まあ、とはいえ。

妖精種《フェアリー》が求めるのはあくまでガチの恋愛、自然な感情から生まれる熱い恋である。

この状況を全て把握した空達では──〝恋愛ごっこ〟にしかならなかっただろう。

エルキアを救うため、と小賢《こざか》しいヤラセの恋愛ではいっぱしのコメンテーター気取りのクソ視聴者ども──もとい目のお肥えになられた妖精種《フェアリー》様方の琴線に響くはずもない。

まあ……この状況が果たして自然体か？　とは思わなくもないが…………

──いや大丈夫なのだわ！　要は程度の問題なのだわ!!

と、自分自身の疑念にセルフでフォローを入れつつ。

動揺を鎮めるために葉巻を取り出し火を点《つ》け――ふと、疑問を得る。

紫煙を吐いて、フォエニクラムはその疑問を【声】にぶつけた。

「……っつーか〝龍精種《あーたら》〟は未来が視《み》えてるのだわ？　何を焦ってるのだわ？」

そう――現出した【声】の正体は、龍《りゅう》だ。


――【十六種族《イクシード》】位階序列・第四位――『龍精種《ドラゴニア》』……

曰《いわ》く、龍精種《ドラゴニア》は過去・現在・未来と複数の時間に跨《また》がって存在しているという。

存在そのものがネタバレの嵐とかいう、意味のわからない哀れな種族だそうだ。

故に、少なくとも近未来の事象については掌握しているはずなのだ。

ましてこいつに至っては――と疑問を深めるフォエニクラムは、だが。


【此方《こなた》に未来など視えぬ】

端的に告げた【声】に、目を丸くした。

その答えに――ではない。

森精種《エルフ》の研究者によっては〝神霊種《オールドデウス》さえ凌駕《りょうが》する〟と考える者もいる超越種に。

何故《なぜ》か――あり得ないことだろうが――不安を感じた気がしたからだ。

【此方《こなた》は嘗《かつ》て『大戦』は永劫《えいごう》続くと視た。だが終結した】

あり得ないはずの未来は、だが過去となった。

未来とは不変でなく、未来とは絶対を意味しないのだと——まして、
【重ねよう。現在とは此方《こなた》が初めて自ら干渉している時間である】
かくも不確定な未来の、意図的確定に臨んでいると。
故に——己の干渉は、如何《いか》なる結末も保証するものではないと、
【告白しよう。此方《こなた》は無智愚蒙《むちぐもう》に過ぎない。未来など測りも識《し》れぬ】

そう——言葉少なく。だが問答無用に理解させる龍《りゅう》の言葉に。

…………ほーん、と。

フォエニクラムは紫煙と共に歪《ゆが》んだ笑みを吐き出した。

「あたいでもわかることがわからないとか、龍精種《ドラゴニア》も大したことねーのだわ？」

——なるほど、神霊種《オールドデウス》だって空《そら》くん達に負けるわけなのだわ。

何しろ超越種も、こんな簡単なことがわからないらしいのだから——

「未来なんて決まってるのだわ。答えはいつだって二つしかないのだわ」

そう——すなわち。

「〝伸《の》るか反《そ》るか〟——つまりは勝つか負けるか。それだけなのだわ！」

そうドヤ顔で告げて、フォエニクラムは重ね、

「んで、あたいは勝つ方に全てを賭けたのだわ。負けたら先は——少なくともあたいには
未来なんかないのだわ。だから未来なんか一つしかないってわけなのだわ？」

ぺっ、と葉巻を吐き捨てて【声】を通して、龍を睨《にら》み付《つ》け――啖呵《たんか》を切った。

「――〝あたいらが勝った〟……それがこれから過去になる未来、なのだわ」

【指摘しよう。勝・利・し・て・な・お・引き分けに過ぎぬ】

「うっせーのだわ」

【だが認めよう。此方《こなた》の望みも其《そ》の未来である】

そうして――夢から覚めるように、【声】の気配が消失する。

最後の【声】が笑っていたように感じたのは……さすがに勘違いだろうが。

ふう、と静かに息を吐いて、フォエニクラムは大きく肩を揺すった。

今更ながらに全身が強張《こわば》っていることに気が付き、唸《うな》る。

「……ったく、顔を合わせなくてもムダに疲れるクソトカゲなのだわ……とは言ってみたものの……実際このペースじゃマズいのは事実、なのだわ……」

〝支援《カキン》〟は思わず小躍りする額だが、50億には遠く及ばない。フォエニクラムが浪費しようがしまいが、このままでは年単位かかるペースである。

何か手を打つ必要がある――と思考を巡らせるフォエニクラムは。

「……さて、どうすっかだわ…………ん、何か焦げ臭――って、ひぎゃあああぁっ⁉

葉巻の火消えてなかったのだわ花弁が焦げてっ水、水はどこなのだわ――――ッ⁉」

独り、盛大な悲鳴を上げていた……

第二章――水平思考《ラテラル・アプローチ》

八日目の――夜。

ステフは満天の星空を目指すように伸びる、長い石造りの階段を登っていた。

動きにくい東部連合《とうぶれんごう》の祭装束《ユカタ》を纏《まと》い、歩きにくい木下駄《きげた》をカラコロと鳴らして。

途中、何度も躓《つまず》いて転びかけながら、たどり着いたその先。

眼前に広がっていた光景に――ステフは、息を呑《の》んで立ち尽くした。


数時間前までは、花が咲き乱れるだけの庭園だったはずの場所。

だがフォエニクラムによって空間が塗り替えられたのだろう――そこは、今。

無数の灯《あか》りと大勢の人々で賑《にぎ》わう広大な都市の、煌《きら》めく文明の光に覆われていた。


――東部連合には『三大祭』と呼ばれる祭りがある。

獣人種《ワービースト》が単一の国家として統合されたことで、各部族がそれぞれ独自に執り行っていた様々な祭りもまとめられていき、最終的に三つの祭典として残ったものだが――

その一つが、首都・巫鴈島《かんながり》にて夏至《げし》の節に行われる――『星卸祭』……

まさに今、ステフが目にしている――世界有数の祝祭。

無数に掲げられた提灯《ちょうちん》の淡い光が、巫鴈の都市全土を煌々《こうこう》と染め上げていた。

――特に中央参道をゆっくりと進む大神輿《おおみこし》は、さながら動く宝物殿。

参道に並ぶ屋台は、東部連合でも美食で知られる名店揃《ぞろ》い。そして子供向けの簡単なものから本格的な賭博まで、多種多様な遊戯《ゲーム》が各所で祭りの賑わいを盛り上げている。

何より、紅《あか》い月さえ陰らせるという『打ち上げ花火』――

東部連合の誇る高度な火薬技術の結晶が、天に華を咲かせる……

噂《うわさ》以上の、想像すらできなかった絶景を前に、ステフは深く息を吐いた。

――種族間対立の激しいこの世界で〝最も美しい祭りの一つ〟と謳《うた》われる祭典。

一度でいいからぜひ見たい、と昔から思っていた。

何を隠そう、東部連合がエルキア連邦に加盟した今年は、職権濫用も厭《いと》わず『視察』に行こうと心に決め、船便の手配まで済ませていた――その光景が、妖精種《フェアリー》によって創られたものとはいえ、今、目の前にあった。

……あった、のだが――

「今はそれどころじゃね〰〰〰んですのよぉおッ!? エルキアが滅びかけてるって聞かされてどんな精神状態でお祭りですのよ!? 悠長やってる場合ですのぉおッ!?」

本来なら目を輝かせたステフは、昨夜聞かされた現状に頭を抱えて吼《ほ》えた。

空曰《そらいわ》く、現在エルキアは――複数の種族ごと存亡の危機にあるという。
だというのに――

「まー落ち着けよステフ。滅びかけてると決まったわけじゃないだろ」

焦るステフの背後から重なって響いたのは、カランコロンと石段を踏む軽い足音。

のんびりかけられたその言葉に、ステフはぐっと歯噛《はが》みして息をつく。

「っ……そ、そう……ですわよね。それを阻止するためにこうして――」

「【肯定】推定材料・経過時間から算出。〝既に滅んでいる〟可能性。52・3％」

「今更慌てても文字通り〝後の祭り〟――せめて目の前の祭りを楽しまれては？」

「うぉおおこっから出しなさいなぁあ!? 国が!! 祖国が!! 人類種《イマニティ》が《わ》ぁあ!!」

気休めさえくれない厳しい言葉に、ステフは石畳に額を打ち付け泣き喚《な》いた。


――やはり、悠長に遊んでいる場合ではない。

せめて自分だけでもこの空間から脱出し、エルキアに駆けつけるべきでは？

このゲームで――いや。正直どんなゲームでも自分が役に立てるとは思えない。悲しいかな、ゲームに関しては己が常に戦力外だという程度の自覚は、ステフにもあった。

役に立てるとすれば、ゲームの盤外――すなわち国政しかない。

自分がエルキアに戻れば、滅亡を遅らせるくらいは、できるのでは？

ならば自分だけでも、さっさと誰かとカップルになって脱出すべきでは？

幸い、空も語った通り――このゲーム、四人だけなら、脱出は容易《たやす》いのだ。

単に一人取り残されると詰むから出られないのであって。

だが、二人抜けてもまだ三人残る――恋愛配信を続けるには充分ではないのか？

人類種《イマニティ》最後の国家、エルキアの――人類種《イマニティ》の、存亡の危機なのだ。

もはや乙女の恋がどうこうと、私的な感傷に浸っている場合ではないだろう。

盟約に誓って八百長《ゲーム》して、強制的に誰かに惚《ほ》れてでも――――ッ!!

そんな悲壮な決意を胸に、ぱっと振り向いたステフは、

「お～さすが大枚はたいただけのことはある。すげー光景だな」

「……に、にぃ……て、手……はは、離さないで、ね……っ？」

「――――」


そこにいた二人、空と白《しろ》の――いや、空の姿を視認するや、息を呑《の》んで固まった。

自分と同じく、東部連合《とうぶれんごう》の祭装束《ユカタ》に身を包み、妹《しろ》の手を引いている立ち姿。

いつものだらしない格好とは違って、どこか凜《りん》とした雰囲気――。

痩せぎすの身体《からだ》は、決して逞《たくま》しくはないけれど。衣装の合わせから覗《のぞ》く硬い胸板は……。

……ああ、やっぱり、自分とは違う『男』なのだと感じて――

──という胸の締め付けが、ステフの脳裏に甘い囁《ささや》き声を届かせた。

──キュン……

──もう、いいじゃないですの。素直になれば。

ここを出るためには、ソラとカップルになるしかない。

祖国を救うためには、ソラとカップルになるしかない。

なら、あなたにはそうする義務があるのですわ。ステファニー・ドーラ。

なんて完璧で素敵な口実──あなただって、本当はわかってますわよね。

最初は植え付けられた恋でも、今の、このときめきは、ほんもの──

「──ってときめいてる場合では更にないですわ!? 気をしっかり持つんですのよステファニー・ドーラ!! それこそ私的感情で、しかも錯覚だってってんですのよッ!?」

己の正気を探してか、あるいは地下を掘り進めた先に出口を求めてか。

ガンガンガン、と石畳を掘削する勢いで額を打ち付けて叫ぶステフは、

「【提言】ドー様のSAN値。著しい減少を確認。可及的速やかな休養を推奨。具体案を提示。番外個体《イレギュラー》と番《つが》いにして当空間《ゲーム》からの排除。強く推奨。名案。ぐーていでー」

「マスター、私からも具申致します。足手まといは少ないほうが──つまりはドラちゃんとそちらの粗大ゴミはまとめて外に出すべきではないでしょうか♪」

と互いを牽制《けんせい》し合うようなやり取りに、ぱっと顔を上げる。

そう、そうだ。別に空《そら》でなくても、ジブリールかイミルアインでもいいのだ。

二人の意図はさておき、どちらかとここから脱出すれば――というステフの思考は、

「――――」

だが、二人の姿を目にするや、再び沸騰して弾《はじ》け飛《と》んだ。

華やかな色合いの祭装束《ユカタ》を身に纏《まと》った、美しい天使と可憐《かれん》な人形……

薄い布一枚の衣装は、この世のものとは思えぬ魅力を引き立たせていた。

ましてその薄布一枚を隔てた肌の感触を――ステフは知っている。

わずか一日、強制されたとはいえ、胸を焦がした熱情は今もなお記憶にあって――

――キュン……

嗚呼《ああ》……でもどっちとカップルになればいいんですの……？

どちらかを選べば、どちらかへの想《おも》いは断ち切らねばならない、そんなの――

「――って違いますわぁぁあっ!?　これこそ植え付けられて増幅された感情――というか何自然に〝恋多き乙女☆〟みたいな思考してるんですのステファニー・ドーラ!?　恋多き乙女って要するに『誰でもいい』だけのクソ女ですわよぉぉほほおおおんっ!?」

ズゴゴゴゴゴゴン――と。

石畳に頭を叩《たた》きつけるステフの姿に、哀れみの眼差《まなざ》しを向けて白《しろ》は呟《つぶや》く。

「……にぃ……ステフ、ほんとに、休ませたほう、が……いいん、じゃ……」

「残念ながら却下だ。この恋愛ゲームにはステフこそ最も必要な人材だ。あと考えようによっちゃステフが一番平常運転とも言える。何とかなるだろ。ギャグ補正とかで」

――ステフは壊れてこそ平常運転、と。

ある意味全幅の信頼を寄せて告げた空に、不思議と納得して一同は頷《うなず》く。

そして祭りの喧噪《けんそう》が響く中、ジブリールが宙を睨《にら》んで口を開き、

「……それで？　何故《なぜ》これほど大規模な空間書き換えを行ってまで、庭園に『星卸祭』を再現したのか――いつになれば説明を頂けるのでしょう？」

わざわざ衣装まで用意して、と。そう不機嫌そうな声で問うた。

答えを待つまでもない――ここが今日の『ゲーム』の〝舞台〟である。

そしてこれほどの舞台でやることが、昨日までの〝簡単なゲーム〟ではなかろう。

ジブリールのみならず、イミルアインまでもが警戒に眼《め》を細める中――

「くっくっく――は〰〰っはっはっはなのだわぁ!!　見るのだわ!!　あたいを底辺配信者呼ばわりしてた有象無象が、ぞろぞろとホウキで掃き集めたゴミのように待機室に集まってるのだわぁ!!　も〰〰誰にも底辺なんて言わせないのだわ頂点《こうべ》に立つ日も近い超☆人気配信者!!　それがあたいなのだわ!!　愚民どもめが崇め奉《あがたてまつ》って頭を深々と垂れるのだわ!!　跪《ひざまず》くのだわきゃ〰〰っきゃっきゃっきゃ!!　ぷぎゃ〰〰っしゃあああ!!」

ようやく姿を見せたフォエニクラムは、画面の前で笑い転げていた。

……日を追うごとに視聴者数が増えていることに、いたくご機嫌らしかったが。

その画面に映るコメント欄らしきものがチラッと見えた空《そら》は、声をかける……

「あー……俺、妖精語読めないしコメントの内容はわかんないんだけど」

「なんなのだわ!?　あたいの自己肯定感向上タイムを邪魔すんなだわ!?」

「コメントの流れる速度的に——待機室に音声届いてね？」

「こんにちは〜〜✽　永遠のド・底辺配信者フォエニクラムなのだわ✽　んも〜空くんたら神聖なる視聴者様をゴミなんて呼んじゃ〝めっ〟なのだわ✽　愚民はキングオブ愚民のあたいだけの呼称！　あ、視聴者の皆様お靴が汚れてらっしゃるのだわお舐《な》めするのだわぺろぺろぺろぺろ——ってぎゃああ画面が埋まる勢いで炎上してるのだわ!?」

——などという、亜光速の掌《てのひら》返しも虚《むな》しく。

「ちょ、待っ、何で配信前の待機室で既に炎上してるのだわ!?　火、火消しっ！　火消ししなきゃ——五分巻きで始めるのだわ配信に切り替えてコメント流すのだわ!?」

……その前に音声を切ればいいのに、と誰もが思う中。

果たしてジブリールの問いにはもちろん。

石畳を額で粉砕しつつ葛藤を続けるステフも放置されたまま。

慌ただしく、八日目の配信が始まった…………

■■■

「はぁ〜い✿フォエニクラムチャンネル・大人気配信企画!!　『カップルにならなきゃ出られない空間』第八回!!　今日も張り切ってお届けしていくのだわ――」

もはや聞き慣れた作り声で、フォエニクラムが空気を変えるべく行った宣言は。

だが、無駄だった。

「――って、ちょっ、待機室のログ持って来んなだわ!?　スクショもブロックなのだわ!?　あ?　何なのだわこれ――って切り抜き動画!?　二分弱でそこまでするのだわ!?　仕事が速すぎないのだわッ!?　てめーどんだけヒマなのだわぁあ!?」

怒濤《どとう》のように燃え上がっていく配信に、フォエニクラムが絶叫する。

だがそれも当然のことだ。たとえ異なる世界、異なる種族であろうとも。

炎上案件とは、下手に消そうとすればするほどよく燃えるが必定である。

「――え、え〜と……と、とにかく!!　今日もクソ底辺配信者たるあたいがお送りさせて頂くわけなのですけれども!!　きょ、今日は、い、今までとはひと味違うのだわ!?」

そう――火消しに唯一効果的な手は。

よりセンセーショナルな話題を提示することである。すなわち――

「みんな聞いて観《み》て驚くのだわっ!?　今日のゲームは――っじゃ〜〜ん!!　『星卸祭』を模したこの大舞台《ステージ》で!!　なんと――『　』《くうはく》二人の全面企画協力でお送りするのだわ!!」

「……こん、ちは……ぶい……」

「はぁい妖精種《フェアリー》のみなさんこんちは!! 本日のゲームのエグゼクティブプロデューサー、『　』《くうはく》の兄のほう空《そら》童貞十八歳!! 好物は騙《だま》された奴《やつ》の『はぁあ!?』って間抜けヅラ!! 趣味と特技は人を騙すこと!! 永遠の彼女募集中でっす♪」

「いぇ〜〜〜い!! 本当に永遠になる素敵な挨拶なのだわ✤ みんな拍手〜〜〜!!」

「はぁあ!?」

果たしてフォエニクラムの狙い通り、視聴者のみならず。

声を上げたステフ、更にはジブリールとイミルアインまでもが驚愕《きょうがく》に喘《あえ》いだ。

うーん。これこれ。この顔が好物なのだ、と空は噛《か》み締《し》めて想《おも》う——

——そう、何を隠そう。

こんな大規模な舞台を用意してまで、何をさせるつもりか……?

ジブリールの問いへの答えは、空と白《しろ》は最初から持っていたのである。

というか今朝、フォエニクラムに空と白が提案した企画《ゲーム》であるが故!!

「ちなみに舞台や衣装も二人の自費負担——　〝支援《カキン》〟を1340万も消費して用意してくれたものなのだわ!? 太っ腹なお二人にもう一度、盛大に拍手を贈るのだわぁ〜〜〜!?」

「は、はぁあ!? どういうことですのってぎゃあああ!? 残高が0ですわぁあ!?」

フォエニクラムの語りに慌ててタブレットで確認したステフが再度悲鳴をあげる。

――そう、同じく何を隠そう。

この『星卸祭』――舞台から雑踏《NPC》、祭装束《ユカタ》から、何から何まで全て。

フォエニクラムが用意した舞台装置では、ないのである。

ステフが庭に井戸を創って、リビングをキッチンに改装したのと同じように。

空が〝支援《カキン》〟を消費して――普通に〝購入〟したものである！

おかげで残高はマジの【0】……今夜の食費すらないわけだがさておき――

「さぁ、果たして誰もが同じく抱いてる疑問――すなわち〝ここまでして何をするのか〟

――その答えを!!　つまりは今日のゲームの内容を――発表するのだわ!?」

かくして立て続けのサプライズに、すっかり炎上は収まり。

視聴者はもとより、ステフ達三人までもが沈黙して続く言葉を待つ。

そしてたっぷり10秒――ドラムロールでの焦《じ》らしを挟んで。

「――**『第一回・チキチキ！　絶対にときめいてはいけない夏祭り2Hour』**!!」

一際大きな花火の連発と共に、フォエニクラムは高らかに宣言した。

空と白、フォエニクラム以外の誰もが頭の上に疑問符を浮かべる中。

だが構うことなく盛り上がる祭り囃子《まつばやし》に合わせ、フォエニクラムは派手に続ける。

「ルールは簡単!!　五人はこの『星卸祭』で二時間過ごす――それ・だ・けなのだわ!!」

ちなみにフォエニクラムの語りに合わせて上がっている花火、一発1万である。

あとでステフが内訳を見たらどんな顔をするか内心楽しみにする空《そら》をよそに――

「ただし!!　その間〝絶対にときめいてはいけない〟のだわッ!?」

フォエニクラムの言と同時、五人の右手に腕時計のようなものが出現し、

「五人の右腕には『ときめきセンサー』がつけられるのだわ！　セーフラインを越えてしまうとアウト!!　直ちに〝罰ゲーム〟が実行されるのだわ!?」

続いて罰ゲームの内容が告げられる。

「〝罰ゲーム〟は――『90秒間あたいに体の全操作権を委ねる』ことなのだわ!!　あ、もちろん危害は加えない――というか盟約でできないから、そこは安心するのだわ✽」

つまり、ときめいたらフォエニクラムの意思で体を操られる。そして――

「二時間〝一度もときめかなきゃ〟勝利！　何人であろうと、勝者の数だけ〝ご褒美〟を与えるのだわ！　また――〝最も多くときめいた人〟は、二番目に多くときめいた人と、恒例の――一日限定仮カップルになって貰《もら》う――以上なのだわ!!」

かくして、説明を終えたフォエニクラムに、だが――

――？　それだけ？　と。

空は画面の向こう、視聴者が首を傾《かし》げる様が手に取るようにわかった。

ときめいたら、罰ゲームとして90秒間フォエニクラムに、体を操作される。

なるほど体の自由を奪われる。何をさせられるか、わかったものではない。

だが──それでもやはり『それだけ？』と思わずにはいられないだろう。

少なくとも、視聴者はそう思っていることだろう。

「…………」

だが──ステフとジブリール、イミルアインは──そうは思わない。

他ならぬ、空と白《しろ》が企画したというゲームが──〝それだけのわけがない〟と。

ジブリールとイミルアインは、敬意や信頼、あるいは信仰から、不敵に微笑《ほほえ》んで。

ステフに至っては〝しかもロクなもんでもない〟という確信から空達に半眼を向ける。

それらの視線を、だが心底心地よく、満面の笑みで受け止めて空は内心答える。

ああ、信頼してくれてありがとう。もちろんそれだけのわけがない──と。

「それでは!! 五分後からゲームをスタートするのだわ！ その間あたいはコメント拾いして行くのだわ～✽──って、いい加減しつけーのだわ!? いつまで待機室でのことをほじくるのだわもっと未来志向で──すみませんでした土下座しますのだわ。はい」

と画面に深々頭《こうべ》を垂れるフォエニクラムを尻目に、ステフは半眼のまま空に問うた。

「……何か言うことはありませんの？」

「ん？　あーそうだな……獣人種《ワービースト》の祭装束《ユカタ》──俺らの元の世界の浴衣もそうなんだけどさ〝下着は穿《は》かない〟ってアレ、嘘《うそ》だぞ。昔から穿いてたし、今もみんな穿いてるから」

「ええええええ!?　ちょ、着替えに行かせて貰《もら》いますわ──ってそうじゃないですわぁ!?」

顔を真っ赤にして内股になったステフは、だが頭を振って吠《ほ》えた。

「どういうつもりで『主催者』側に回ってるのかを訊《き》いてるんですのよ!?」

「どうもこうもないだろ。フォエニクラムは味方だ──なら〝共闘〟するだろ？」

つまり、

「本当に50億稼ぐ。そのための企画──〝集金装置《システム》〟をこっちから提案したまでだ」

そう──このゲーム、フォエニクラムが敵ではなく、味方であり。

その共通勝利条件が50億稼ぐことにあるのなら──話はまるで変わるのだ。

──このゲームの目的が『自分達に恋愛させること』だと、当初空《そら》は思った。

恋愛が目的のゲーム……全くもって門外漢。完全に意味不明であり、同意しうるはずのないゲーム。故に恥ずかしながら、空は何日にも亘《わた》ってこれをただ敗北の結果として強いられている罰ゲームと認識し、失意に沈んでいたわけである──だが。

──恋愛が〝目的〟ではなく。

ただの〝手段〟ならば──話は別だ。

つまりこのゲームは、単に〝支援《カキン》〟——つまり『魂《カネ》』を稼ぐことが目的であり。

視聴者——妖精種《フェアリー》にカネを出させる題材として恋愛を選んだだけなのである！

ならば、ようやくこのゲームに同意した筋が通るのである——何故《なぜ》ならッッ!!

「こと恋愛に関してはキッパリと専門外!! さっぱり前後不覚の童貞王たる俺・空は——だがしかし!! 単に稼ぎゃい・い・だけだと——つまりは〝詐欺師〟の腕が求められているのであれば!! そこその〝専門家《スペシャリスト》〟だと自負しておるが故なぁ!?」

かくも明瞭に説明を終えた空に、ステフは納得したのか、一応頷《うなず》いた。

「——なるほど。それを私《わたくし》達に相談なく、しかも無断で1340万もの〝支援《カキン》〟を消費したことは今更、何も言いませんわ。いつものことですものね慣れましたわ。強いて言えばこんな無駄遣いが許されるなら、帰ったら即刻お風呂を購入させて貰いますわね」

「おう。理解ある仲間っていいよな♪」

「でも最大のところの説明が、まだですわ」

「はて？　まだ説明することあったか？」

「この企画《ゲーム》の真意ですわ!?　ときめいてはいけない夏祭り!?　意味わかりませんわ!?」

と、最大の疑問はぐらかされていると意外にも気付いたのか、ステフは吠える。

「エルキアの——どころか複数の種族が滅亡の危機に瀕《ひん》してるって聞かされて、こんなことしてる場合じゃないですわ!?　どんな精神状態でときめけっていうんですの!?」

——今さっき、ときめき死しかけてた奴《やつ》がどの口で……と。

白《しろ》とジブリール、イミルアインは半眼を向けるが——空《そら》は飄々《ひょうひょう》と返した。

「なら〝ときめかなきゃいい〟。全員ときめかなきゃ〝ご褒美〟——質問権五つゲット。

五つもありゃ、謎を丸裸にしてやれるぜ？　頑張って二時間やり過ごしゃいいだけだ」

「——あ、あれ？　そ、それもそう……ですわ？」

……二時間ときめかない。

それこそ今のステフには不可能だとは、当のステフは気付かないらしい。

だがステフ以外は——ジブリールとイミルアインは、だからこそ察した。

空が〝誰もときめかない〟ことなど想定さえしていない、と……故に——

「ま、安心しろ。このゲーム——投資したぶんなんか一瞬で取り返せるから」

そう告げた空の言葉に、ステフだけが首を傾《かし》げ——かくして。

「それじゃ〜始めるのだわ!!　——よーい……スタートなのだわぁ〜〜〜あ!!」

かくて五分が経過したらしく——フォエニクラムがそう宣言すると同時。

突如シャボン玉に包まれた五人は——次の瞬間、一斉に姿を消した……

■■■

「なるほど……『全員同じところからスタート』とは、確かに言われてませんわ……」

——ゲーム開始宣言直後、祭り会場のどこかに転移させられた、と。

珍しくすぐに状況を把握して、ステフは祭りで賑《にぎ》わう参道を歩きつつ思量する。

……さっきは空に丸め込まれたが、こうして祭り会場で二時間過ごすだけ……？

空と白の企画したゲームが——そんな簡単であるはずがない、と。

気を抜けばときめきそうな〝賑わい《ゆうわく》〟から、必死に思考を逸《そ》らしながら——


——世界有数と謳《うた》われる、『星卸祭』の賑わい。

視覚だけでも感動しそうなそれが、今は嗅覚まで暴力的に刺激してくる。

東部連合《とうぶれんごう》全土から集まった味自慢の屋台が居並ぶ参道……〝支援《カキン》〟——つまり妖精種《フェアリー》の力で空と白が創った代物とはいえ、それら屋台が売っている物は間違いなく本物であり、実際に食べられるのだ。その圧倒的な香りの暴力に、ステフは猛然と抗《あらが》っていた。

——この腕時計《ときめきセンサー》が反応する〝ときめく〟の基準が、わからないからだ！

絶景に胸が熱くなったり、美味に舌鼓を打つのもアウトかもしれない！

やっぱりあの二人の企画《ゲーム》——こんなのもはや拷問じゃないですの……っ!?

（いいえ!!　祖国を憂う気持ちがあればどんな拷問だって耐えられるはずですわ!?）

そう——今はエルキアの、人類種《イマニティ》の危機なのである。

その現状を思えば、そもそもときめけるはずもないのである！

二時間、ただひたすらに心を無にして乗り切る。

それが、エルキアを救うため——今の私《わたくし》にできる唯一の行動ですのよ!! と。

己の心を鋼にせんと固めたステフの決意は——だが、

「……ふぅ〜♥」

「っひゃんッ!?」

唐突に背後から耳に息を吹きかけられて、あっさりと砕け散った。


「ちょ、なっ——ど、どういうつもりですのジブリール!?」

いつの間にか背後にいたジブリールに、ステフは食ってかかる。

だが当のジブリールは悪びれる様子もなく、ただ首を傾《かし》げ、

「おや……? 今のでドラちゃんの心拍数は急増したはずですが腕時計《センサー》は反応なし、と。

やはりこのゲームにおける〝ときめく〟とは、恋愛感情によるものに限定されるようですね。するとは、はて。どうすればドラちゃんをときめかせられるか……難しいですね」

——ステフをときめかせるつもり、とあっさり笑顔で明かした。

「ど、どうしてですの!? このゲーム、全員ときめかず質問権を五つ得るべき——」

「いいえドラちゃん。そんなはずはないのでございます——根拠は二つ」

混乱するステフの抗議を、だがジブリールは指を二本立てて否定する。

「まず一つ。マスターはこの企画《ゲーム》を〝集金装置〟と表しました。私達全員がときめかず、ただ二時間を過ごすだけでは、この投資を取り返す〝支援《カキン》〟は得られません」

——そ、それはそう、ですけど……。

「そして二つ。一度もときめかず二時間——ドラちゃんには絶対に不可能でございます。マスターはおろか私の祭装束姿《ユカタ》にさえときめいている今のドラちゃんが、二時間もときめかずにいるなど……それこそ気絶して過ごすくらいしか方法はございません」

反論の間も与えず、ジブリールが淡々と告げる。

「つまりこのゲーム——マスターの深謀遠慮を私如《ごと》きが解き明かせるはずもありませんが、少なくとも〝最も多くときめく者《さいかい》〟がドラちゃんなのは、自明でございます」

じ、自明とまで言いますの……？

「いえ、自明というより、確定？　必定？　——私の語彙力では適切な言葉が出てきませんね……『〝過去〟と等しく既に変更不可能な決定事項』とでも申しましょうか」
ジ、ジブリールの語彙力を超えるほどですの……!?
白目を剝《む》くステフに、だがジブリールは憂い顔で続けた。

「ですが、そうなるとこのゲームでの〝立ち回り〟が——困ったことになりますね？」

「……た、立ち回り、ですの？」

「誰もが狙いたいところ——つまり『自分と空《マスター》を最も多くときめいた二人にする』ことでの一日限定仮カップリング。この狙いが根本的に成り立たなくなるわけでございます」

「そこですの!?」

いや。だが確かに――仮にジブリールの指摘通り、己の最下位が約束されているのであれば、必然――カップリング可能なのは『ステフ×誰か』のみになる……!?

「ですので次善の策――誰を二番目に多くときめかせるかという勝負になるわけです♪

つまりは〝誰をドラちゃんとくっつけて空《マスター》争奪戦から脱落させるか〟と♪」

……つまりジブリールの言う立ち回りとは。

「私はドラちゃんとあのポンコツを、可能な限り多くときめかせる――以上がマスターの求めておられるゲームの趣旨、私の最適解と判断致します。如何《いかが》でございましょう♥」

そう己の推理を結んで――つまりは。

――二時間、全力で口説いてときめかせてご覧に入れます、と。

優雅な一礼を以《もっ》て宣戦布告したジブリールに、ステフは背筋を凍らせた。


――まずい。

ジブリールの読みは、おそらく正しいとステフは内心認める。

先ほど耳に息を吹きかけられたのも、事前にジブリールだと気付いていたら、おそらくその時点で〝ときめいて〟――アウトになっていただろうほどに、今の自分は脆《もろ》い！

何しろ――『さてどうドラちゃんに迫りましょう』と楽しそうに思案するジブリールのその様子、その展開《シチュエーション》に、既に腕時計《センサー》の針はアウト寸前に振れているのだから!!

まずい。まずいまずい、まずいですわ⁉

この企画を立案した空《そら》と白《しろ》の真意が、ジブリールの読み通りだとしても。

だが、それでもステフは、絶対にときめくわけにはいかないのである！

今ときめいてしまえば、それは『一度もときめかず質問権を得る』――エルキアを救う意思と、己の恋愛感情を秤《はかり》にかけて、後者が勝《まさ》ったことを意味するのだからしてッ‼

（それだけは、断じて認められませんわ――――ッ⁉）


何とかジブリールから逃げなければならない。

だが――どうやって？

今のジブリールは魔法が使えない。だが彼女はかつて――魔法が禁止されたゲームでも物理限界に迫る獣人種《ワービースト》と互角の身体能力を示した実績がある。この祭り会場の混雑の中であっさりステフを見つけ出したことから考えても――逃げられるとは思えない。

（でしたら……私がジブリールをときめかせるしかありませんわ⁉）

そう――〝ときめいたら罰ゲーム〟というルール。

90秒の間、フォエニクラムに体の自由を奪われるというルール‼

90秒あれば――少なくともジブリールの前から逃亡することは可能なはず！

その間に、どこかに二時間身を潜めてしまえば――――ッ⁉

だが、その内心を見透かしたジブリールの一言に、ステフはいとも容易《たやす》く絶望した。

「ドラちゃんに私がときめくなど万に一つもございません。観念くださいませ♥」

詰んだ──というか、ジブリールが自分には絶対ときめかないと断言した。

想定外のショックに思わず涙の浮かんだステフの目は、だが続いて──

「──【朗報】番外個体《イレギュラー》の思惑は失敗する。何故《なぜ》って？　当機が阻止するから」

颯爽《さっそう》と、己を護《まも》るように現れたイミルアインを捉えて、再び輝いた。

ああ、そうですわ！　ジブリールがイミルアインの背中を捉えて、再び輝いた。

それを、当のイミルアインが許すはずないじゃないですの!!

ならイミルアインは味方──なんて頼もしいんですの!?　と。

歓喜に眼《め》を輝かせるステフは、だがよく考えなくても気付けた事実を見落とす。

そう──確かにイミルアインはジブリールの敵である……が。

別にそれは、必ずしもステフの味方であることを意味しないと。そう──

「【宣言】番外個体《イレギュラー》の思惑──ご主人様とカップルになること。その後『性交渉の後〝まだいたのか。ヤりたくなったら呼ぶから終わったらさっさと失《う》せろ。彼女ヅラすんな〟と。ぞんざいに扱われたい』なる屈折した願望。どちらも当機が断固阻止する」

──、

──…………は？　と。

ステフとジブリールが、揃《そろ》って唖然《あぜん》とした──直後。

『デデーン!! ジブリール&ステファニー!! アウトなのだわぁあ!?』

フォエニクラムのアナウンスが高らかに会場に響き渡った。

『あ、ちなみにステファニーちゃん、イミルアインちゃんが颯爽《さっそう》登場した時点でとっくにアウトだったのだわ✽ 空気読んで泳がせたあたいの進行を褒めるのだわ!?』

その声に、ステフとジブリールが慌てて腕時計《センサー》を確認し。

確かに振り切れている針に、揃《そろ》って悲鳴を上げた。

「ぎゃあああ質問権が消えましたわ!? ち、違いますわ私《わたくし》、断じてエルキアよりイミルアインを選んだわけでは――というかジブリール!? そ、そんな願望あったんですの!?」

「い、いえ!? とと、咄嗟《とっさ》に想像してしまっただけで……こ、この鉄屑《スクラップ》――!?」

「【肯定】番外個体《イレギュラー》の推理。当機の推察と概《おおむ》ね一致。本ゲームはドー様と誰をくっつけるかというゲーム――ただし結論は違う。ドー様とくっつくのは番外個体《イレギュラー》。おまえだ～」

そう、イミルアインは、ステフとジブリール両方をときめかせる敵であり。

そして――ジブリールを自分に対しときめかせる必要もない、と嘲笑《あざわら》う。

――〝空《そら》に対し〟ときめかせればいいだけだ、と。

かくして……まんまとイミルアインの狙い通りにときめかされたジブリールの怒りも、ステフの嘆きも、無表情で嘲るイミルアインも――だがその全てを置き去りに。

『さ～ぁて!? それじゃー〝罰ゲーム〟の時間なのだわぁ!?』

フォエニクラムのアナウンスと同時――ジブリールとステフは止まった。

そしてイミルアインも警戒を深めながら慎重に、フォエニクラムの言葉を待つ。

自分の意思では、まぶた一つ動かせなくなったジブリールとステフ。

――……。

空と白《しろ》が企画したこのゲームの、未《いま》だ意図のわからない罰則《ルール》。

この〝罰ゲーム〟にこそ、二人の真意があるのは間違いないからである。


――『90秒間フォエニクラムに体の全操作権を委ねる』――

この意図不明な〝罰ゲーム〟が、果たして何を意味するのか。

だが、フォエニクラムの答えは、三人ではなく――視聴者に向けて明かされた。

すなわち――

『ジブリールおよびステファニーに、30秒間何をさせるか――〝視聴者のリクエストで決める〟のだわ！　『最も多く支持された〝支援《カキン》〟コメント』を採用するのだわ!!　募集時間は60秒!!　さ〰〰張り切ってリクエストカモンなのだわぁあああ――!!!!』


――――？


どういうことだ？　と三人は一瞬、揃って疑問に染まり。

だがその内、ジブリールとイミルアインは理解に至り、驚愕《きょうがく》に喘《あえ》いだ。

確かに、フォエニクラムが自分達の体を90秒間動かすことに同意した。

であれば――〝どう動かすか〟――

その具体案を、フォエニクラムが『競売』にかけても問題ないのである!!

これが――空《そら》の『投資した分なんか一瞬で稼げる』と言った真意か!! と。

三人は怒濤《どとう》の如《ごと》き〝支援《チャリンチャリン》〟の音が響く中、ついに理解した――と同時。

60秒間に亘《わた》る課金の嵐が収まった瞬間。

「――――ッ!?」

イミルアインは神速で己に飛びかかってきたジブリールを、辛くも視認した。

だが反応は間に合わず、為《な》す術《すべ》もなく組み伏せられ――押し倒してきたジブリールの、上気した妖艶な笑みと舌なめずり、肌の温《ぬく》もりに、イミルアインは己の性能を呪った。

――致命的に判断が遅れた。想定されうる危機《リスク》の試算を怠った。

機凱種《エクスマキナ》として、あまりに恥ずべき対応の遅延である。

ジブリールとステフ、この二人をときめかせることに成功した。

そして〝罰ゲーム〟の内容を把握した――その瞬間、撤退《にげ》るべきだった!!

視聴者が――妖精種《フェアリー》達が。ジブリールとステフを操作し、やらせることなど。

今度は〝当機をときめかせる〟行為以外《ナニカ》――あり得るわけがないのだから!!

かくて妖精種《フェアリー》の指示《リクエスト》で、的確に逃亡を阻止されたイミルアインは――だが思う。

己を押し倒し体を密着させる番外個体《イレギュラー》――こんなことで当機がときめくと？

【報告】無駄。当機が番外個体《イレギュラー》に恋愛的にときめく確率――あえて断言。ゼロ」

なるほど、対応が遅れ、逃げ道を断たれたのは認める。

だがそれでも、視聴者の画策は無意味だと告げるイミルアインは、だが。

「……へぇ？　でしたらイミルアインはどうして押し倒されたんですの……？」

今度はステフが、そう耳元で、甘い声で囁《ささや》くのを聞いた。


…………？

どうして押し倒されたのか？　番外個体《イレギュラー》が当機を押し倒したからだ。

意味不明な問い掛けに困惑するイミルアインに、だがステフが――否《いな》。

ステフにそれを言わせた視聴者が、すなわち妖精種《フェアリー》達が、指摘する。

「相手が心から拒む行為――〝危害〟は盟約によって不可能ですわ。ではジブリールは、どーしてイミルアインを押し倒すことができたか、不思議ですわね～♥」

「――――」

瞬間――イミルアインは機能停止《シャットダウン》しそうな恐怖を認識した。

……まさか……この恋愛感情が増幅される空間内での、時間経過によって。

無意識下で――番外個体《イレギュラー》に迫られるのを容認するほどの好意が発生している――？

「【否定】【拒否】【反論】当該指摘は詭弁《きべん》。【仮説】当機は害意を検出できなかった。だから組み伏せられることを拒否しなかった。それだけ。現に当機の腕時計《ときめきセンサー》は無反応。当機の愛はご主人様だけのもの。【必然】当機はご主人様のもの――ぽっ」

だが、かくなるイミルアインの反論も、感情の流れに至るまで、全て――

『デデーン!! はい!! みんなの予想通りイミルアインもアウト~なのだわぁ!!』

――全て、妖精種《しちようしや》に読み切られ、織り込まれた計略《リクエスト》だったと。

そう告げたフォエニクラムのアナウンスに……イミルアインのみならず、30秒が経過して自由を取り戻したステフとジブリールまでもが、揃《そろ》ってただただ戦慄し、絶句した。

イミルアインに――〝ジブリールを意識している〟という自覚を根付かせ、

その上で、現時点で望める〝空《そら》へのときめき〟――自滅へも行き着かせる。

かくも神業の計略を、僅か60秒で編み上げた視聴者達に、あまつさえ――

『さあ今度はイミルアインに何をさせる!? 60秒間リクエストタイムなのだわ!?』

再度、その神業を要求するフォエニクラムの声に――

「ちょ、ジブリール!? て、手を放してくださいな!?」

「……ドラちゃん……どうか落ち着いてください……」

——操られたイミルアインが次に狙うのは当然、自分達だ。

そして絶対にときめかされる。そう悟ったステフは、リクエストが決まる60秒の間に逃げるしかないと即断し——だが、落ち着き払ったジブリールに止められた。

「既に私とドラちゃん、そしてその屑鉄《くずてつ》と、揃って『1アウト』——質問権はもう既にありません。今更逃げたところで手遅れ。無意味にございます」

それは……確かにその通りだが。

真っ先に自分の質問権を潰しにかかった人に言われるのは釈然としない、と。

半眼で応じるステフに、だが——

「これがこの企画の、マスター達の意思——私どもが互いにときめかせあい、〝支援《カキン》〟を稼ぐこと。であれば私はそれに従うまで。元より逃げるという選択肢はございません」

ジブリールは決然と——続ける。

「まして私が、その廃材《ゴミ》にときめかされるのを恐れ、逃げる？　——あり得ません」

あり得ない。あってはならない、と。

かくして、リクエスト決定までの——60秒。

身動き一つできないイミルアインと、対峙《たいじ》するジブリール。

だが『偽典』と『天撃』を撃《う》ち合わんとするが如《ごと》き緊張に大気は震え、地は揺れた。

――イミルアインが何をさせられるにせよ、上等である。

断じてときめかず、逆に迎撃《ときめかせ》する、とジブリールは翼を広げ身構える。

「それはジブリールの勝手ですわ!? 私《わたくし》は別に逃げてもいいじゃないですの!?」

「いいえ。逃がしません」

そう再度逃げようとしたステフの手を、更に強く掴《つか》んでジブリールは続けた。

「あのガラクタと私が、最も多くときめきワースト二名として強制カップリング――それは逃げる以上の大悪無道にございます。最下位はドラちゃん。これは決定事項です」

「ジブリールが〝これ以上絶対ときめかない〟と本当に思ってたら必要ない保険ですわ!?ああ放してくださいなああ!! これ以上恋心を弄ばれたくないですわぁあああ!?」

そう叫んだステフは――だが、ふと思う。

あれ？ というかジブリール……それは――

イミルアインよりは、まだ私《わたくし》とカップルになりたい……ってこと――？

『**デデーン!!** ステファニーなんか知らんけど二回目のアウト～なのだわぁ!!』

「そらみたことかですわぁあああもういやですわぁああああああぁぁ!!」

■■■

かくて機凱種《エクスマキナ》と天翼種《フリューゲル》……かつて天地を裂いて殺し合った天敵同士が。

今や──互いを、そして一人の人類種《イマニティ》の少女を、口説き合う。

歴史を知る者なら例外なく目を疑うその展開に、視聴者数も〝支援《カキン》〟も際限なく増加して行く様を、だがフォエニクラムは笑わず。戦慄に身を震わせて眺めていた……

──……

「視聴者にカネ出させるだけなら簡単だ。視聴者も参加させりゃいい」

それは今朝のこと。

フォエニクラムを呼びつけた空《そら》は、おもむろにその企画を語った。

「よーするに視聴者参加型ゲーム。〝支援《カキン》〟を条件に、キャラや展開に関われるようにするわけだ。たとえば──最も多くカネを払った奴《やつ》のリクエストで展開を決める形にな」

「……ん～？　でもそれじゃあ、重課金者以外は離れていくのだわ？」

「ああ。だから重課金者を、微課金勢でも徒党を組めば打倒できる仕組みにする」

そう、具体的には──

「リクエストを〝支援《カキン》〟の対象にして、総額が最も多いリクエストを採用するのさ。『百万を投じる一人』より『百を投じる一万と一人』の要望《リクエスト》が通る仕組みにな」

これで、視聴者の最大多数が望む展開を、視聴者自身が魂《カネ》を払って決められる。

自分の推す展開を採用させるためには、ひたすら〝支援《カキン》〟を積む必要があり、そのためには同じ展開を望む同志を──課金者の頭数を少しでも増やす必要があり──

かくて視聴者は必死に友人を呼び込み、チャンネル登録者数を増やしてくれる。

分母が増えれば収益も比例して増えていく――これで。

――たったこれだけで。

50億だって稼げるだろう〝集金装置《システム》〟の完成だ、と。

唖然《あぜん》とするフォエニクラムをよそに語った空《そら》は、そしてこう締めくくった。

「そも他人《ひと》の恋愛に誰より精通してる妖精種《フェアリー》の、集合知に基づくリクエスト。俺らが頭をひねって考えるより、よほど面白く恋愛劇を盛り上げてくれるんじゃねーの？」

――…………

――果たして、まさに空が企て、そして宣言した通り。

チャンネル登録者数はリアルタイムに激増していき。

投資した額を一瞬で回収する――昨日までと桁が違う〝支援《カキン》〟が乱れ飛んでいた。

当然だろう……そもそも機凱種《エクスマキナ》と天翼種《フリューゲル》――しかも、あのジブリールに。

何をさせるか、面白おかしく決められる……それだけでも魂《カネ》を払う価値がある！

更に、互いを口説かせ、ときめかせ、あわよくば本当に恋仲にするためともなれば。

視聴者も議論白熱し、指示《リクエスト》が乱れ飛び、派閥さえ組まれて――支援合戦へと至る。

その様に、フォエニクラムは笑いを通り越して戦慄する他なかった。

これを語った空の顔が、邪悪に歪《ゆが》んでいたから――ではない。むしろ逆。

――かくも悪魔的な発想を、まるで呼吸するように。
水が上から下へと流れる、自然の摂理でも説くかのように。
なんの感慨もなく、事もなげに語ったからである――っ!!
(やっぱりあの子ら最高なのだわッ!!　それでこそ賭けた甲斐《かい》があるのだわッ!!)
だが――それはそれとして、とフォエニクラムは思う。
(それでも空くん？　あーたは自称通り――恋愛はまったくの専門外なのだわ？)
空くんの企画によって実現しているこの全ては――だが、まだ〝前座〟……
〝ついでの余興〟に等しい。メインイベントはこれからなのだわ……っ！　と。
別モニターに空と白《しろ》の姿を映して、フォエニクラムは、今度は邪悪に笑った。

■■■

そも――『夏祭り』とは、なんだろうか……
神様に五穀豊穣《ほうじょう》や、天下泰平を祈願する日だろうか？
あるいは先祖の霊魂に感謝し、供養する日だろうか？
まあ、どれも〝起源〟としては正しいのかもしれない。
だがそもそも夏祭りとは何かと問うなら、空は全て不正解だと断じる。

夏祭りとは、カップルが浴衣コスで手を繋《つな》いでイチャつくイベントである‼

あるいは友達以上恋人未満の連中が！　つまりはカップル候補生どもがッ！　要するにリア充ども専用のイベントであることに、何ら疑いの余地はないのである！

悪《あ》しからず、異論は受け付けない。

異を唱えるなら、クソみたいな大混雑に揉《も》まれつつ、冷静に考えてさほど美味《うま》くもない屋台メシや綿飴《わたあめ》に八〇〇円とか正気を疑うお祭り価格《ボッタクリ》にカネを払い、あまつさえ倒れない射的にアタリくじのないくじ引きといった悪逆無道な詐欺の見本市を、笑顔で許す理由を——〝カップルできゃっきゃウフフ楽しむものだから〟以外の説明で要求する！

かくも自明に、彼女いない歴＝推定寿命の空《そら》は、昔から夏祭りが嫌いだった。

むしろ嫌わない理由が見つからない、富める者が更に富み、貧する者は更に貧する格差社会の縮図——是正されるべき邪悪以外の何物でもないと確信していた。


だが、ある時——白《しろ》が、夏祭りに行きたいとせがんだ。

それは忘れもしない二年前……空・十六歳、白・九歳の夏の日だった。

既に不登校&ヒキコモリを続けて久しく、二人で狭い牢獄《へや》に閉じこもっていた頃だ。

その白が、外に出たいと自分から言った。よりによって夏祭り——人混みに。

何故《なぜ》と問うても理由は語らなかった白の、相当な決意あってのものだろう要望に。

空も意を決し、いつ以来か……近所の夏祭り会場へ、白と手を繋いで向かった。

――そしてはぐれた。

人混みに呑《の》まれ、不覚にも一瞬手を離してしまった空は、白の姿を見失った。

そして無様に泣き震えながら、混雑に流された白を探してひたすら走り回った。

蹲《うずくま》りたくなる衝動を――〝白も泣いているはずだ〟とねじ伏せて、駆け回った。

……ようやく白を見つけたのは、祭りが終わった頃。人気《ひとけ》の消えた境内の隅っこ。

物陰に隠れ、膝《ひざ》を抱えて丸まって、声を殺して泣いて震える、白の姿だった。

慌てて駆け寄った空に抱きしめられた白は、だが腕の中で泣き続けた。

「……花、火……終わっちゃった、よ……」と……

花火なんかいつでも観《み》られるから、どこでも観られるから、と。

そう必死になだめる空に、だが白はずっと……ただ、泣き続けた…………


――――………………


かくして、空の夏祭りへの想《おも》いが〝嫌悪〟から〝憎悪〟に格上げされて二年。

まさか、もう一度『夏祭り』に参加する日が来ようとは……と。

――『星卸祭』の会場を眼下に一望できる、小高い丘の頂。

今度は絶対にはぐれないよう、最・初・か・ら・裏・山・の・頂・に・転・移・し・て・貰・っ・た・空と白は。

〝支援《カキン》〟で購入したリンゴ飴を手に、倒木に腰を下ろし『夏祭り《ゲーム》』を俯瞰《ふかん》していた。

そう――外・野・と・し・て。

『デデーン!! ステファニー十四回目!! ジブリール八回目のアウトなのだわ!!』

アナウンスのたび、スマホに表示される〝支援《カキン》〟の残高が怒濤《どとう》の勢いで増えていく――

その推移から、恋愛イベントが順調に過熱《バズっ》していることを確認し、空《そら》はほくそ笑んだ。


そう――空と白《しろ》は、最初から祭り会場にはいない。

何度でも言うが、空は恋愛は専門外――恋愛ゲームでは蚊帳の外である。

なら、文字通り蚊帳の外に身を置いて、裏方に徹すればいいのである。

そもそも白と別れてスタートなど、あり得ない。

ましてあんな人混みで――二年前のように白とはぐれたら？　冗談ではない。

かくてフォエニクラムに企画を打診した際――空と白は山頂に転移するよう取引した。

後はこのまま悠然とゲームが終わるのを待てば、莫大《ばくだい》な収益と質問権が二つ手に入る。

まあ今更質問権など、ステフを面白おかしく立ち回らせる為《ため》の口実でしかないが……


ともあれ白と二人並んで、悠々と倒木に腰掛けていた空は……ふと。

いつもの定位置――己の膝上《ひざうえ》ではなく、隣に座っている白に訊《たず》ねた。

「そういや白。何で『夏祭り』なんて提案したんだ？」

そう、このゲームを企画したのは空だが――舞台を選んだのは白だった。

何しろ『恋愛』など、エロゲや漫画の知識しかない空である。

視聴者ウケのいい、派手で盛り上がりそうな舞台——海水浴やキャンプ、遊園地——と色々考えたがどれも決め手に欠けていたところ、白が提案したのが『夏祭り』だった。

空にとっては、妹を泣かせた忌むべきイベント。

白にとってもトラウマのはずでは……と思う空に、俯《うつむ》いた白が小さく呟《つぶや》く。

「にぃ、と……花火……観《み》たかった、から……」

——ドンッ……と。

満天に何度目かの、大輪の花火が炸裂《さくれつ》した。

一瞬、その眩《まばゆ》い閃光《せんこう》に照らされた白の横顔に、ふと空は思い出す。

……そういえば、二年前もそう言って泣き続けてたっけな、と。

別に、花火なんてどこでも……牢獄《へや》のベランダからだって観られたろうに——

「……にぃ、なんで夏祭り、嫌い……だっけ？」

「ん？　昔から言ってると思うが——夏祭りなぞカップル専用イベントだからだ」

「……ん、知ってた……」

再び、夜空に音と光が咲いた。

「……この花火……きれい、だと……思う……？」

その言葉とは裏腹に、白は俯いたまま、花火など観ていなかった。

「……まあ、綺麗《きれい》だろ。けどやっぱ、花火なんかどこで観ても同じじゃね？」

こんな自分でも、最低限の感性はある。普通に花火は綺麗《きれい》だと思う。

だが自宅のベランダで観《み》ようが、モニタ越しに観ようが、やはり綺麗だろう。

空《そら》は、何故《なぜ》か俯《うつむ》いている白《しろ》の顔を上げようと、あえて大仰に――語る。

「祭り会場で観る花火に何故価値があるっぽいか⁉ それはカップルどもは花・火・な・ん・か・観・て・ね・えからだ‼ 奴《やつ》らは祭り会場で一緒に花火を観る――お・互・い・を・観・て・る・だけだ‼」

そう――故にこそ夏祭りを楽しめるのである。すなわち！

「夏祭りでどんなに不当な搾取を受けようが！ 否《いな》、故にこそ！ 最終的に二人手繋《つな》いで『花火綺麗だね』『おまえのほうが綺麗さ』『やだも～好き♥』『はは俺も』とか⁉ 非リア即《すなわ》ち俺に立法権があれば〝発見次第現行犯射殺〟と制定するイチャコラ――そこに価値が自然発生するだけなのである‼ ちくしょう各々《おのおの》悉《ことごと》く爆《は》ぜるがよい‼」

「……にぃ……エルキア……王制、だよ……？」

「ぬ⁉ そういやそうじゃん⁉ やっべ、王に戻れたら即刻法を整備せねば⁉」

夜闇に響く――花火の音と、遠い祭《まつ》り囃子《ばやし》。

喧噪《けんそう》の中の妙な沈黙。白はなおも俯いたまま、その表情はやはり窺《うかが》えず。

かすれた声で、白が言った。

「……この花火、も……どこで観ても……同じ？」

不意に。白の手が空の手を掴《つか》んだ。驚くほど強い力で、きつく。

わずかな震えの伝わるその感触に——空は、初めてまっすぐ闇夜を見上げ。

「————」

煌《きら》めく星々すらも端役にして、祭りの夜に響き渡る絢爛《けんらん》な光彩に、目を剥《む》いた。

——東部連合《とうぶれんごう》の火薬技術は、空達の元の世界を上回っているのだろうか……？

何故か、今まで観たどんな花火より美しく感じた光景に、空は思わず息を呑《の》み——

「……花火、きれい……だね」

「ああ……確かにな。まー白には敵《かな》わんが？」

「……にぃ……すき、だよ」

「おう。兄ちゃんも白のことが大好きだぞ？」

「……これ、を……二年前、ききたかった……」

——ああ、なるほど……と空は己の浅慮を恥じた。

夏祭りは、別にカップル専用のイベントではなかったわけだ。

愛しい妹と二人で見上げる花火には、確かに唯一無二の価値が生じたのだから。

深く納得し視線を落とした空を、だが迎えたのは、

「……そう……これ、を……ききた、かった……」

――息が掛かるほど近くにあった、白《しろ》の顔だった。
夜空に閃《ひらめ》いた光に、濡《ぬ》れた瞳が煌《きら》めいた。
夜闇を通して、頰《ほお》の熱を感じた。
震える唇が小さく動いて、言葉を洩《も》らすのがはっきりと見えた。
その声は、儚《はかな》いほどに小さく、微《かす》かで――だが。
遅れて響いた轟音《ごうおん》の中でも、不思議と明瞭に聞き取れた。
それは二年前――意を決して夏祭りに行きたいと告げた、その真意。
兄と二人で、花火を見上げて問いたかったという、その問いに――

「……にぃ――しろ、じゃ……だめ？」

――――、

白が美人さんなのは誰より知っている……知っている、つもりだった。
だが浴衣を纏《まと》い、花火に照らされ、請うように唇を動かす白の姿は……
何より美しく、ああ――どんな絶景だって花火《はなび》だって敵《かな》うわけがない、そう思えて。
瞬間、空《そら》は己の心臓が止まったのを感じた。
そして――

『デデーン！　ぅおらよっしゃキタ〰〰空、アウトっっっなのだわぁあ!?』

突如響いたアナウンスに、今度は脳が止まるのを感じた。

『よくやったのだわ白ちゃんッ!!　あとはあたいらにまっかせるのだわぁ!?』

…………、…………は？

え、ちょ……待て……何が起きた？　と。

たっぷり数秒の思考停止を経て、慌てて視線を巡らせた空が捉えたのは。

己の右腕──腕時計《ときめきセンサー》の、確かに振り切れている針と。

先ほどまで頬を染め、不安に震えていた少女──ではなかった。

そこにいたのは、ただいつも通りに無表情で。だが僅かに口角を上げて微笑を浮かべる

──故にこそ邪悪さが際立つ──裏切り者の姿《しろ》だった。

「……ごめんね……にぃ。でも〝騙《だま》されるほうが悪い〟……よね」

「────っ!?」

仮面が落ちたように変貌した白のその一言と同時に。

〝罰ゲーム〟により眼球一つ動かせなくなった空は、だが理解した。

──ハ・メ・ら・れ・た──ッ!!

ここまでのすべて——すべてが〝演技〟だった!!
このゲーム、俺は自分と白《しろ》を蚊帳の外に置いていたが、白は違った!!
おそらくはフォエニクラムと内通し——その上で。
舞台を夏祭りに選んだのも、あの表情も、問いかけまでも——全て!!
俺をときめかせ——〝罰ゲーム〟を与えるためだった……ッ!?

だが——なんのためにッ!?
たった30秒、視聴者に俺を動かさせる……それになんの意味がある!?
こうまでして自分をときめかせることに、いったいどんな意図が……と。
その答えにだけはついに行き着けず、空《そら》は内心疑問に喘《あえ》いだ——

■■■

眉一つ動かせなくなった空の表情からは、もはや何も汲《く》み取《と》れない。
だが空の思考をトレースする白には、その内心が手に取るようにわかった。
空は、白がフォエニクラムと内通し己をハメたと、瞬時に理解したろう。
だが——〝勘違い〟と〝疑問〟を一つずつ抱えていると確信し、白は薄く笑う。

まず〝勘違い〟は――白の行動が全て演技だったと思っているだろうことだ。

……演技なものか。たまらなく不安だった。本心から震えていた。

ともすれば泣き出して、全て投げ出してしまいそうなくらい、怖かった。


そう――兄が企画したこのゲーム。この夏祭り……

白は確かにフォエニクラムと内通し、空と二人きりになるよう状況を作った。

雰囲気を作り、ムードを盛り上げた――全て空をたった一度ときめかせるために！

だが――それだけなのだ。

ここまでやって、なお――兄がと・き・め・い・て・く・れ・な・か・っ・た・ら……？

恋愛感情が増幅される空間で一週間を過ごして――それでも兄が何も感じなければ。

――〝兄は自分に０・１の恋愛感情もなかった〟ことを、証明してしまいかねない。

そんなことになれば……立ち直れる気がしない。

故にこれは、白にとっても一世一代の博打《ばくち》だった。

だが勝って得られるものを思えば、そのリスクを払うに値する博打だった!!

そう、きっと兄は解けないだろう〝疑問〟。

すなわち――な・ん・の・た・め・に？

だがその答えは、兄以外は誰もが理解する、自明なのである。

『さ～～～～みんなお待ちかね!!　本日のメイ～～～～ンイベントなのだわぁあ!?』

そう――それこそが、この夏祭りの本当の趣旨なのだから!!

兄が企画したこのゲーム――なるほど、流石《さすが》にぃ。

人を煽《あお》り誘導し争わせる――扇動者《アジテーター》、詐欺師《コン・ゲーマー》としての腕は超一流。

だが兄自身が豪語する通り、それでも兄は、恋愛に関しては全くの門外漢。

――『カップルにならなきゃ出られない空間《このゲーム》』では、ズブの素人なのだ!

ああ――このゲームの中心は、徹底して兄である。

白《しろ》は当然のこと、ステフ、イミルアインは言うまでもなく。

ジブリールまで、前提にあるのは兄への恋慕であるのは誰の目にも明らかなのだ。

ただ一人、兄だけがそれを理解せず――自分をゲームの外に置いてしまっている。

そんな状況で、視聴者が展開に関われる構造にするなら。

視聴者が最も望むもの――そんなの、決まっているだろう?

そう――

『さぁ、てめーらわかってるのだわ!? 〝空《そら》くんの恋愛を進める一手《リクエスト》〟を寄越《よこ》すのだわ!! 愛の種族妖精種《フェアリー》――集合知の力でもっていざその真髄を示すのだわッ!? おるぁ〝支援《カキン》〟飛ばせ飛ばせ! ひゃっは～～～～～なのだわぁっ!!』

自分を盤外に置いてしまっている主役を、盤上に叩《たた》き墜《お》とすことだ――ッ!!

この夏祭《ゲーム》り、最も稼げるのは——空がときめいた、この瞬間に他ならない。
即《すなわ》ち『空に白への恋愛感情を自覚させる行動を指示できる』——この瞬間だ!!
——その指示《リクエスト》が決まるまで、僅か60秒の間。
だがそれを永遠のように感じる中、白は密《ひそ》かに思う。
……本当に、そんなことができるのだろうか、と……
——自分は、この世の誰より兄が一番好きであり。
この世の誰より、自分こそが兄を一番好いていると断言できる。
兄もそうだと思う。思いたい。ただ自覚がないだけだと、信じたい。
だからこそ、一瞬でも自分に恋愛感情からときめいてくれたと信じたい。
だけど、それがどの程度の感情か……本当のところは、わからない。
怖い。この場から逃げ出してしまいそうな自分を、だが白は必死につなぎ止める。
フォエニクラムは〝あとは任せろ〟と。つまり、イケると言った。
この世界で最も恋愛に精通した種族——妖精種《フェアリー》がイケると言った!
兄が味方だと断じた、自分達の命運を託すに値する相手だと信じたフォエニクラムが、
イケると言った。兄が信じた相手——ならば自分も信じるまでのことだ!!

（……さあ、仕事はした、よ……？）

ここから先を。想像もつかない一手を——見せてみろ。

兄に恋愛感情を自覚させ、白《しろ》を恋愛対象として認識させる——僅か30秒の行動。

そんな一手が、本当に存在するのなら——見せてみろ。

比較すればチェスなんか児戯に等しい、複雑難解極まる恋愛《ゲーム》における、神の一手。

正確無比にして無類無双の。白には見えない——その神域の一手《こたえ》を!!

「白……俺、白に告白しなきゃならんことがある」

果たして60秒が経過した兄は——否《いな》。

視聴者の指示通りに動き出した空《そら》は、おもむろに告げた。

「俺——実はロリコンなんだ」

うん。知ってるけど？

周知の事実を言わされた空は、だが大仰に続け、

「そう、俺はロリキャラで抜く男。だがそれは白のせいだ!!　白を恋人として——性的な眼《め》で見て抜くうちにロリキャラで抜くようになった!!　……白じゃだめかと訊《き》いたな？」

そして白の手をとって。

まっすぐ白の瞳を覗《のぞ》き込《こ》み、真摯極まる顔で——吠《ほ》えた。

「ダメなわけがない。さあ白、真に二人で一人になろう。合体だ!!」

『視聴者《てめーら》全員アウトなのだわぁああ!?　ここへ来てふざけるとか正気なのだわッ!?』

ここへ来ての下ネタギャグに、そうフォエニクラムは吠えるが。

白の理性は——ただただ戦慄し、感動に震えていた。

これが——恋愛に最も精通した種族かと。なんたる神域の一手かと!!


そう——兄は少なくとも二次元に限定すれば、ロリコンである。

好きなキャラの平均年齢は『一二・三四四…歳』妹率は『48・4%』である。

その性癖が——白の存在によるものでないと、誰にも証明できないのである!!

ああ、もちろん、言わされた台詞《せりふ》だ。兄の本心ではない。だが、この台詞を言わされた兄は、今後〝本当に白を性的に見たことがないか〟自問し続けるのだ——ッ!!

一瞬でも——〝白に恋愛感情からときめいた〟事実があるが故にっ!!

——妖精種《フェアリー》、なんて凄まじい種族……見事な『チェック』である。

どうしようと数手先で兄に『チェックメイト』がかかる、必殺の一手である。

アルティメットぐっじょぶ、視聴者のみんな。

後は白が〝妹〟ではなく〝恋人〟のように接するだけ。

それだけで、兄は白を恋人として意識せざるを——

……そう高速で回転する白《しろ》の理性は、だが。
後に、己もまた認識が甘かったことを痛感させられた。
――この世界で最も恋愛に精通した種族、妖精種《フェアリー》からすれば。
白もまた恋愛においては空《そら》と同レベル、ズブの素人でしかなく。かくも圧倒的上級者を
己の思い通りに動かせるなどと――壮絶な思い上がりをしていた、と。
すなわち――そんな〝理性〟とは裏腹に、白が口にできたのは、

「…………………………………………ふぇ、え？」


顔をリンゴ飴《あめ》のように真っ赤に染めての、たった一音だけだった。

そしてそれを最後に思考が凍結し、頭の中が丸ごと吹き飛んだ白は――

『**デデーン!!　よっしゃあ白、アウトなのだわぁぁあ!!**　結果オーライなのだてめーら!!

そう、空くんは確かに恋愛感情に自覚がない……でもそれは白・ちゃ・ん・も・同・じ・なのだわ!?

さー盛り上がってきたのだわぁ～～～次は白ちゃんの行動なのだわカモンなのだわ!?』

そう響いたフォエニクラムのアナウンスも、そしてその先も。

だが全てが遠く聞こえ……白の耳に届くことはなかった……

――……

――……

……その後も、ゲームは続いた――らしい。

視聴者の指示《リクエスト》でステフとジブリール、イミルアインは白《しろ》達と合流させられ。

空《そら》と白が二度目のアウトを食らうことは、ついになかったが。二人がいることで、他の三人に出せる指示《リクエスト》内容は幅が広がり――特にステフのアウト量産を促し、ゲームはたいそう盛り上がり、最終的な〝支援《カキン》〟は空の想定さえ大幅に超えて稼げた――らしい……

だが……それら全てを、白は翌日聞かされて知った。

白の記憶は、思考が吹っ飛んだ時点から、完全に途絶えており。

辛うじて残っている記憶は――ただ。

延々と、兄が言わされた言葉を、ループし続けたことだけだった。

……〝白を恋人として見ていた〟という――その言葉を………

■■■

十日目――朝。

一昨日《おととい》の夏祭りを終えて、一日が経過し――更に一夜が明けて。

自室からリビングへ出た空は、痛恨の面持ちで内心嘆いていた。

夏祭りゲームは――大失敗だった、と……

ああ……あのわずか二時間で、空達は【14億】を超える〝支援《カキン》〟を稼いだ。

フォエニクラムに曰《いわ》く――チャンネル登録者数も空が狙った通りに、激増。

97万を超えるまでに膨れ上がった視聴者の〝支援《カキン》〟は、その数に比例して増加。

昨夜のハイライト配信だけで、更に【2億】強を稼ぎ出し。

かくて現在、空のスマホに表示される〝支援《カキン》〟の総額は――【16億】超……

不可能と思われた50億――『鍵』の購入も、現実的なところまで持ち込んだ。

予定通り――否《いな》。空の予定さえも大幅に上回る成果であった。

……だが想定以上の成果は、同じく想定以上の〝代償〟も伴った……


まず、夏祭りゲームの結果――最終的なアウト数が、想定外の結末を齎《もたら》した。

すなわち――空1、白1、ステフ32、ジブリール18、イミルアイン18……

ワースト1位は予定通り。だがジブリールとイミルアインが〝同数2位〟になった。

つまり『最も多くときめいた人が、二番目に多くときめいた人と一日限定仮カップルになる』というルールに照らせば……必然、カップルは〝二組〟爆誕した。すなわち――


――『ステフによるジブリールとイミルアインの二股カップル』が……

そこからの一日は、最大限控えめに表現して——地獄だった。

ステフがよりによってジブリールとイミルアイン、二人に内緒で同時に付き合っていたことが発覚した修羅場……白《しろ》と自室に避難し、扉を閉め布団を被《かぶ》って震えて過ごした空《そら》にはその後何があったのか、扉さえ貫く殺意の応酬以上には知り得なかった。

だが『十の盟約』がなければその余波だけで人類は滅んだろう、神をも畏れぬ二股。

その結果だけは——果たして一日が過ぎた、翌朝。

つまり現在、リビングに出た空の眼前の光景が物語っていた。そう——


「ふふ、ねえ～ステファニー？　私《わたくし》、悩みがあるんですの。聞いて貰《もら》えますの？」

……それはまず、鏡に映った自分に語りかけるステフの姿。

「ジブリールとイミルアイン……両方に『どっちが好き』って迫られて『どっちも好き』ってあなたほざいたんですの。ええ、わかってますわ。そもそも強制された感情ですわ。深く思い悩まなくてもいい——ええ、そうですわね。でも——鏡に映ってるあなたは——今も〝恋する乙女〟の顔してるんですのよ？」

そしてついに鏡を殴りつけて——

「恋する乙女の顔すんなつってんですのよ!?　『仕方ないじゃないですの。理屈じゃないそれが恋ですわ』とかそーいうのは思考じゃなくて思考停止ですのよノーサンキューですのよぉおおお!!　ステファニー、あなたもしやクソ女ですの!?」

果たして一日が経過し、正気に戻ったはずの今もなお、その時の感情を否定できずに、鏡に映る己とついには喧嘩《けんか》を始めた正気とはほど遠い病み気味のステフであり。
かたや——

「それでは、賭けるのは『お互いの命』で問題ございませんね」

「【憂慮】番外個体《イレギュラー》はご主人様達の所有物。無断で命を賭けられないと推定。どうしよ」

「……困りましたね。あ、マスター。ちょうどよいところに。ちょっと『互いを殺す権利』を賭けたゲームがしたいのですが、承諾して頂けないでしょうか♪」

「【謝罪】当機が勝利したらご主人様のものを壊すことになる。許して欲しい。でも大丈夫。両者間に〝苦しまず殺す〟合意は既に締結済み。いたくしない。約束する」


——殺意とは、殺す意志である。

殺すことは既に決定事項であり揺らぐことはなく。〝殺した〟と過去形に等しいまでに至った認識を前にして、殺意などもはや介在する余地もないといわんばかりに。

冷静に、互いを殺すための正規手続きを淡々と検討する二つの兵器の姿に。


改めて空は断じる——夏祭りゲームは大失敗だった。

想定以上に錯乱した一同……だがそれさえ〝想定以上の損害〟に過ぎない。

想定以上の成果を思えば、許容範囲内と受け入れることとさえできただろう。

だが、どんな成果を以《もっ》てしても許容できない――第二の失敗。

それ故に、空《そら》は夏祭りゲームを〝失敗〟ではなく〝大失敗〟と断じるのである。

すなわち――

「……な、なぁ白《しろ》……ちょ、ちょっとこれ、収拾つけんの手伝ってくれね？」

と空が視線を送った先――部屋から顔だけ覗《のぞ》かせていた白への呼びかけに、

「……っ!?」

だが、白はただビクッと肩を跳ねさせ、怯《おび》えたように身を震わせ引っ込んだ。

――そう。夏祭りの後から、白と一言も会話できていないという問題。

これが、他の全てをどうでもいいと一蹴できる――死にたくなる大問題であった。

……原因は明らかである。

空が白を恋人として――性的な眼《め》で見て抜いていたと言わされた件だ。

あの直後、白は茫然自失《ぼうぜんじしつ》になりゲーム中も、終わって部屋に籠もってからも、一言も口を利いてくれず、あまつさえ同じベッドで寝ることさえ拒まれ、空は二晩床で寝ている。

当然だ。当たり前だろう。

ずっと兄として接してきた男が、実はずっと自分を性的に狙っていたのである。

ショックどころじゃない。もはやサイコホラーの域である。

あまつさえ自分のようなキモい男が。トラウマと呼んでさえ生温《なまぬる》い傷になろう。

無論、それは妖精種《フェアリー》に言わされたことで、事実ではない。
何度もそう弁解しようとした空は──だが、そのたび自問した。

──本当にそうか？　と。
ここで白に嘘《うそ》を吐《つ》くことは、絶対に許されない。誰が許そうが、俺が許さない。
その上で本当に、まったく、白をそういう眼で見たことがないと言えるか、空。
──ならば、貴様は、何故あの時白にときめいた・・・・・・──ッッ!?

かくて葛藤する空は、夏祭りゲームを大失敗だったと総括する。
（──だが、それでも!!）
と、葛藤に折れそうな心を奮起させて、空は歯を食いしばって頭を上げた。
全ては夏祭りを企画した己の失敗。己の失策が招いたことである。
己の失策で白が怯えている──その事実を前に、心折れている場合ではない！
まず、白に謝らなければならない。そして落ち着いて話し合わなければならない。
結果許して貰《もら》えず、全てを失うことになろうと、このままでいいはずもないっ!!
「なあ、白。聞いてくれ。俺は──」
そう決然と覚悟を決めて、白に謝ろうと近づいた空の真剣な顔に。
白は肩を跳ねさせ、真っ赤な顔で涙を浮かべ──精一杯、叫んだ。

「──っ!? や……やぁ……こっち、こないで……っ!!」

──…………、

「おっはよ〰〰!! や〰〰昨夜の修羅場配信も盛り上がったのだわ!? この調子ならあと数日で50億も夢じゃないのだわぐぇっへっへ……というわけで!! 今夜の企画《ゲーム》だけど、空《そら》くんの意見を聞き──ぁ〜これひょっとして、マジのダメっぽいやつなのだわ？」

テンション高く現れたフォエニクラムは、だが死体のように床に転がる空と。

「……ち、ちが……にぃ、そうじゃ、なくて……っ！」

泣きながらも空に近づけないでいる白《しろ》と。

「そ〰〰ですわ!? 私《わたくし》が〝一生恋愛しない〟旨を盟約に誓って、ゲームすればいいんですのよ!! どーせ負けますし!! そ〜すれば邪悪な精神をこの世から抹殺できますわ!?」

「……おや？ はて。ドラちゃんの考え。もしや名案では？」

【同意】物理破壊を諦めて精神を破壊。番外個体《イレギュラー》も自我は賭けられる。すごい」

ついに己らの抹殺法を見つけた様子の、際限なく混迷へ向かう三人。

「え、えーと十日目、のゲーム……は、やれそう──にないのだわね。うん」

それらを見渡して呟《つぶや》いたフォエニクラムに、空は屍《しかばね》らしく返事なしで応じた。

うるせえ。もー知らねえ。全部どーでもいい……

白の信頼と、絆《きずな》を、失った――

失敗しかないような人生でも、それだけはすまいとしていた最悪の失敗。

立ち直れない。立ち直る意味もない。瞼《まぶた》をもう一度開く理由がない……この心臓も肺も忌々しい。この期に及んで何故《なぜ》まだ動いている。この星の貴重な酸素や資源、生命を消費してまで動く資格が貴様らにあるとでも思っているのか。なんたる傲慢か。

嗚呼《ああ》――そうだ、土に還《かえ》ろう。

せめてこの骸《むくろ》が大地を肥やし、いくらか世界に寄与できることを願って――

そんな空の慟哭《どうこく》をよそに、だがフォエニクラムは、

「…………うん！　じゃー今日は配信休止！　〝お休み〟とするのだわ！」

何やら白を見つめ、にっこりと笑って告げた。

「参加者が壊れちゃ〜元も子もないのだわ？　幸いこの二日で〝支援《カキン》〟はたっぷり稼げたのだわ。みんな、好きなもの購入して、食べて休んで、落ち着く日とするのだわ!!」

そう語るフォエニクラムのほくそ笑みには、だが。

気付く余裕など、誰にも残っていなかった……

■■■

かくして――ゲーム開始から十日。

初めての休暇を言い渡された一同は、一時解散となった。
白《しろ》を連れて自室に戻った空《そら》は、布団を掴《つか》むや、扉側の部屋の隅へ向かい。
「ううぅ……し、白ぉ……に、兄ちゃんを許してくれぇえ……」
布団を被《かぶ》って、泣きながらひたすら震え声で謝り続け。そして白は——
「…………」
その謝罪に答えることもできず、身動きさえできずに、ただ固まって。
窓側の部屋の隅で立ち尽くし——声もなく必死に思考を重ねていた……
落ち着け……論理的思考が、自分の唯一の特技だろう。
自分の身に何が起きているのかは、二晩考えてもわからない。
だが論理的に、冷静に状況を整理すれば——どうすべきかは見えるはずだ。
そう、全てはただ予定通りに進んでいる、それだけのはずなのだから——!!
予定通り——夏祭りで、兄に自分を恋人として意識させることに成功した。
予定通り——兄はそれを気の迷いだと否定できずにいる。
ならば今すべきは、少なくとも震えて立ち尽くしていることではないだろう!
予定通り——〝妹〟ではなく、〝恋人〟のように接する!
それだけで、兄と恋人《カップル》になれる——チェックメイトなのである!!
ああ……やはり論理は素晴らしい。

1+1は常に2で、感情がなんとほざこうが3や4にはならない。

論理は裏切らない。どんな時も無機質に、無感情に正解を示してくれる……っ！

「うぅぅう……しろぉお兄ちゃんを嫌わないでくれぇぇ……」

だから、泣き続ける兄に何と答えるべきかも、論理的には明らかなのだ。

──しろが、にぃを嫌いになる？　あり得ない。

そんなあり得ない勘違いに、兄は傷つき、泣いている。

今すぐ、その馬鹿げた誤解を正し、そして自分の想《おも》いも伝えるべきである。

しろはにぃが好き。誰より好き──〝異・性・と・し・て好き〟──と！

さあ言え、と命じる理性に従い、白は口を開き、

「……にぃ、ちがう。嫌いになん、て……なるわけない。しろ、にぃが…………」

──だが。


喉が詰まったように、その先の言葉が出なかった。

……どうした？　どうしてその先が言えないの!?

「びぇぇぇえやっぱり白に嫌われたぁああちくしょ〰〰もうイヤだぁ殺せぇぇえ!!」

「……ち、ちが──にぃ、違く、って……ぁ、あ──っ」

明らかに好きという言葉を拒んだ白に、ついに具体的死を求めて。

怒濤《どとう》の如《ごと》く壁に額を叩《たた》きつける兄に──だが訂正さえ口にできず近づけもしない。

己の異常に、白《しろ》は混乱を続ける思考の中、必死に理性を働かせ思考する。
ああ、論理は確かに裏切らない。
だが、前提条件を間違えた論理は、間違った正解しか吐き出さない。
——自分の身に、何が起きている。
もはや保留にできないその疑問に、白は改めて論理的に向き合った。
そう——〝いつから〟〝何が〟〝何故《なぜ》〟自分の身に起きているかを——

まず——いつからか？　明白だ。
兄が、白を恋人として——性的な眼《め》で見ていたと言わされた瞬間からだ。
では——何が起きた？　同じく明白だ。
心拍数が増加した。体温が上昇した。息ができなくなり、体が震え出した。
その後の一切の記憶が途絶えるまでに——思考が完全に凍り付いた。
では——何故そうなった？　……わからない。
予定した通り、期待した通りのことが起きただけ——そのはずなのだ。
だが事実として、あの瞬間から——現在まで、その状態が続いている。
否《いな》——悪化の一途を辿《たど》っている。

——兄の顔を直視できなくなった。

ずっと心臓が早鐘のように鳴り続けている。顔が熱い。呼吸が苦しい。

それでも、その夜は強引に寝た。兄と同じベッドは無理でも、疲れもあって強引に気絶するように寝た。起きたら落ち着いているだろうことに期待して。

だが、目を覚まして最初に目に飛び込んできたもの――いつも通りのもの。

八年間変わらないもの――だがその朝は、明確に違って見えたもの――

つまりは兄の顔に、目を覚ました直後に意識が落ちかけた。呼吸が止まった。

今や、兄に近づかれるだけで、体が熱くなって逃げ出したくなっていた。

こうして同じ部屋に二人きりでいる――それだけで、まるで刃物を突きつけられているように体が強張《こわば》り、震えて、身動きできない。

改めて問う――自分の身に、いったい何が起きている？

（……わかん、ない……よっ！　……そんな、の……っ！）

果たして論理では――理性では正解を導き出せない問題に。

わけがわからず、ついにすすり泣きだした白に――逆に。

ピタリと、空《そら》の泣き声は止《や》んだ。

「――白。ごめんな、でも俺――」

そして意を決した様子で、そう立ち上がって近づいた空の――その真剣な顔に、

「……ひっ!?　……や、やぁ……にぃ、どっか、行ってて っ！」

これ以上、まだ心拍数が上がるのかと、恐怖さえ覚えて。

ついにたまりかねた白《しろ》は、悲鳴を上げて窓から庭に逃げ出そうとした。

だが、窓に手をかけたと同時――兄から離れる、というイメージに――

「……やぁだぁ……にぃ……しろ、ひとりに、しないでぇ……っ」

「えぇえ!? しねえよ!? っていうか結局俺どうすりゃいいの!?」

想像しただけで恐怖し、白はついに号泣し出した。


――もう、意味がわかんない。

自分に何が起きているのか、何がしたいのか。

全てが不明瞭な中、泣き続ける白は……だが、不意に。

窓ガラスに映った自分の顔に気付き――ふと、思った。


――だれだ、コイツは。

窓に反射して映るその顔は、見知った自分の顔ではなかった。

だが、知らない顔でもなく――見慣れた顔だった。

つい最近も――それも極めて身近で見たことのある……この顔は、誰だ、と。

果たしてその疑問に、映像記憶能力を有する白の脳は、瞬時に答えを示した。

――それは、ステフのような顔だった。
先程もステフが鏡に向かって〝恋する乙女の顔〟と呼んだ――あの顔だった。
しかしその答えは、白に更なる疑問を与えた。
――〝恋する乙女の顔〟……？　何を今更。
当然だろう。自分は、ずっと兄に恋している。
出会った時――あるいは生まれた時、ともすればそれ以前から、とっくに。
だが。であれば。窓に映るコイツは――誰だ。いや、違う。そうじゃない。
――コイツではなかった自分――
これまでの見知った自分は――何だったのだ？
混乱し、疑問に喘《あえ》ぐ感情をよそに――だが、論理的に機能する理性は。
無機質に、無感情に、無慈悲に機能し続ける脳は、かくて一つの仮説を導く。
それは、白の混乱の原因と正体を説明できる――説明できてしまえる仮説だった。
つまりは――これが。今まさにしているこれこそが〝恋〟であり。
――これまでの自分は……まだ――
――恋をしていなかったのでは……？　と――

■■■

「キタキタキタぁあああ!!　盛《も》ぉり上がってきたのだわぁあああ!?」

一方、その様子を隠し撮りで配信していたフォエニクラムは。

視聴者と共に、今まさに興奮が最高潮を迎えようとしていた。

――配信休止？　このタイミングでするわけねえのだわ!?
あと数日――予定してた企画《ゲーム》がハマれば今夜にでも50億稼げたのだわ!?
ましてこんな美味《おい》しい展開――カメラ回ってないとこでやらせるかだわ!?
二人には申し訳ないが、事ここに至ってはプライベートなど認めないのだわ!!　と。
そう――リビングでの白《しろ》の様子から、この展開を容易に読めたフォエニクラムは。
川の流れのように自然に、盗撮配信して舌舐《したな》めずりしつつ、思う……

白は、空《そら》に恋愛感情を自覚させればいいと思っていたようだが。

残念ながら、その理解はあまりに浅いと言わざるを得なかった。

愛の神に創られし（他人《ひと》の）恋愛にかけては種族的天才である妖精種《フェアリー》にしてみれば、誰の目にも〝白こそ空を恋愛対象として見たことがなかった〟ことは明白だった故に！

……無論、フォエニクラムは、二人の過去を知らない。

僅か十日の付き合い、それで何を知れようはずもない。
だがそれでも――フォエニクラムは、視聴者は、確信できたのだ。
白は――あの子は、きっと、間違いなく。
今まで幾度となく空に〝兄妹以上の関係〟になろうと迫りはしただろうが――

自分が兄の恋人になる、とは考えたこともなかったろう――と!!


単に幼いが故か、それとも近すぎる関係故にか。

だが何にせよ、夏祭りの時、空をときめかせるべく白が切った切り札――

――『しろ、じゃ……だめ?』というにセリフに、その全てが表れていたのだ。

白は――『しろが彼女じゃだめ?』とは言わない。言えないのである!!

きっと今まで一度もその提案はしたことがない。想像したこともなかったろう。

その台詞《せりふ》一つで、全てを察した視聴者は、故に、空にあの言動をとらせたのだ。

何故《なぜ》なら、空に、白を恋人として意識させる――それは空が白にときめいた時点で既に達成しているのだから。であれば、揺らすべきは――空ではないだろう?


――白にこそ、空を、恋人として意識させる――

その方が盛り上がるに決まっているのだから!!

小説も映画も現実も——恋愛が最も盛り上がるのは、くっつく瞬間ではない。

そこに至るまでの過程——恋が芽生え、揺れ動き、結実する道程なのである！

かくて八年積み重ねた、小さな少女の身には大きすぎる想《おも》いの焔《ほのお》が——揺れる様。

フォエニクラム達の目論見《もくろみ》通り——初めて〝恋人としての感情〟に揺れる白《しろ》の姿に。

ここまでを完璧に想定しきった——白が望んだ以上の〝神の一手〟を打った妖精種《フェアリー》は、
今度は自分達さえ見えない・・・・・・その転がる先に期待して、食い入るように画面を観《み》ていた。

……だが、そんな無責任な期待を向けられているとはつゆ知らず——

『……にぃ、しろ……ちょっと取り乱してた、みたい……もーだいじょうぶ……』

『そ、そうだな……尋常じゃなく取り乱していたが……いや、でも俺のせい——』

『……ちょっと、つかれた……おふろ、いこ……？』

『お——お、おうとも!! 白が自分からお風呂入りたいと言い出すことに多分な違和感を拭えぬ兄ちゃんだが!! 更に言えばそれを能面の顔で言ってることにも不安を拭えぬのだが!! 兄ちゃんを拒まずそう言ってくれるなら全部まるっと気にせずにおくぞ!?』

——先ほどまでの錯乱っぷりから、一転。

感情の宿らぬ声で告げ、空《そら》の手を掴《つか》んで風呂場へ向かって歩き出した白に、

「お〜っとぅ？ ……さ、さすがにお風呂の無断配信は……マズいのだわ……？」

フォエニクラムは葛藤した。

そもそも、勝手に盗撮・配信してる時点で、既にセーフかどうか際どいのである。

どうする。配信を止めるか？　一瞬悩んだフォエニクラムは、だが――

「〜〜〜こ、ここからはサウンドオンリーだわ!!　あと万一、十八禁な流れになったら配信は即中止、乱入して止める――そのギリギリまではこのままお届けするのだわ!!」

一歩間違えれば一発で配信強制終了《BAN》もあり得る、そのタイトロープを前に。

だが、ここで引き下がっては妖精種《フェアリー》の名折れだろう、と!!

続きを渇望する熱く厚い〝支援《カキン》〟に――フォエニクラムは配信継続を英断した。

■■■

「っか〜〜〜〜〜〜ッ!!　十日ぶりのシャワーはやっぱ気持ちいいなぁ、白!?」

「……うん。そーかも、ね……」

「ステフに感謝しなきゃーな！　やっぱ人間ちゃんと風呂入らなきゃな!?」

「……うん。そーかも、ね……」

二日前――夏祭りの開始前、ステフが宣言した通り〝支援《カキン》〟で購入した浴場。

衝立《ついたて》の向こうから、体を洗いながら不自然に明るく語りかけてくる空の言葉に。

だが湯船に浸《つ》かる白は、上の空で応じて――ただただ思考を重ねていた。

――これが恋？　馬鹿馬鹿しい。

こんなものが恋のわけがない。
こんなもの――ただの錯乱だ。
ああ、何が原因で錯乱しているか、改めて考察する必要はある。
だが今すべきは予定通り――兄に『詰《チェックメイト》み』をかけること。それだけである。
その邪魔になるもの――錯乱した感情など、理性で黙らせるまでである。

それで？　どう『詰《チェックメイト》み』をかけるか――それも既に答えは出ている。

裸で抱き合って『しろもにぃのこと恋人として好き』と言えばいい。

兄もそうであると否定しきれずにいる今、それで投了《かち》である――ッ!!

「……にぃも、湯船……入ったら？」

「は？　いやいや、未成年の裸はＮＧっていつも言ってんの白《しろ》だろ」

そんなの、お風呂に入りたくない白の方便に決まってるよね……？

その白が入れつってんの。さっさと入れよという思考は、押し隠し――

「……だいじょ～ぶ。タオル、まいてる……にぃも、タオルまいて、一緒に入ろ？」

「ああ。まーそれなら喜んで。んじゃ、失礼しま～す」

そう言った空《そら》が立ち上がり、こちらに向かうのを白は待ち構える。

もちろん――白はタオルなど巻いていない。大嘘《おおうそ》である。

浴場に立ちこめる湯気は濃く。何より白は湯船に浸《つ》かっている。
白が本当はタオルを巻いてないとは、兄は隣で湯船に入るまで気付かぬだろう。
気付いたところで抱きつき、キスして言えばいい、それで目標達成《ゲームセット》である――!!

――衝立《ついたて》の奥から、湯気に空のシルエットが浮かぶ。
どくん、と脈打つ心臓を、だが白は理性で黙らせ、待つ。
空が一歩踏み出す都度、輪郭が明瞭になっていく。
体温が上昇し、思考が白んで行くのを、白はなおも理性でねじ伏せ、待つ。
そして、ついに湯気の切れ間から空の顔がハッキリと見えた――と、同時、

「――――――――や、やっぱ、だめっっっっ！」

理性の鎖が砕ける音を幻聴した白は。
咄嗟《とっさ》に湯船から飛び出し、空に飛びかかりその両目を塞いで叫んだ。
「ええええ!?　え、何ですかぁあ!?　俺またなんかやっちゃいましたぁあ!?」
――無理無理無理!!　無理だよ!?
好きな人に裸で迫って告白――!?　できるわけないじゃん!!
そんなの、頭がおかしい子か、さもなきゃただの痴女だよ!?
だが一方で――まだ辛うじて息のある理性は、問う。

──何故《なぜ》？

今までも、空《そら》に裸で迫ったことはあっただろう？

ジブリールとのゲームでも、循環呼吸と称してキスしただろう？

既にやってきたことだろう……何故それが今になってできない？

だが理性などクソ食らえと、感情は吠《ほ》える。

（──わかんない、よ……わかんない、けど、無理なのッ!!）

そしてなおも加速する混乱にトドメを刺すように──白《しろ》は状況に気付く。

すなわち、兄を押し倒し、全裸で跨《また》がって目を塞いでいるという、状況。

お尻から伝わる兄の体温──予定していたより、更に上の恥ずかしい状況に──

「～～～～～～～～～～に、にぃの──どエロ!!　へ、へんたい……っ!!」

「いきなり押し倒されて目塞がれた兄ちゃんが変態呼ばわりされんの!?」

白は意識を失いそうになりながら、絞り出すように叫んだ。

「……む、むりぃ……やっぱ、むりっ！　にぃ、しろ、から……はなれてっ」

「お、おう！　わかった!!　直ちに離れます!!　白に覆《おお》い被《かぶ》さられてる兄ちゃんのほうが退《ど》くの!?　って疑問は飲み込んで、なんもわかんないけどとりあえずわかった!!」

──いや、待て。

退かれたら兄の目を塞げない。白が裸なの、見ら……れ──っ!?

「……やっぱ動かない、で!?　め、目、閉じたまま……あっち、いってて」

「動かないであっち行くの無理じゃね!?　目を閉じてあっち行きゃいいか!?」
かくて目を閉じた空《そら》を衝立《ついたて》の向こうに追いやって、白《しろ》は思う。
――やっぱり、意味がわかんない。
自分に何が起きているのか、何がしたいのか……何も。
だが、無慈悲に機能し続ける理性は変わらず、淡々と告げる。
論理的に考えれば、答えはわかりきっている、と。

――本当に……これこそが、恋なのだ……と。

以前の自分が、何故《なぜ》兄に裸を見られても平気でいられたのか。
何故平然とキスできたのか。何も考えずに好きと言えたのか。
――恋人として、意識したことがなかったからだ……
しろとキスして、裸を見て、イヤだと思われないかな、と。
強引に迫って変な子だと思われないかな。失望されないかな……嫌われないかな。
この思考が――不安がなかった……兄妹《いもうと》だからこそできたことだったのだ、と……
ああ――とっくにわかっていたとも。
きっとコレが、恋で。自分は今、初恋を経験しているのだ。
――わかっている。わかっていた！　でも――っ兄の顔を見ているだけで、安心できた。

兄に頭を撫《な》でられるだけで、どんな嫌なことも忘れられた。

兄の胸に顔を埋《うず》めるだけで、そこがどこであろうと眠れた。

兄の声を聞いているだけで――それだけで、幸せだと思えた。


――それが、今は兄に顔を見られるだけで、嫌われないか不安になる。

兄に触れられるだけで、この鼓動が伝わらないかと怯《おび》える。

兄に声を聞かれるだけで――この想《おも》いを、気持ち悪がられないか怖くなる。

こうなるのが〝恋人になる〟ってこと？

こんなものが――〝恋〟だっていうの!?

（……こんなの、が『恋』なら……こんなの、が……『恋人になる』ってこと、なら――しろ、恋なんて、いらない。したくない!!　恋人になんて、なりたく、ない――ッ!!）

感情の絶叫に、だが理性は――論理的思考はなおも問う。

――なるほど。ならばどうする？

（……こんな、なるなら……妹でいい!!　こんな苦しいの、いらない！）

――本当に？　本当に妹のままでいいのか？

では仮に——恋を知った今からでも、元通り、妹に戻れるとしよう。
それで？　兄に恋人ができた時。妹として——祝福してやれるのか？
（……無理、だよぉ……無理だよっ!!　そんなの——っっ!!）
兄が、自分以外の誰かと、幸せそうに手を取り合って微笑《ほほえ》む——
無理だ。耐えられない。
想像しただけで涙が零《こぼ》れる。血の気が引いて体が砕けそうになる。
——そんなことに、なるくらいなら。
何もかも壊してしまうほうが、まだマシ————ッッ!!
（……ああ……こんな気持ち悪い、子……嫌われる、に……決まってるよぉ……）
恋人になることも、妹に戻ることも、もうできない。
もう……どうすることも、できない、と……
「——っひ……ぅ……ぁあ……ぅあぁぁ……ん……っ」
ついに大声で——年相応の、子供のように泣き出した白《しろ》は。
だが——ぐっ、と……
「——ごめん白。正直、俺、白に何が起きてるのか、わかってない」
問答無用で己を抱き寄せてくる、力強さと温《ぬく》もりと声を感じた。

「俺のせいなのはわかる。でも、ちゃんとはわかってない。だから無責任に落ち着けとも言えない。それでも――白を独りで泣かせとくのは、絶対に間違ってる」

――ちがうよ、にぃ。にぃのせいじゃないのに……

「だから、言ってくれ。なんでもいい。怒ってくれていいし、殴ってくれてもいい。反省すべきことは全部反省する。改善できることは、全力で改める。それでも許せないなら、そう言ってくれてもいい。だから――頼むから、独りで泣かないでくれ」

なのに――なんでそんなに優しくするの？

こんなわけわかんない、気持ち悪い子に、なんでそんなこと言うの？

胸が苦しいよ。息が辛《つら》いよ。怖いよ。せめて怒ってくれれば、まだ――

だが、そうして混乱と不安に拍車がかかっていく中。

救いを求めて開いた瞼《まぶた》――涙で濡《ぬ》らした瞳に映った光景に。

――白は、ふと……あることに、気付いた。

唐突に――冷静に――かはわからないが、気付いた。

……ねぇ。にぃ……しろ、今……裸、なんだけど……？

え……？　裸のしろを抱き寄せて、そのリアクション？

頬《ほお》を赤らめたりとか、こう……そういうの、ゼロ？

しろ、こんななってんのに？　え、なんか――なんか……

――めっちゃイラっとするんだけど…………？

瞬間、白《しろ》はノイズに染まり混線しきった思考が晴れ渡るのを感じた。

嗚呼《ああ》……そうだよ。そうだよね……にぃの言う通りだよ……

自分がこんな苦しい思いしてるのも。

不安になってるのも。

怯《おび》えてるのも。

泣いてるのも。

「……そうだよ、ね……ぜ～んぶ――にぃのせい、だよね♡」

そう口にした白は、半ば無意識に風呂に持ち込んでいたスマホを操作していた。

そして次の刹那――全てが消し飛び、景色は一変した。

第三章——平行思考《ポイント・アット・インフィニティ》

——《洛園《せかい》》が、一変していた。

中庭のみならず、家ごと——爆音と共に全てが消《き》え失《う》せていた。

浴場にいた空《そら》も、各々《おのおの》の自室で休んでいただろうステフ達三人も——部屋ごと消滅し、視界の果てまで更地に変じた景色に放り出され、揃《そろ》って呆然《ぼうぜん》と佇《たたず》んでいた。

「…………へぁ？　は、え……？　な、何が起きたんですの……？」

ステフが間抜けな声で零《こぼ》したその問いの答えは、ステフを除く全員がわかっていた。


フォエニクラムの創った空間——《洛園《スプラトウール》》が丸ごと再構築された、だ。

つまりは、誰かが〝支援《カキン》〟を消費して、家ごと舞台を創り替えたのだ。

いや、正確には今も〝創り替えている〟のだろう。

そしてそれが誰かも、ステフを除く全員の見上げる先に答えがあった。


「……わからない。わからない。なにもわからない……」

空達の視線の先——黒い泡《シャボンだま》の渦を纏《まと》って、天高く浮かぶもの。

スマホから大量の黒い泡《シャボンだま》を生みながら、顔を伏せて譫言《うわごと》のように呟《つぶや》く、白。

その口から一言が紡がれる都度——黒い泡《シャボンだま》が弾《はじ》け、景色が変じていく様を見れば。

白《しろ》が膨大な〝支援《カキン》〟を消費して、別世界を購入しているのは、明らかであった。

だが『何が起きたのか』というステフの質問の——その先。

つまり『何が起きようとしているか』という疑問には、誰も答えられなかった。

ただ——この世の終わりを告げるが如《ごと》く。

見る者全てを問答無用の不安に突き落とす、不気味な威圧感を伴って。

今まさに自分ごと世界を創り替えている——当の白以外は、誰も……


「理解《わか》らない、理解《わか》らない、理解《わか》らない理解《わか》らない理解《わか》らない——」

家も庭園も無に還《かえ》し、更地に変じた世界を、今度は荒廃した大地へと。

自身は長く白い髪を——更に長く。先端から黒染めに変じさせ、白は思う——

——嗚呼《ああ》。何も。何も。何も。何もわからない。

「恋も。愛も。恋人も。妹も——何も……何も理解《わか》らない——」

その一言一言に、泡が弾け天地が呼応するように、変わっていく。

空間位相境界《洛園《スプラトウール》》——妖精種《フェアリー》の領界。

その領界内に限れば、神の域にさえ及ぶという、妖精種《フェアリー》の創造の権能によって。

荒野に山が、渓谷が生まれ、血色に塗り潰された天は白を中心に雷雲が渦巻く。

その雰囲気に相応《ふさわ》しい——禍々《まがまが》しく黒い衣装を纏《まと》って、白は「でも」と続けた。

「それでも――一つだけ理解《わか》ること……明確なものがあったんだ……」

そも、この世は元より不可解だ。理解《わか》ることなんて限られている。

故に人は、そのごくわずかな、限られた、わかること――明確なことを。

一つでも見つけて縋《すが》り、それを支柱に思考するより他ないのである。


そう――唯一理解《わか》ること。それは〝最も理解《わか》らないこと〟だ。

その最大の疑問への――『イライラする』という何より明確な感情に身を委ねて。

果たして、景色を魔界さながらに創り替え、自らも魔王の如き容貌に変えた白は。

顔を上げ、口角をつり上げて。空《そら》を見下ろし、唄《うた》うように――告げた。

「――ねぇ。にぃのくせに、何チョーシこいてんの？」


すなわち――〝自分《しろ》をイラつかせる兄《にい》が全部悪い〟と――

「そもそも何でしろが悩まなくちゃいけないの？　おかしいよね。ふふ、ふふふ――ああ
気分がいいの。思考が冴《さ》え渡《わた》ってくの。こんなに思考がクリアなのは、生まれて初めて。

今ならこの宇宙の謎だって全部解けそう！　ふふ、ふふふ……あははははッ!!」

かつてなく饒舌《じょうぜつ》に、機嫌よさげに、天を轟《とどろ》かせて白が笑う。

――普段、白が上手《うま》く喋《しゃべ》れないのはその思考速度に発声《ことば》が追いつかないからである。

よって、突如として饒舌《じょうぜつ》になったのは、思考が止まっている証《あかし》に他ならず。

思考が冴《さ》え渡《わた》って感じるのは――むしろ、思考を放棄した結果の錯覚なのだが……

白《しろ》自身を含め、誰一人知るよしもないその変貌は――まあ、つまり平たく言えば。

要するに――


「我は〝ブラックしろ〟――にぃを断罪する者なの♡」


そんなことを口走っちゃうくらいに。

白は完全に、前後不覚にキレた、ということだった……

■■■

「……よし！　状況の変化が一段落したようですし？　改めて問いますわね♪」

誰よりも状況を理解できないからこそ、か。

誰よりも早く茫然自失《ぼうぜんじしつ》から立ち直ったステフは、そう笑顔で告げて――吠《ほ》えた。

「問一！　ど～したらシロがあんなんなっちゃうレベルでキレるんですの!?　問二！ブラックシロってなんですの!?　黒いんですの白いんですのハッキリして欲しいですわ!?　そして問三！　――なんでソラは全裸なんですのよ!?　服を着なさいなぁああ!?」

「答え一！　こっちが知りてえ!!　答え二も同じくこっちが知りてえ!!　そして答え三！　風呂に入ってたんだよ!!　つか全裸じゃないわ失敬な！　腰にタオル巻いてるだろーが!?　この一枚への言及の有無で法に触れるだろーが発言に気をつけろよな!?」

「〝99％裸〟はもう全裸と同じですわ!?」

「1％を切り捨てていいならこの世に金持ちなんかいねーんだよ!!　世界の富の半分以上はそのたった1％が保有してることも知らねえのか!?」

「全裸で迫りながら語らないでくれますの!?　い、いいから服を着なさいな!!」

「全裸じゃねーつってんだろ!?　つか家ごと吹っ飛んだろーが俺の服どこよ!?」

尋常ならざる空気に警戒し、無言で身構えるジブリールとイミルアインをよそに。

混乱からステフと思わず掛け合い漫才をする空《そら》は——だが、

「——それ。それだよ、にぃ♡」

白の——いや、自称・ブラック白の声が響くと同時。

足下でシャボン玉が弾《はじ》けるや否《いな》や、足場が天高く隆起した。

「うぉおおお〰〰〰〰今度はなんですかぁああ!?」

「マ、マスター!?　直ちにお助けしま————なっ!?」

「【報告】進行不能。【解析】——【推定】視認不能な壁を購入された!?」

天へせり上がる空の悲鳴に、とっさに踏み出したジブリールとイミルアインは、だが。

白《しろ》が〝支援《カキン》〟を消費して創ったのだろう、見えない壁に四方を阻まれ絶句する。

果たして、上空を漂うブラック白の眼前まで盛り上がった足場。

落下すれば命がない高さで震える、腰にタオル一枚の空《そら》に——


「それが、イライラするって言ってるの。にぃのくせに♡」

漆黒の装いを纏《まと》った白は、笑顔で詰《なじ》る。

「コミュ障のくせに。メンタルもフィジカルも人間性も全部ざっこざこのくせに。そーやって美少女とラブコメして半端にフラグ立てるのがイライラしてしょうがないの♡」

不気味なくらいに、いい笑顔で、語る。

「〝回収する気もないフラグ〟は立てちゃダメって、義務教育で教わらなかった？　ああ、教わってるわけなかったよね。だってにぃ、ざこニートだもんね♡」

「や、不登校はお互い様だと思い——まっせん！　何も言ってません!!」

脊髄反射で反論した空を黙らせる、いい笑顔で——そして問う。

「ねぇ、にぃ？　にぃは——本当に彼女欲しいって思ってる？」

「…………え、と……？」

心から思っている。渇望している。欲して止《や》まぬ。

だがそう答えていいか逡巡《しゅんじゅん》する空は、果たして続いた白の言葉に、

「妹《しろ》がいなきゃ女の子と話すどころか、呼吸もできないざこのくせに？」

「――」

「本当に彼女が欲しいなら――彼女作ってどうしたいか、言ってみて？」

「――」

「言えないよね。知ってるよ？　にぃのことはぜ～んぶ知ってるから♡」

「――」

「うん、知ってる。にぃのことはなんでも知ってる。にぃは、ね――？」

「――ちょ、待――」

許しを請うように、その先は……と口を開いた空は、だが……

「原理的に非モテで。人格が破綻してて。ゲーム以外は何一つとして取り柄がなくって。そのゲームだって、正攻法じゃしろに勝てないからペテンとイカサマばっかり上手《うま》くて。一人じゃハイハイもできない生後八ヶ月の赤ちゃん未満の。この三千大千世界で最も劣った――全生物のヒエラルキー最下位タイの。ど～～しようもないざこだ、って。どれだけ繕ってもぜ～～んぶ知ってるんだよ？　ね？　ざこ♡　ざ～こ♡　ほら、反論してみて？　ざ～こざ～～～こ♡　あはははははははは♡　ざ～～～こ♡」

「…………生まれてきて、本当に、すいません……でした……」

と。一ミリの反論もできない事実の列挙に、ただ、森羅万象に詫《わ》びた。

「そんなざこが、美少女とラブコメ――しかも複数と？　あまつさえ恋人になりたい？　おこがましいと思わない？　ゾウリムシが国民的アイドル複数と恋人になりたい、なんて夢想してたら、身の程を弁《わきま》えろって言葉すらも出てこないって思わない？　ねぇ……何か間違ったこと言ってる？　……質問してるんだよ？　さっさと答えるの。ざこ♡」

「わたくしの存在以外!!　何も!!　間違いなど!!　ございませんっっ!!」


「あ～イライラする♡　にぃの全部にイライラする♡」

だが、敬礼しつつ涙を流すその空《そら》さえ、イラつくと。なおもスマホを操作して、

「でも安心して？　にぃ、大丈夫だから♡」

再度膨大な〝支援《カキン》〟を消費し――シャボン玉の嵐を生じさせて……遠く。

――『カップルにならなきゃ出られない空間』と札のかかる『門《ゲート》』を覆うように。

「このブラックしろが、誰もいないとこで、じっくり――にぃを〝調教〟したげる♡」

――そびえ立つ、巨大な『城』を創り出した白《しろ》は。

空を優しく包み込むように抱きしめ――温和な笑みで、

「分際を弁えて。余計なフラグを立てたりしない。彼女欲しいなんて思い上がったりしない。ざこのくせに女の子と目が合ってすみませんでした～って、心の底から思えるよう、躾《しつ》けたげる♡　そーすれば少なくとも〝身の程を弁えたざこ〟にはなれるから。ね♡」

そう告げるや――翼を一打ちし、天を駆けた。

かくて、白が空を連れ、遠くそびえる『城』へと飛び去ったそこには。

ただただ愉《たの》しそうな笑い声だけが残った——

■■■

「——よし！　何が起きてるか、もう訊《たず》ねませんわ？　状況は明らかですものね♪」

四方を不可視の壁に囲まれ、身動きできなくなった三人。

そして、続いたあまりに怒濤《どとう》の展開に、再度茫然自失《ぼうぜんじしつ》に陥っていた三人は。

だが、またしてもいち早く立ち直ったステフの悲鳴——

「二人が『ラブホ』行きましたわぁぁああ!?　問答無用でアウトですわああっっ!!」

「「————っ!!」」

これ以上なく端的な、危機的現状の要約に、はっと息を吹き返した。

そう——ブラック白が、空を連れ飛び去った先は——なるほど『城』であった。

巨大なハート形のオブジェを戴《いただ》き、桃色《ピンク》や紫色に煌々《こうこう》と妖しく光る『城』であり。

つまるところ、全力でいかがわしさを主張しているそれは……ぶっちゃけた話。

どっから見てもみだりがわしい目的専用のホテル以外の何物でもなかった……

「【猛省】〝支援《カキン》〟を使い競合相手を問答無用で無力化。然《しか》る後にご主人様を調教・洗脳・籠絡——当機もそうすればよかった。どうして思いつかなかった？　当機、ばか」

「猛省するとこ、そこじゃないですわ!?」

「……さすがは白《しろ》様。混乱してもなお見事な戦略。感服にございます」

「感服するところでもないんですのよぉぉお!?　どうにかしてお二人を連れ戻して止めなくては世界の秩序が——倫理が崩壊しますわぁぁぁぁあ!?」

「ですがドラちゃん、タブレットも見当たりません——どうすれば・い・い・ので？」

「そ——それ……は……っ！」

——三人が閉じ込められている不可視の壁を、さて、どう突破する？

ジブリールもイミルアインも、《洛園《スプラトウール》》内部では一切魔法が使えない。

〝支援《カキン》〟を使おうにも、空《そら》と白のスマホか、タブレットが必要であり——その全ては、ブラック白が家を吹き飛ばした際にきっちり回収していったのか——見当たらない。

すなわち——〝打つ手なし〟と告げる沈黙は、だが——

「ぬぁ〰〰〰ミスったのだわぁ!?　あまりの急展開に映像ONに戻すの忘れてたのだわ!?　ずっとサウンドオンリーのままだったのだわ!?　あ、視聴者のみんな〜安心するのだわ✽録画はしてたから！　白ちゃんの闇落ちからを後で流すのだわ✽」

今更のように騒々しく現れたフォエニクラムによって破られた。

「あ、なたずっと何処《どこ》にいたんですの!?　というかその口ぶり、ずっと見てた——どこか配信してたんですの!?　ど〜〜してシロを止めなかったんですの!?」

無断での配信、状況の静観を糾弾したステフに、だが。

「止める!?　あたいが!?　それこそど〜〜してなのだわぁ!?　絶好調に盛り上がってるとこなのだわ!?　ましてや最高の展開——想定を超えて理想的な状況なのだわ!?」

フォエニクラムは同じ問いを返して、下卑た笑みを浮かべる。

「ぐえっへっへ、コレなら十日目のゲームに企画してた通り——〝妖精種《フェアリー》本来のゲーム〟をちょびっとアレンジして一気に大稼ぎとイケるのだわ——題してッ!!」

かくて、フォエニクラムは荘厳なＢＧＭと共に——宣言した。


「——**『魔王に攫《さら》われたお姫様を救出・奪還せよ!!**

そして二人は末永く結ばれましたとさゲーム』——ッッ!!」


——妖精種《フェアリー》本来のゲーム……

ジブリールが以前触れた陣取り合戦——〝空間の塗り合いゲーム〟……

フォエニクラムが宣言した題名《タイトル》からは、全く想像できないそのゲームが。

そして今から行うゲームがいかなるルールか、眼《め》を細める三人の警戒は捨て置き、

「ルールは簡単!! これより〝支援《カキン》〟は、参加者個人宛てに一割送れるのだわ!!」

フォエニクラムが告げた途端——ポンッ、と。

ステフとジブリール、イミルアインの側《そば》に、小さな花が出現して宙に浮いた。

そして花から平面状の光——操作画面《UI》が投影される。

「プレイヤー——空《そら》くんを除く四名は自分宛の〝支援《カキン》〟で『兵隊《ユニット》』を購入できるのだわ!? 初回サービスで各自一〇〇体ほど購入できる額を振り込んだのだわ。早速試すのだわ？」

その言葉に、ジブリールとイミルアインが警戒するように互いを見やる。

一方ステフは、よくわかっていない顔つきのまま、言われるがままに。

投影された操作画面の『歩兵』なる項目に、指で触れる《タップ》。

直後、ステフの花——端末から勢いよくシャボン玉が噴き出し地面に潜り——

「ひぃぃいっ!? あ、頭にでっかい花を咲かせた私《わたくし》が大量に出てきましたわぁぁっ!?」

地面から続々と自分《ステフ》が湧き出てくる様に、ステフは悲鳴を上げた。そして、

「「「うー……あー……」」」

「しかも『うー』と『あー』しか言いませんわ!? なんですのコレ怖いですわ!?」

「……『兵隊』というより、脳を花に寄生された系のゾンビ……でございますね」

「【指摘】ドー様は平時から頭に花飾りを乗せている。『うー』及び『あー』しか言えない知能指数もドー様のそれと誤差範囲内。【結論】ドー様の複製大量出現。ホラー」

思い思いの——特にイミルアインの失礼な感想にステフが憤る間も与えず、

「まーなんせ〝支援《カキン》〟——『魂』を撃《う》ち出すための『兵隊《NPC》』だから。節約仕様なのだわ。そこは流すのだわ！　ともあれ、頭の花に一定量積載したこの『兵隊《ユニット》』が撃ち出す『魂《タマ》』でブラック白《しろ》ちゃんが創った空間を、元に塗り返すのだわ⁉」

そう告げたフォエニクラムが、手元の画面を操作する。

すると実演するように、花咲《はなさか》ゾンビステフの一体が指を掲げ——ぽわん、と射撃。

撃ち出されたシャボン玉は、周囲の見えない壁に着弾し、音を立てて破裂する。

直後、何かの塗料《ペンキ》をぶちまけたように——世界が塗り変わった。

見えない壁は光となって砕け散り、禍々《まがまが》しい景色がそこだけ、元の花畑に変じた。

「ブラック白ちゃんはあの『城』があるから——三名にも『拠点』を与えるのだわ!!」

そしてフォエニクラムの叫びに合わせ、ブラック白の『城』と同じく——

ただし——逆方向に、巨大な花の『蕾《つぼみ》』が三つ出現した。

「よーするに、各自拠点で『兵隊《ユニット》』を購入配置して進撃！　地形《けしき》を塗り替え進軍ルートを作り相手の『兵隊《ユニット》』も塗り潰して消滅させ！　魂をプレイヤーに命中させて戦闘不能にする!!　ゲームは二時間！　時間内に他プレイヤーを戦闘不能にして空くんを奪還!!　手を繋《つな》いでゲーム終了を迎えた者は恒例の一日強制仮カップルになる——以上なのだわ!!」

そう駆け足に視聴者へのルール説明を済ませ、

「それじゃ!!　ブラック白ちゃん含めた参加者《みんな》の同意取り付けとか、準備するから視聴者のみんなは一旦、白《しろ》ちゃんの闇落ちからの録画映像を楽しんで欲しいのだわ✽」

動画を流して、音声《マイク》と映像《カメラ》を切ったのを確認して。

フォエニクラムは、改めてステフ達三人に向き合い、問うた。

「というわけでこのゲーム、もちろんやるのだわ？」

「……一応訊《き》きますけど、拒否権はあるんですの？」

「もちろんあるのだわ!? あたいがみんなに何かを強いたことがあったのだわ!?」

――ほう。この空間に閉じ込められたことから始まり。

この十日間全てが強いられて来たのは、まさかの気のせいだとでも、と。

ステフの半眼のクレームに、だがフォエニクラムは一切構う様子もなく――

「元々今日は休日――自由に過ごしていいのだわ？ ただしその場合『門《ゲート》』を内包した、あの『城』でブラック白ちゃんが自由に過ごした結果も当方一切関知しないのだわ✽」

あそこで何が行われ、何が起き得るのか、うっすら笑って仄《ほの》めかした。

つまりは――拒否権？ そんなものあるわけねーのだわ、と。

暗に告げられた三人は、互いを見やって――渋々と。

盟約に誓うべく、手を掲げた……

■■■

空《そら》が白に攫《さら》われた妖しき桃色《ピンク》の城の――同じく妖しき桃色の部屋。

玉座の間らしきそこには、脱出用の『門《ゲート》』を背にした、ハート形の玉座と。

同じくハート形のベッド――そして、落ち着いた様子で檻《おり》に囚われた空の姿があった。

「……よ～し白？　兄ちゃん、何をされようとしてるか質問していいかな？」

「にぃ？　わかりきったこと質問するからざこなんだよ♡」

檻の鉄格子越しに妖しく微笑《ほほえ》む白に、空は「なるほど」と頷《うなず》き――続ける。

「では俺は、わかりきったことを――つまりは見たままのことをされようとしてると理解していいわけだ。であれば兄ちゃんは、己がざこであることを重々踏まえた上で……それでもなお、毅然《きぜん》と告げねばならない……よく聞いてくれ。妹よ」

まっすぐ白の――光のない瞳を見つめ、告げる。

「そんなことをしても無駄だ」

「――――♡」

だが空の真剣な眼差《まなざ》しも、言葉も、意に介さず一歩。

「おまえがやろうとしていることは、明らかに間違っている」

「――――♡」

また一歩と迫り来る白の姿に、空は内心の恐怖を抑え付け。

「俺を〝調教〟する――それ自体には反対しない。調教されて許されるなら甘んじて受け入れよう。それでわずかでも真人間に近づけるなら、むしろ俺からお願いさえしよう」

だが――と、更に一歩歩み寄る白《しろ》に、毅然《きぜん》と続ける。

「〝ソレ〟は十一歳の女の子が手にしていいブツではない。床に置きなさい」

そう、白に――正確には、白の手に握りしめられた醜悪な〝ソレ〟に。

「そしてこれが一番大事だが――人間のケツは『出口』であり断じて『入口』ではない!!

そんな手段で人格矯正できるのはエロ媒体の中だけであり!! 当然に十八禁であるそれは
白が思いつくことさえ本来NGである!! そして最後に――ざこにも最低限はあるはずの
基本的人権を訴えさせてくれ……要するにマジでやめてくださいお願いしまぁぁすッ!!」

ついにたまりかね、説得を懇願へと変じさせて。

空《そら》は己のバージンを散らさんと迫る白に、涙目で悲鳴を上げた。

「はいは～い✽　お楽しみのとこ失礼して強制終了なのだわ✽」
だが、空を窮地から救ったのは、いつも通り突然響いた声。
「残念ながらこの配信は全年齢向けなのだわ。十八禁展開はNG――っていうかブラック
白ちゃん、マジでシャレになんないからそのブツは消させて貰《もら》うのだわ？　リアルタイム
配信でモザイクかけ続けるの、結構大変なのだわ？」
そう虚空から出現するや、白の手から邪悪を没収したフォエニクラムだった。

「空くんもいつまで全裸なのだわ。視聴者サービスも程々にしないと下品なのだわ？」

「全裸じゃねーし、服がなくなったんだと俺は何度言えばいい!?」

「はいはい。爆風で吹っ飛んだ二人の服、回収してきてあげたのだわ」

「おお!!　消えてなかったのか俺の一張羅!?」

「あーたらの私物は〝支援《あたいのちから》〟じゃ消せないのだわ。さっさと着るのだわ」

そう言ってフォエニクラムが檻《おり》の中へ放った服を、空は大急ぎで着込み。

そして次の瞬間──白から膨れ上がった気配に、二人揃《そろ》って息を呑《の》んだ。


「何の用……？　まさか──おまえもしろの邪魔するのかな♡」

──コレが、十一歳の人類種《おんなのこ》が放っていい殺気か？　と。

城を揺るがす錯覚すら伴った白の視線は、フォエニクラムの顔を引きつらせ、

「あ、あ安心するのだわ!?　じゃ、邪魔なんてとんでもない──あたいはむしろブラック白ちゃんに〝協力〟しに来たのだわ!?　もちろん全年齢向けの方法《ゲーム》で、なのだわ!?」

慌ててそう釈明すると共に、ゲームのルールを語らせるものだった。

…………──

「──というゲームをやるのだわ!?　どうなのだわ、同意するのだわ!?」

かくかくしかじかと。

ステフ達が既に同意したというゲームの説明を聞いた空《そら》は、思わず声を上げた。

「……あのさ。《洛園《スプラトウール》》とか『洛園堕とし《スプライトトゥーン》』とかネーミングからずっとちょっとそんな気はしてたけど、おまえら本当に俺らの元の世界を知らないんだよな？　ものすっげ既視感のある設定なんだよ。あえて言わねえけど!!　あえて言わねえけど!?」

だが空の叫びなど誰も取り合う様子はなく、

「しない♡　そんなゲーム、しろはやんなぁい♡」

白《しろ》はただ興味なさそうに、キッパリと笑顔で答えた。

「ありゃ、なんでだわ？　ブラック白ちゃんが勝てば空くんとカップルに──」

「カップルとかもーどうでもいいの。しろ、にぃが二度と彼女作ろうとか思わなきゃそれでいい。今からにぃをそう調教するの。だからゲームなんかしなぁい♡　きゃはは♡」

改めて空の調教を開始せんと、悪戯《いたずら》っぽく笑って振り返った白は──

「なるほど！　んじゃ～勝利のご褒美を一つ追加するのだわ!!」

続いたフォエニクラムの提案に──ピタリと歩みを止めた。

「空くんには──ブラック白ちゃんが空くんを二時間守り切ったら『一生彼女作らない』ってこの場で盟約に誓って貰《もら》うのだわ!!　この条件ならどうなのだわっ!?」

「はあああああ!?」

「…………………………」


そして空の悲鳴をよそに、たっぷり10秒ほど熟考の末――白は快諾した。

「ん。それならおっけー。いいよ――軽く遊んだげる♡」

「よくねえ!? なんで俺の一生を決める賭けが俺の同意なしに行わ――あぃん!?」

たまらず抗議を上げた空の声は、だが檻《おり》越しに飛んだ白の鞭《むち》に遮られた。

「――にぃ、ごめんね？ ちょっとよく聞こえなかったの。も一回言ってくれるかなぁ？

まさかとは思うけど――ざこのくせに彼女作ろうなんてまだ思ってるって言ったのかな？

……気のせいかな～気のせいだよね～♡ にぃは――なんだっけ？」

「ざっこでーす!! ざっこざこのざこです!! 異論ございませんちくしょ～～ッ!!」

果たして空が涙目で己の人権を妹に委任する旨を告げるや――

「っしゃ!! じゃ～改めて三人にルールを説明してくるのだわ!? あ、あとこのゲーム中は『個人宛の〝支援《カキン》〟』以外は使用禁止だからよろしくだわ!? 頑張るのだわあっ!?」

とスマホとタブレットの購入機能を封じるや否《いな》や、フォエニクラムは虚空に消え。

代わりに、白の側《そば》には、宙に浮く小さな花と――平面状の画面《UI》が出現した。

果たして画面に向き合い、目を閉じる白に、空も脳内でルールを精査する。

――視聴者から〝支援《カキン》〟を受けて購入できる『兵隊《ユニット》』を配置し。

空を奪われないよう、自軍拠点を防衛し、敵軍を壊滅させる。それは――

「よーするにＲＴＳ《ストラテジーゲーム》――〝タワーディフェンス〟的なゲームだよね。よゆー♡」

そう笑って、躊躇《ちゅうちょ》なく画面に指を滑らせ始めた白《しろ》の姿を、空《そら》はよく知っていた。

――勝利までの道筋を描き切り、あとはただ確定させる作業のみとなった顔だ。

共闘している時は、何より頼もしく思える白のその顔。

だが対戦している時は、必敗を意味する絶望的なその顔に。

今回はそのどちらでもないながらも、空はひっそり涙を流し、内心呟《つぶや》いた。

嗚呼《ああ》――〝彼女いたことある空〟よ……永久にさらば、と……

■■■

赤く染まった天に雷鳴が轟《とどろ》き、荒廃した大地と廃墟《はいきょ》だけが地平線まで広がる――

まるで世界が終末を迎えたかのような、異様な光景の中で。

頭に大きな花を咲かせた五〇〇〇のステフ軍団という、更なる異様が行進していた。

一直線に地平線の果て――ブラック白の拠点、桃色《ピンク》の『城』を目指す行軍を、ステフは自軍の『拠点』――巨大な蕾《つぼみ》の中から画面越しに眺め、ゲームの概要把握に努めていた。

――どうやら『兵隊《ユニット》』は、特に指示がない限り道なりに進むらしい。

ブラック白が創った進行不能な地形——渓谷や廃墟の瓦礫《がれき》、もしくは敵『兵隊《ユニット》』に遭遇すると自動的に魂《タマ》——シャボン玉を撃《う》つ仕様のようで、そのシャボン玉が一つ弾《はじ》ける度に半径一メートル程度の花畑が生じる——つまりは、元の景色に戻るようだ。

画面には選択された『兵隊《ユニット》』の俯瞰《ふかん》視点、または主観視点を映し出すことが可能で。

更に進行方向の変更や、射撃指示などを複数選択で一括して出すこともできる。

だが説明されたルール通り、一定量『魂《タマ》』を発射した『兵隊《ユニット》』は消滅する。

よって、無策に景色を塗り替えて進めば自軍を損耗してしまうのだが——


大渓谷に差し掛かった自軍を、拠点にいるステフは特に指示を出さず見守る。

『兵隊《ユニット》』達がシャボン玉を撃つと、渓谷に橋がかかるように花畑が出現していく。

これで渓谷を渡ることが可能になった、というわけだ。

——『兵隊《ユニット》』の損耗を抑えるなら、迂回《うかい》すべきだったのかもしれない。

だがゲームの仕様を把握してきたステフは——その上で、思う。

(急げ……急げ……急ぐんですのよ!!　ステファニー・ドーラ!!)

ルールは二時間以内に、ブラック白を撃破し、空を奪還すること——だが!!

「十一歳の女の子が男——しかも兄とラブホに入るのを目撃して二時間なんて悠長言ってられないですわ!?　一秒でも早く——手遅れになる前に連れ戻すんですのよ!!」

かくして、ステフは『チャリーン』と音が鳴るたび入ってくる〝支援《カキン》〟を、全額投入。

躊躇《ちゅうちょ》なく『兵隊《ユニット》』に換えて、損耗度外視で――最短距離で桃色《ピンク》の城を目指していた。
橋をかけつつ渓谷を渡っていく、総勢五〇〇〇のステフ軍団。
その最後尾が――――突如、消し飛んだ。
「――は？　え、何が起きたんですの⁉」
みるみる激減していく自軍の数に、ステフは慌てて『兵隊《ユニット》』の視点を切り替える。
すると、渓谷を渡る軍団の後方部隊――『兵隊《ユニット》』の、さらに後ろから。
頭に花を咲かせた〝黒い白《しろ》〟が、一直線に何かを発射するのを視認し――消滅《ロスト》。

「なんですのアレ⁉　シャボン玉じゃない魂《タマ》が襲って来てますわ⁉　アリですの⁉」
後方の『兵隊《ユニット》』達が次々と弾《はじ》け飛《と》び、消滅していく惨劇に。
悲鳴を上げたステフに答えたのは、画面越しに響いたフォエニクラムの声だった。
『アリなのだわ‼　ていうか普通に〝装備の仕様〟なのだわ画面《UI》を確認するのだわ⁉』
慌てて操作パネルを開くと――なるほど、そこには確かに。
ステフが量産していた『歩兵：一〇』の下に『狙撃兵：三〇』『飛行兵：五〇』等々
……コストと能力が異なると思われる『兵隊《ユニット》』を選んで購入できるようだった。
つまり渓谷の手前に潜んで奇襲をしかけてきたブラック白の『兵隊《ユニット》』は狙撃兵であり。
全部隊を歩兵で揃《そろ》えていたステフは、それを迎撃することはできず――

「って、そんなルール聞いてないですわ!?　説明不備じゃないですの!?」

『それはみんな同じなのだわ!!　あーたは説明書に全部書かれてなきゃクソゲー認定するタイプなのだわ!?　いかに早くゲームの仕様を掌握するかもゲーマーの腕なのだわ!!』

「どーせゲーマーとしての腕なんか三流ですわよ悪かったですわねえ!?」

ステフが騒ぐ間も——密集したステフの『兵隊《ユニット》』は景気よく弾け続ける。

そして弾けた『兵隊《ユニット》』は、その『魂』を撒《ま》き散《ち》らし——周囲を血色の世界に塗り戻す。

必然、ステフ軍団のかけた橋は溶けるように消滅し、『兵隊《ユニット》』は谷底へと落ちていく。

一方——その頭上を、悠々と飛び越していく影が——

「——ちょ、ええぇ!?　ブ、ブラックシロの軍勢がそこまで来てませんの!?」

『そりゃ拠点ガラ空きにして全軍で侵攻してたらそうなるのだわっ!?』

少数だが高速で迫り来るブラック白の飛行兵部隊に、ステフは悲鳴を上げた。

「えーとえーと飛行兵ってどうやって迎撃するんですの!?　狙撃兵を購入すればいいんですの——って資金がないですわぁあ!?　歩兵を呼び戻し——ってブラックシロの狙撃兵がいて間に合いませんわ!?　……え？　ひょっとしてコレもう詰んでますの？」

『あーたゲーム下手すぎないのだわ!?　よくそれで一国の宰相が務まったのだわ!?』

「私《わたくし》は内政専門なんですのよ!!　このゲームに内政要素はないんですのっ!?」

『軍資金と兵力の管理は立派な内政なのだわ!?　その内政が破綻してるのだわっ!!』

……果たして、あり得ないほどあっさりと。

ステフの拠点に、ブラック白《しろ》の飛行兵から放たれる魂《タマ》が降り注ぐ。

魂《タマ》が命中するたび拠点に風穴が空き、ついにはブラック白の飛行兵が目視できた。

……もう間もなく、その魂《タマ》はステフ自身にも届き──戦闘《はいぼく》不能。

避け得ぬ未来を確信したステフは、遠い目で小さく笑った……

「……ふ、よく考えたら私《わたくし》がシロに勝てるわけなかったですわね」

『いやそれ以前なのだわ!? あーた、ゲームで全てが決まるこの世界をよく今日までそのヘボさで生き残ってこられたのだわ!? どんな豪運なのだわ!?』

理解を超越する弱さに、いっそ畏怖したフォエニクラムの声が続ける。

『ぶっちゃけブラック白ちゃんもコレで拠点陥《お》とせるとはたぶん思ってなかったのだわ!?

威力偵察で拠点が陥落って、誰よりブラック白ちゃんが驚いてるのだわ!?』

「ふ。その点は大丈夫ですわ。シロでしたら今頃『やっぱり』って呆《あき》れ顔《がお》してますわ」

『──ちょっと今向こう見てきたけど、大正解なのだわ……その自覚は見事なのだわ』

かくしてゲーム開始から、約十四分。

自分にしては、まー長生きしたほうだろう。

目尻に一縷《いちる》の涙を光らせ、敗北を受け入れ天を見上げたステフは──だが。

その視線の先、突如としてブラック白の飛行兵が弾《はじ》ける様に、目を見張る。

——今度は何が起きたのか。

その答えは、狙撃兵の弾幕を掻《か》い潜《くぐ》り戻ってきた『兵隊《ユニット》』の視界に映っていた。

「ああ……そうですわ!?　どうして私《わたくし》、一人で戦おうだなんて思ったんですの!?」

頭に花を咲かせたジブリール——狙撃兵の軍団が。

ブラック白の飛行隊を次々と撃破していく光景に、ステフは歓喜の声を上げた。

そうですわ。このゲームの目的はブラック白を倒すこと——チーム戦ですわ!?

ジブリールとイミルアインが味方なら、なんと心強——

「——とかそんなわけがないですわよねぇぇぇぇぇ!?　えーえーわかってましたわよ!?

そろそろ私《わたくし》もソラ達がよく言う〝フラグ〟って奴《やつ》がわかってきましたわぁああ!!」

——と、白の飛行兵を殲滅《せんめつ》し終えるや即座に反転。

ステフの拠点と歩兵に砲火を向けたジブリール軍に、ステフは嘆いた。

「ああ……どうしてですの!?　共通の敵がいても、結局は相争うしかないとでもいうんですの……っ!?　何故《なぜ》……どうしてみんな一致団結して手を取り合えないんですの!?」

『いやぁ……あーただだって抜け駆けしようとしてたのだわ？』

「抜け駆け……？　え、私《わたくし》はそんなことしてないですわ!?」

『じゃーなんで最初から共闘しようとしなかったのだわ？』

——え……？

『ブラック白《しろ》ちゃんを止めるだけが目的なら、共闘した方がいいのは明らかなのだわ？

そうしなかったのは〝自分が空《そら》くんとカップルになるため〟じゃないのだわ？』

――――

『今回のゲームは今までのゲームとは決定的に違うのだわ。空くんを奪還して手を繋《つな》げば
――少なくとも一人は確実に、空くんとカップルになれる――全員がその一人になろうとする限り、共闘なんか不可能なのだわ――あーただってそうなのだわ？』

――そう。

この十日間のゲームで、誰も成し遂げられなかった――空とのカップリング。

それを求めて急いだのでは？　というフォエニクラムの指摘に、ステフは葛藤した。

自分は、空と白が倫理の彼方《かなた》へ行くのを阻止すべく急いだ……そこに偽りはない。

だが、空とカップルになる――そんな願望が微塵《みじん》もなかったと、断言できるか？

その想《おも》いを認めるか。あるいは――

「――私《わたくし》が三流ゲーマーだから思いつかなかっただけ――ですわっ!?」

単に己がヘボ故と認めるか、逡巡《しゅんじゅん》の果てにステフは清々《すがすが》しく後者を選んだ。

果たしてそう叫んだステフの眼前に、ついにジブリールの『兵隊《ユニット》』が迫る。

突入してきたそれらが照準を向けてくる前に、ステフはただ両手を広げ、

「ふふ……いいですわ。さあ、撃《う》ちなさいな……ただし、約束して欲しいですわ」

敗北を認めた、爽やかな笑顔を浮かべて言う。

「──必ず守護《まも》ると。この世界の倫理《へいわ》を。ジブリール、あなたに託しますわ……」

そんな悲壮な願いを遺《のこ》し、死を受け入れるように目を閉じたステフに──

「……いいえ。撃ちませんが……」

答えたのは、朗らかな──しかし呆《あき》れた声だった。

「と申しますか、託されても困ります。私一人ではブラック白様に勝てませんので」

その声は、頭に花を咲かせたジブリールの軍勢の中から。

……よく見れば軍勢の中に独りだけ、頭の・花・が・な・い者から。

即《すなわ》ちプレイヤー自身から発せられた言葉と気付いて、ステフは驚愕《きょうがく》の声を上げた。

「はあ──!? ジブリール本人ですの!? な、なんでここにいるんですの!?」

「〝プレイヤーは拠点から出てはいけない〟なるルールはございませんので♪」

──被弾したプレイヤーは戦闘不能、敗北となる。

だがプレイヤーが自分の拠点から動いてはいけない、などというルールはない。

ましてステフの拠点など──道中の迎撃すら警戒に値せず悠々と移動できる、と。

ジブリールは余裕たっぷりの笑みを浮かべ、

「それと……一応聞こえておりましたので反論を──共・闘・は・可・能・で・ご・ざ・い・ま・す」

「……え？」

それこそがここに来た理由である、と続けた。

「錯乱しておられる白様《しろ》——ブラック白様なら、あわよくば勝てるかもと淡い期待はありましたが、やはりそんなはずもなく……むしろ普段以上に冴《さ》え渡《わた》っておられます」

そう言って、ジブリールは己の操作画面をステフに向ける。

——そこに映るのは、廃墟《はいきょ》の中を縦横無尽に駆け回るブラック白の『兵隊《ユニット》』——寡兵ながら、正確無比にジブリール軍団の導線を読み、各個撃破していく様に、

「この圧倒的技量差《プレイヤースキル》を覆すには〝圧倒的物量差〟——共闘が不可欠でございます」

「で、でも……」

「はい。そちらの妖精種《フェアリー》が語った通り、全員がマスターとカップルになるのを目的とする限りそれは不可能。でしたら——その目的を放棄するまでのことにございます」

かくしてそう結論づけ、ジブリールは共闘の手段を示す。すなわち——

「私は、マスターを奪還しても手を繋がないことを——盟約に誓いましょう」

「——————っ!?」

「ドラちゃんにもそう誓って頂ければ——共闘は可能ではないでしょうか？」

——た、確かに！　空《そら》とのカップリング権を奪い合うから共闘できないのだ。

ならばその権利を放棄すれば、共闘は可能になる——っ！

イミルアインが放棄するとは思えないが……だとしても。

ステフとジブリールが放棄するなら、彼女が共闘を拒む理由もなくなり――

「で、でも……それじゃあ、ジブリールは何のために戦うんですの……？」

ジブリールの利は何処《どこ》にあるのか、その目的を問うステフに、

「白様――ブラック白様は、明らかに正気を欠いておられます」

ジブリールが、思い詰めた表情で答えた。

「ブラック白様がこのまま勝利してしまえばマスターは誰とも恋人《カップル》になれなくなります。

このゲームにおいてのみでなく〝一生〟――もちろん白様とも・・・」

「――――っ！」

「こと恋愛感情に関しては、未《いま》だ理解の乏しい不出来な身ではございますが。少なくとも
それが白様の本心からの望みであるとは、私には到底思えません」

――恋愛感情を理解できないと語る天翼種《しょうじょ》が、だが。

「よって、私はマスターの――ええ、白様もまた私のマスターにございます。ならばその
本意ではない結果に終わることだけは、断固として阻止しなくてはなりません」

それでも己の感情よりも尊重する、それ。

大事な――愛《いと》しい者達への想《おも》いこそを優先する、と宣言する様に、

「ブラック白《しろ》様の勝利阻止。唯一の目標に、ドラちゃんの力をお貸しください」

そう頭《こうべ》を垂れる姿に、ステフの胸は〝きゅんっ〟と締め付けられた。

ああ──そもそも自分は、白と空《そら》をラブホから連れ戻すのが目的である。

まして、あのジブリールが。この凛々《りり》しく、気高い美少女が──自分《わたくし》を求めている。

断る理由がどこにあろう。あるはずもなかろう！　と。

「わ、わかりましたわ!!　そ、そういうことでしたら、喜んで共闘──」

恋する乙女そのものの顔で、ジブリールの手を取ろうとしたステフは──

「【愚策】天翼種《フリユーゲル》の知能指数の低さを再認。当機呆《あき》れてため息も出ない。は～ぁ……」

だが──ジブリールが現れたのとは逆方向の壁から穴を開けて。

同じように、自分そっくりの軍勢に紛《まぎ》れて現れたイミルアインに止められた。

──私《わたくし》の拠点、昼間の公園ですの？

誰でもお散歩気分でウェルカムですわね……

そろそろ白も来るのでは、と遠い目になるステフをよそに。

「【断言】ご主人様と手を繋《つな》ぐ権利の放棄による共闘は不可能。無意味。愚考。ば～か」

「……はて。『殺して下さい』を機凱語ではそう言うので？　新たな学びを得ました♪」

煽《あお》り一つで共闘の決意など何処《どこ》かへと消し飛んだのか。

殺意を膨らませるジブリールに、だがイミルアインは取り合わず淡々と告げた。

「【推奨】『個人宛の〝支援《カキン》〟』というルール。その意図の再考」

――個人宛。

即《すなわ》ち、『兵隊《ユニット》』を購入させるために、各プレイヤーに送られる〝支援《カキン》〟。

では視聴者――恋愛を求める妖精種《フェアリー》が、わざわざ〝支援《カキン》〟する――その動機とは？

あまつさえ個人に対して〝支援《カキン》〟する、その意図を質《ただ》すイミルアインの言葉に。

ステフとジブリールは息を呑《の》んだ。すなわち――

「【自明】〝特定個人〟の意味――〝ご主人様とカップルになって欲しい個人〟が対象。つまり『推し』に対する援助。【開示】――本ゲームの本質は推しカプの支援合戦」

何故《なぜ》この程度のことがわからない、とイミルアインは困った様子で続ける。

「【必然】二名のカップリング意思放棄は『ご主人様《そら》×ドー様《ステフ》』『ご主人様《そら》×番外個体《ジブリール》』を望む視聴者の〝支援《カキン》〟途絶と同義。兵力増大しない。共闘の意味がない。ば～～～～か」

「――――――」

無表情で嘲るイミルアインに、だがジブリールさえただ顔を引きつらせる。

――ああ……だからフォエニクラムは共闘は不可能と断言したのだ。

ステフとジブリールが空とカップルになる意思を放棄し、イミルアインに譲れば。

当然、〝支援《カキン》〟を送ってくるのは『空×イミルアイン』支持者に限定されてしまう。

それでは結局イミルアインが単独で戦うのと同じであり――

『やっと気付いてくれたのだわ⁉　あ〜よかったのだわこのままゲームが終わったらどうするか焦ってたのだわ⁉　ゲームマスターとして口出しできないの辛《つら》かったのだわ⁉』

ついにゲームの本質に行き着いたステフ達に安堵《あんど》した様子で。

画面から響くフォエニクラムの声に、だがステフは吠《ほ》えた。

「でしたら最初っからそう説明なさいなっ⁉」

『それじゃ面白くないのだわ⁉　気付いてさてどうする⁉　――が本番なのだわ⁉』

――そう、気付いて、さて――では、どうする？　と。

今まさにその問題に直面させられたステフはともかく……

イミルアインに論破された恥辱に震えるジブリールは、唸《うな》るように告げる。

「……………なるほど、では、あくまでも目的は〝自分が空《マスター》と手を繋《つな》ぐこと〟とした上で〝ブラック白《しろ》様の撃破〟までは共闘する――ということでございますね……」

なるほど！　確かに三人ともブラック白を討つまでは目的が一致する！

ジブリールの代案にはっとして、感動するステフは――だが捨て置いて。

「【阿呆《あほう》】番外個体《イレギュラー》の低脳は理解を超越。知能指数に『マイナス値』の導入を検討」

「………私に、マスター達のためという明確な目的がある現状に感謝して感涙にむせび泣いて頂きたいものですね。さもなきゃ温厚な私もとっくにキレておりますので♪」

そう全霊で殺意を抑圧するジブリールは、だが。

「【質問】番外個体《イレギュラー》はたかが三倍の戦力差でブラック妹様に勝てる？」

「――――っ」

続いたイミルアインの問いにも、反論できず歯噛《はが》みし。

遅れてステフも、理解した。

ああ……たとえ三人で共闘しても――戦力はたった三倍なのだ。

もちろん正確に三倍というわけではないだろう。空《そら》とのカップリングにこの三人の誰を推すか、視聴者の数にも差はあろうし、白を推す視聴者の数も正確には知り得ない。

だが、相手はブラック白。

――あの、白である……

空と二人――『　　《くうはく》』ではなくとも、最強のゲーマーの片翼である。

まして相手は〝防衛側〟――圧倒的有利だ。ジブリールも言った通りこの圧倒的技量差を覆すには、単なる物量では足りない――〝圧倒的物量差〟が必要なのだ。

「え、で、でもじゃあ――まさかどうしようもないと言うんですの!?」

わざわざそれを伝えに来たわけでもないだろう。

であれば、イミルアインはその問題への答え《アンサー》を――持っているはずだ。

ブラック白を打倒しうる方法を、それを告げるためにここまで来たはずなのだ！

果たしてジブリールさえ、もはやイミルアインに頼る他ないらしい、と。

不本意の極みに顔を歪《ゆが》めて、その答え《アンサー》を促した。すなわち――

「【協定】──『百合連合《ゆり》』の結成を申し込む」

イミルアインが無表情ながら、必勝を確信する笑みを感じ取れる顔で告げた答え《アンサー》を。

だが、ステフとジブリールは、ただ頭に疑問符を浮かべて聞いた、答え《アンサー》を──

■■■

──ゲーム開始から、早一時間が経過しようとしていた。

ステフ達の攻勢など片手間で処理する白《しろ》の空《そら》への調教は、その間も絶え間なく続き。

十八禁展開を禁止されてなお、それは過酷を極め、着々と空の精神を蝕《むしば》んでいた──

「それじゃー、にぃ？　復唱してみよっか。にぃは──何かな♡」

「ざこです。分際《わきま》も弁えず美少女《ステフ》に自分に惚《ほ》れるよう命じ、そのくせ放置かますざこです。

分不相応にも美少女《イミルアイン》に好意を向けられ、受け入れるでもなく断るでもなくあわよくば──

などと思い上がり、美女《ライラ》にダーリン呼ばわりされて申し訳ないとも思わず──」

そう……延々と、空のこれまでの行いを列挙させられ、

「かくも全生物ヒエラルキー最下位の惨めで哀れなざこでございま──あぃんっ⁉」

そう光のない目で締めくくった空に、だが返されたのは白の鞭《むち》だった。

「全生物ヒエラルキー最下位タイ──この程度も覚えられないの？　ざこ♡」

「ざ、ざこの分際で白様の言葉を勝手に改変して申し訳ございません。し、しかしながらこの世にわたくしと比類しうるざこが他にいるとは到底思えませんで……っ!!」

一時間、改めて己の劣等性を延々と説かれた空は。

己とタイを張れる下等生物の不在を確信するに至っていた。

だが——そんな空に、白は優しい笑顔で答えた。

「……いるよね？　非モテの童貞引きこもりコミュ障ニートのにぃ——そんなざこと肩を並べる者が。にぃと同じか、それ以上のざこで——だからこそ、にぃの全てを受け入れてあげられる——そんな女の子が。この世にたった一人だけ♡」

——そんなバカな……あり得ない。

そんな女の子、妄想の中か、さもなくば女神しかあり得ないだろうと。

その思考を言葉にすべく、恐る恐る視線をあげた空は、その先に——

「ほら——にぃの、目の前に♡」

鉄格子越しに微笑《ほほえ》む——女神を見た……

「さあ、にぃ？　もうわかったよね♡」

——あ……あぁ……

甘く囁《ささや》くような白《しろ》の声は、空《そら》の疲れた脳に染み渡り。

「にぃがどんなにざこでも、しろだけは受け入れたげられるの♡」

──あぁ……あああ……

蕩《とろ》けるような白の声は、理性を侵して精神を浸食していく。

「ごはんのお世話もしろがしたげる。上手《うま》く作れないかもしれないけど、上手くなる。他のお世話だって、お金の用意だってぜんぶしろがしたげる。にぃはただ、しろになでなでされて、な～んにも考えないでゲームしてるだけでいいの。ほら……いーこいーこ♡」

果たして鉄格子越しに、そう優しく頭を撫《な》でてくる温《ぬく》もり。

己の全てを肯定する圧倒的な慈愛に、空は思考までも溶かされていき──

「ひどいこと言ってごめんね？　でもぜんぶ、にぃのためだったの♡」

──酷《ひど》いこと？　何のことだろう？

酷いことなど、何一つ言われた覚えがない。

全てただの事実……女神様はただ、蒙昧《もうまい》なるわたくしを啓蒙《けいもう》してくださったのだ。

頭を撫でられるこの感触に、このまま全てを委ねよう、と……空は眼《め》を閉じ──

「にぃがして欲しいことぜ～～～んぶしたげる。性欲処理も──」

「……はい。スト～ップ……アウト。アウトなのだわぁ～……」

そして脈絡なく出現したフォエニクラムに、すんでのところで眼を開いた。

──は!?

お、俺は今、何を考えていた!?

「なっんで──また邪魔するの!?　にぃ、完落ち寸前だったのに!!」

「最後の一言が余計だったのだわぁ〜……匂わすくらいにして欲しかったのだわぁ〜そこ明言しちゃうと十八禁《アウト》なのだわぁ……や〜本当に申し訳ないとは思うのだわ……？」

そうフォエニクラムに食ってかかる白をよそに、空は愕然《がくぜん》と喘《あえ》いでいた。


──あ、あっぶねぇえ!?

俺、あやうく妹のヒモになりかけた……ッッッ!?

落ち着け。さすがにそれは違うぞ空童貞十八歳!!

ざこから少しでも真人間に近づき──進化できるなら白の調教は望むところだが!

ただでさえ、ざこの身に『妹（十一）のヒモ』なんて属性まで付加されたら──

それはもはやざこと呼ぶことさえ憚《はばか》られる──ざこ未満《ただのカス》への退化だぞ──っっ!?

そう一人必死に己の精神世界で闘いを繰り広げる空をよそに、

「あと──ゲームマスターとして本来越権行為なのだけど……よそ見で敗北なんて結末は流石《さすが》に興醒《きょうざ》めなのだわ？　一応ちゃんとゲームに集中するよう忠告もしとくのだわ」

そう苦笑するフォエニクラムに、怪訝《けげん》そうに眉をひそめ。

わずかな時間、目を離していた画面に視線を移した白は──

「——なに、これ……？」

ついに笑みを打ち消して、呆然《ぼうぜん》と呻《うめ》いた。

画面に映っていたのは——先ほどまで片手間に処理していたステフ達の軍勢。

それが一転——白《しろ》の配置した『兵隊《ユニット》』を悉《ことごと》く圧倒し、進撃してくる光景だった。

「な、なんでステフ達がこんな強いの!? 強い……っていうか——何この数!?」

そう——白の軍勢を圧倒するステフ達の行軍に、だが戦略や策略などない。

ただ津波の如《ごと》く——あらゆる戦略ごと文字通り飲み込んで進撃する様に——

「な……何が起きてるのっ!?」

問答無用の数の暴力に圧され、白はただ疑問の悲鳴を上げた。

■■■

果たして——何が起きているのか。

白の疑問の答えは、だが白には知る術《すべ》のない場所にあった。

ステフの拠点の中、繰り広げられる光景に。すなわち——

「さて、では次は——ドラちゃん？ 脱ぎ脱ぎしましょうか♥」

「ああああの!? 私《わたくし》が脱ぐことに何か意味あるんですのっ!?」

「【否定】番外個体《イレギュラー》がドー様を脱がす行為が有意。当機でも可。【選択】どっちがいい？」

「私《わたくし》が選ぶんですの!?　え……で、でもそんなの選べな――って、どっちもイヤですわ!?　これ配信されてるんですのよね!?　公衆の面前で脱ぐ趣味はありませんわ!?」

「ご安心を。ドラちゃんの体は見慣れておりますが、恥じることのない綺麗《きれい》な体で♪」

「――え?　あ……ジ、ジブリール、それって――」

「【評価】番外個体《イレギュラー》ナイス百合《ゆり》。当機に多額の〝支援《カキン》〟を確認。前線右翼を押し上げる」

「さようで。次はそちらがドラちゃんと絡んで頂ければこちらも増兵できるのですが？」

「ねぇ!!　ねぇええぇ!?　乙女の純情そんな風に弄んでいいと思ってるんですのぉお!?」

――そう、イチャイチャと。

三人が百合百合しいやりとりをする都度――〝支援《チャリンチャリン》〟の音が吹き荒れ。

そしてその都度、ジブリールとイミルアインが大量の『兵隊《ユニット》』を出現させる。

そう……これが〝何が起きているのか〟という問いへの答え。

イミルアイン命名――『百合連合』の正体であった………

――………

――……

――時は四六分前に遡る。

「【協定】――『百合連合』の結成を申し込む」

ステフとジブリールが疑問符を浮かべる中、イミルアインはその詳細を語った。

「【整理】当機ら三名が共闘しても、『ご主人様×自分《そら》』を望む三派閥の〝支援《カキン》〟しか得られない。依然として戦力不足。よって〝それ以外の派閥〟も取り込む必要がある」

具体的には……？　そう問う視線に、イミルアインは淡々と続ける。

「【確認】ルール――『手を繋《つな》いでゲーム終了を迎えた者は24時間強制カップルになる』……〝一組〟と限定されてない。ご主人様以外とのカップリングも可能と推定」

とルールの穴を指摘して、イミルアインが続ける。

「【提案】プレイヤー間でルール追加。『ゲーム終了一八〇秒前時点で白《しろ》・空《そら》の両名を保有した者のみを〝勝者〟とし〝敗者〟はこれに無条件降伏。勝者の指定する人物と手を繋いでゲーム終了を迎える』――以上を、当機含めた三名で盟約に誓う」

「……え、と……？　それが、どうなるんですの？」

一人理解の追いついていないステフに、ジブリールが答えた。

「〝私達三人のカップリング〟を望む層も取り込む、ということでございます」

「【肯定】具体的には『番外個体《イレギュラー》×ドー様』『当機×ドー様』『当機×番外個体《イレギュラー》』の三派閥。更に『妹様×ドー様』『妹様×当機』『妹様×番外個体《イレギュラー》』の三派閥も取り込めれば理想――これで計九派閥の〝支援《カキン》〟を得ることが可能」

――要するに、ブラック白を撃破し、空を奪還するまでは手を組み。その上で――

「ちょっと待ってくださいな。それ結局〝共闘〟ではないですわよね!?」

「ええ。ですから〝協定〟でございましょう♪」

「【肯定】ブラック妹様撃破。そしてご主人様奪還。ここまでは『妹様×ご主人様』以外の全派閥の利害が一致。本目標を達成した時点で協定終了。互いの陣地に戻って仕切り直し――改めて『誰がご主人様と手を繋ぐか。敗者の手を誰に繋げるか』を決める。戦争《くりーく》」

つまり――空とのカップリングを争うだけではなく。

更にもう一組のカップルを作ると宣言して、支援合戦を過熱させる、と。

そんな策を講じ、そしてあっさり理解したイミルアインとジブリールに。

ステフは内心、ひっそりと思った……

……みなさん、だいぶソラに毒されてますわね、と……

かくて三人は手を翳《かざ》し――絶対遵守の協定を結ぶ文言を口にした。

すなわち――【盟約に誓って《アッシエンテ》】――と……

――…………

――……

かくして、百合《ゆり》展開を望む視聴者からの熱い厚い〝支援《カキン》〟も得て。

今や総計三〇万を超える大軍勢となった『百合連合』に――

「あの!!　私《わたくし》もう操作が追いつかないですわ!?　誰か代わって貰《もら》えませんの!?」

多すぎる『兵隊《ユニット》』を処理しきれないステフの悲鳴が上がる。

「と、というか、私《わたくし》への〝支援《カキン》〟がお二人より明らかに多いのは気のせいですの!?」

「【当然】視聴者が最も望む結末は──〝当機と番外個体《イレギュラー》のカップリング〟。自明」

「それを実現できるドラちゃんが最大の稼ぎ頭になるのは必然でございましょう♥」

そう──天翼種《ジブリール》と機凱種《イミルアイン》のカップリング。

その達成には──空《そら》と白《しろ》を保有したステフが勝者になる以外にない。

だが、ステフのゲームの腕前──その凄惨さは開幕早々に露呈している。

よって『ジブ×イミル』を望む視聴者は、ステフがブラック白撃破後に、ジブリールと
イミルアインに勝つという──無に等しい確率を高めるため『百合連合《ゆり》』中に可能な限り
兵力差をつけておくしかなく……かくて熱烈な〝支援《カキン》〟がステフに集まっていた。

だがその大軍も、いかんせんステフの操作《て》には余る。

イミルアインの指示があってなお、数に対して戦果が見合っていない。

ジブリールやイミルアインも、兵力を更に増やしたいところであり──

「【開示】当『百合連合』は〝結果以外〟に対しても〝支援《カキン》〟を募ることが可能」

かくてイミルアインは、第二の切り札を切った。

「【宣言】当機に40万の〝支援《カキン》〟を条件に──当機は直ちに番外個体《イレギュラー》と接吻《きす》する」

「──はぁぁあ!? え、イ、イミルアイン本気ですの!?」

イミルアインが自分以外と──ましてジブリールとキスをする……？

複雑な感情に悲鳴を上げたステフをよそに、だがジブリールは即答。

「死んでもお断りでございます♪　豚のケツでもお舐《な》めするほうがまだマシで♪」

「【同意】番外個体《イレギュラー》と接吻《きす》。おえぇ……でも事実は変わらない。戦力は未だ不足」

そう――信じがたいことながら。

これほどの大軍勢を以《もつ》てしてなお、三人はブラック白を圧倒できずにいた。

あまつさえ更なる〝支援《カキン》〟なしには反撃を食い止められない、と――

「【提示】番外個体《イレギュラー》も同様の宣言で〝支援《カキン》〟を調達可能。現兵力ではブラック妹様の打倒は不可能――【質問】番外個体《イレギュラー》は〝マスター〟より個人的嫌悪を優先する？」

「――――っ――――っ‼　〰〰っ……っ！」

……あのジブリールが、イミルアインに皮肉の一つさえ飛ばせず。

頭を抱え猛烈な葛藤に顔を歪《ゆが》める――なんともレアなその光景を。

どうなることか、ハラハラとステフが見守る中――ついに決断したのか、

「――40万以上の〝支援《カキン》〟でドラちゃんとキス、で譲歩できないでしょうか」

「ふぁ――⁉　私《わたくし》ですのっ⁉」

重々しく絞り出した言葉に、ステフは悲鳴を上げ、イミルアインは頷《うなず》いた。

「【試行】必要戦力が得られるなら手段は不問。ただし改めて宣言。当機は何を引き換えにしてもブラック妹様を撃破しご主人様を奪還する。そのためなら――何でもする」

試してもいいが、それでも戦力が足りなければ――何でも。

それこそジブリールとのキスさえ厭《いと》わぬとイミルアインは決意を語り——

「……というわけですので、ドラちゃん。よろしいですか？」

「あああのッ!? 私《わたくし》のファーストキスを気安く取引しないで貰《もら》えますの!?」

「もちろんドラちゃんが本当にイヤでしたら……無理強いは致しません……」

「ちょっ、と——ジブリール、その顔ずるいですわああ!?」

——落ち着け。落ち着くんですのよステファニー・ドーラ!!

これは恋愛感情が増幅されているだけ——つまり錯覚だそうに違いないと!!

悲しげなジブリールを何とか拒もうと、理性を総動員させるステフは——

【便乗】当機も40万の〝支援《カキン》〟でドー様と接吻《きす》。拒否は可能。……当機じゃいや？」

だが同じような顔で、今度は逆側から迫ってきたイミルアインに。

……いや、あの……で、ですから——その——

…………………………

かくて、〝ほっぺなら〟と涙目で了承したステフによって——

「【報告】不足兵力辛うじて調達。最終防衛線を右翼から崩す」

「では私は左翼を担当しましょう——正念場でございますね♪」

いよいよ防衛線の攻略にかかる二人をよそに——ステフは。

ジブリールとイミルアインにキスされた左右の頬《ほお》を両手で挟みつつ、天を仰いだ。

……ああ、お祖父様《じいさま》……
ステファニーは、カネのために体を売る女になってしまいましたわ……
でも、正直に言えばそれ以上に――どちらかを選ばずに済んだ安堵《あんど》と。
二人にキスされたことで、胸の高鳴りを抑えられずにいる事実にこそ、涙を流す。
――このゲーム、どういう結果になっても自分はもうダメかもしれない。
仮に、ブラック白《しろ》を撃破し、空《そら》を奪還し、そして奇跡的に二人にも勝てたとして。
――そこで自分は、いったい誰と手を繋《つな》ぐのか。
もはや選べる気がしない程度には、ステフの恋心は揺れに揺れまくっていた……

■■■

――他プレイヤーの『兵隊《ユニット》』数を、正確に知る術《すべ》はない。
だが、正確無比に配置・操作される自軍が、文字通り……ただ蹂躙《じゅうりん》されていく。
その様から――彼我戦力差が、優に二十倍はあることは、容易に知れた。
ステフ達が、どうやってこれほどの大軍勢を揃《そろ》えることができたのか。
否《いな》――そもどうやって〝共闘〟を取り付けられたのかさえ、白にはわからない。
だが、事実として結託した三人の大軍勢が、着々と防衛線を食い破っていく様に。
猛然と戦術を編み直し、画面を操作して必死の抵抗を続ける白が――

「……ねえ──なんでしろじゃ、ダメなの……？」

不意に、ポツリとそう零《こぼ》して問うたのは──だが……

「ゔぅ〜ぅ〜っ!?　ゔぅぅっ！　ぅゔぅ〜っ!?」

手錠と猿轡《さるぐつわ》をかけられ、檻《おり》の中でそう悶《もだ》える空《そら》に、ではなかった。

「しろなら……にぃがして欲しいこと、ぜんぶしたげられるよ？」

それは、如何《いか》なる方法でか己を追い詰めている大軍勢。

「ごはんも作ったげられる──ステフみたいに上手《うま》くはできないけど、がんばる」

その大軍勢を生み出させている者達への、問いだった。

「ジブリールみたいにおっぱいもおっきくないけど、がんばって毎日揉《も》んでみる」

すなわち──ステフ達に莫大《ばくだい》な〝支援《カキン》〟をする者ら。

「イミルアインみたいに可愛《かわい》くないけど！　お化粧とかお洋服、がんばってみるよ!?」

つまりは──視聴者への問いだった。

「みんなみたいに──彼女にだけはなれない・け・ど!!　それ以外は、ぜんぶがんばる!!」

ステフ達に〝支援《カキン》〟し──『空×白《しろ》』を阻もうとする者達へ向けるそれは。

「なのに、どうして……？　なんでしろへの〝支援《カキン》〟──こんな少ないの!?」

己から兄を奪おうとする者達への、呪詛《じゅそ》の叫びだった。

ああ……だが、その問いの答えを、白もとっくにわかっていた。
これは——〝空《あに》を誰とカップルにするか〟という、視聴者のためのゲームだ。
自分が勝っても——兄は誰ともカップルになることなく終わるだけ——いや。
それどころか『一生彼女を作らない』とまで誓わされ、終わってしまう。
恋愛を望む妖精種《フェアリー》——大多数の視聴者が、白に〝支援《カキン》〟するわけがないのだ。
——ああ、わかってる。でも。だけど——ッ!!

「——そん、なに……恋愛って、しなきゃダメ……!?」

迫り来る軍勢が、遠からずここまで到達して。

自分が負ける——その先を思い、白は声を震わせ叫ぶ。

「恋人じゃなきゃ、ずっと一緒にいたいって、思っちゃダメ!?」

——兄が、自分以外の誰かと、手を繋《つな》いで。

たった一日だけでも——幸せそうに見つめ合い、微笑《ほほえ》み合う……

「……やだ、よ……やだぁ……そんな、の……やだぁあっっ!!」

想像して、ついに——ぽろぽろと。

大粒の涙が落ちた操作画面に映る情報に——確信する。

最終防衛線も割り迫る大軍勢……ここから導ける勝ち筋など——もうない、と。

ついに膝《ひざ》を折って、泣き出したブラック白《しろ》は——否《いな》……

「……しろ……にぃしかいない、のぉ……にぃ以外、なにもいらないの……っ!!」

その自覚もなく錯乱から抜け出した〝白〟は、果たして。

「……しろから……にぃを、とらないで、よぉ……」

そのたった一つの願い。たった一つの望みを。

やはり自覚もないままに、声帯を引き絞って——

「——しろを、ひとりにしないでぇ————っ!!」

そう叫んで、白は顔を覆って嗚咽《おえつ》を漏らした。

背後に立った気配にさえ、気付かないままに——

■■■

——ゲーム開始から、一時間と四七分……

百合連合《ステフたち》はついに桃色《ピンク》の城——ブラック白の拠点に突入し。

ブラック白と、そして空《そら》もいるであろう玉座の間まで迫った——だが。

「ちょっ――ここに来てまだこんなに削られるんですの!?」

【常識】攻城戦は突入後が本番。本丸に集中した防衛。数的利は活《い》きない」

「ですが補給もないので気にせず波状攻撃。戦争の常識でございますよドラちゃん♪」

「大戦現役世代と違って、私《わたくし》は戦争がない世界の生まれですわ!?」

そう――百合《ゆり》連合を迎えたのは、入念に防衛配置されたブラック白《しろ》の歩兵だった。

シャボン玉の弾幕で防御を張るそれらを、損耗度外視で強引に突破し――室内へと。

突入した百合連合は――だが再度弾《はじ》ける。

消滅したユニットが映し出した最後の映像は、その室内の様子。

扉から侵入する全てを狙い撃《う》ち各個撃破する――最後の戦力だろう複数の狙撃兵と。

それらに護《まも》られた奥に佇《たたず》む、人の姿だった。

「ど、どうしますの部屋に入れませんわ!? あ、先に壁を消して――」
扉から入れないなら、先に壁を破壊することを提案したステフに、
【否定】強行突破」
だがイミルアインは、自軍から複数の歩兵を選択して部屋に突入させた。
――狙撃兵は連射できず、また複数回射撃で『魂《タマ》』切れ――消滅する。
正面から突っ込んだイミルアインの歩兵が、ブラック白の狙撃兵に消し飛ばされる。
だが損害を無視して突撃を重ねる物量に、狙撃兵は順当に擂《す》り潰《つぶ》され――

そして欠けた弾幕を縫って飛び出したイミルアインの狙撃兵が、一斉射撃を放つ。

直後、ブラック白の狙撃兵が残らず弾け飛んだ。

そして弾けた残量分の『魂』で、半分以上が花畑になった玉座の間――その奥に。

全兵力を失って――項垂《うなだ》れるように顔を伏せて佇む、ブラック白本人の姿があった。

「……総勢七五万の軍勢を相手に、寡兵で四〇分以上……さすがは白様」

「【同意】これほどの被害。苦戦は計算外。でも――――これで終わり」

各々《おのおの》にブラック白を賞賛し、イミルアインは画面を操作――狙撃兵に射撃を命ずる。


――パシュッ、と一発。

放たれた魂《タマ》はまっすぐ飛翔《ひしょう》し――ブラック白の胸に正確に着弾。

その衝撃に吹き飛んだブラック白は、そのまま、力なく床に倒れ伏した……

――――………


「や――やりましたわぁぁあっ!?」

これで、世界の倫理が――平和が守られた!!　と。

歓声を上げたステフが、戦友《とも》と勝利を分かち合うべく振り向いたのと、同時。

否《いな》――振り向くより早く、むしろ叫び終えるより早く、重なる射撃音。

全身に二・発の魂《タマ》を被《かぶ》ったステフは、笑顔のまま吹き飛ばされて床を舐《な》めた。

「────────、はい？」

──何が起きたのか。

一切の理解が追いつかないステフは──もちろん気付かなかった。

ジブリールとイミルアインの狙撃兵に、背後から撃《う》たれたことにも。

プレイヤー《ステフ》の被弾によって〝戦闘不能〟──つまりは敗北したことにも。

かくて花端末も操作画面も──保有していた全兵力ごと消滅したことにも。

ステフはただ、互いの魂《タマ》を避けたジブリールとイミルアインの姿だけを見ていた。

「──はて。何のつもりでございましょうね～この粗大ゴミは♥」

【自明】番外個体《イレギュラー》と同じつもり。無意味な質問。低脳の証《あかし》。ぷっ」

そう──互いに相討ちで『兵隊《ユニット》』を失い、二人だけになって口撃を交わす姿を……

「……え～と♪　あの～申し訳ないですけど、どういうことか説明して貰《もら》えませんの？

私《わたくし》の記憶ではブラックシロを撃破して、ソラを奪還したら仕切り直しって盟約で──」

ようやく──〝裏切られた〟と。

そろそろ騙《だま》されることにも慣れてきて、理解を追いつかせつつ。

だが盟約に誓った協定をどうやって破棄したのか、と困惑するステフは、

「ドラちゃんのその純朴《マヌケ》なところ、私は正直、嫌いではございませんよ♪」

「へ……え、あ、あの……っ」

ジブリールのその嘲笑にさえ顔を赤らめて、続く説明を聞いた。

「【確認】当機らが交わした協定。盟約に誓ったのは『ゲーム終了一八〇秒前時点で白《しろ》・空《そら》の両名を保有した者のみを〝勝者〟とし〝敗者〟はこれに無条件降伏。勝者の指定する人物と手を繋《つな》いでゲーム終了を迎える』旨――以上。これだけ」

「〝仕切り直し〟に関しては、あくまで口約束にございます♥」

そして――『口約束とは破るためにある』と。

言外に告げられ、続いたジブリールの言葉に、ステフは納得した。

「ブラック白様の撃破さえ達成すれば、その瞬間から私どもは敵――戦争でございます。〝裏切るのはタイミングが肝心〟と、まだマスターから学んでおられませんで？」

あ、な～るほどですわ♪

ど～りで最も兵力の多い私《わたくし》をまったく警戒しなかったわけですわ～♥

――ブラック白を撃破した瞬間、最速で全員を撃って〝戦闘不能〟にすればいい。

空の回収なんて、その後でのんびりやればいいわけだ。

その為《ため》にジブリールとイミルアインは、ステフの拠点に集まり、兵を潜ませていた。

ただ――ステフ以外は討ち損じ、兵は全て相討ちした、というわけである……

「【痛惜】奇襲失敗。でも問題ない。予定通り仕切り直して潰す。かかってこ〜い」

「ええ、上等でございます。ようやく仲良しごっこは終わり——殺し合えますね♪」

そう敵意を交錯させる二人は、己の『拠点』へと踵《きびす》を返す。

ゲームから脱落し、画面を失ったステフに確認する術《すべ》はないが。

今この瞬間も、二人の軍勢が猛然と潰し合っているだろう確信に——零《こぼ》す。

「……結局、こうなるんですのね……」

「よいではございませんか。結果的には仕切り直しという約束通りでございます」

「私《わたくし》だけその約束が履行されなかったわけですけれども!?」

「【断定】どうせドー様は即敗北した。約束は履行されたと言って差し支えない」

「差し支えますわぁああ結果論で語るのはよくないですわぁああ!?」

かくて立ち去るジブリールとイミルアインの背に、ステフはため息を一つ。

「まあ……いいですわ。とにかくこれで、未成年の女の子とラブホにしけ込む男とかいう
邪悪は、とりあえず阻止されたわけですし。目的は達成しましたわ……ええ……」

自分が勝ったら誰と手を繋《つな》ぐかという葛藤からも解放されましたし、と。

その言葉は心に留《とど》めて、ステフは結果的にはベストな形になったと己を納得させる。

ただ——

「強いて言えば気がかりは——」

とステフが何気なく続けた言葉に。

「シロがソラのシャツ着てたことですわね……〝事後〟だったりしませんわよね？」

――ぴたり、と。

ジブリールとイミルアインは揃《そろ》って歩みを止め、振り返った。

「――――ドラちゃん。今、なんと？」

「へ？　いえ、ですから。女性が男性のシャツを着るのって……そ、その、そういうことですわよね？　既に手遅れだったりしてないかな～と……え!?　考えすぎですの!?」

ステフの言葉に、大急ぎで記憶を辿《たど》ったジブリールとイミルアインは。

果たして――確かに。

項垂《うなだ》れるように顔を伏せて佇《たたず》む――ブラック白《しろ》の胸に。

――『I♥人類』なる文字があったことに、遅まきながら気付いた。

「――よもや。まさか、そんな――っ!?」

「【確認】……【唖然《あぜん》】――そんなばかな」

果たして、慌てて操作画面に目を落とした二人は、愕然《がくぜん》として絶句した。

ブラック白の拠点内にいた双方の『兵隊《ユニット》』が――一人残らず消滅している事実に。

――二人はブラック白を撃《う》った瞬間、同士討ちを命じていた。

当然ながら、ブラック白《しろ》の拠点内にいた二人の『兵隊《ユニット》』は、真っ先に指示を受けた。
ブラック白の近くにいるということは——当然、空《そら》の近くにもいる。
空と白を両方確保する——その初手を相手に譲ったら不利になるのは自明だからだ。
だが——ジブリールとイミルアイン。
互いの全『兵隊《ユニット》』が一つ残らず同士討ちで共倒れなど——ほぼあり得ない！
普通片方は少数でも残るはずだ。そう都合よく綺麗《きれい》に相討ちなど起きるわけがない！
つまりは——ジブリールとイミルアイン。
どちらかは残ったはずの『兵隊《ユニット》』が——誰かに撃破されたということだ。
——誰に？　決まっているだろう。
それは、まるで二人がその答えに行き着くのを待っていてくれたかのように。
交戦していた二人の軍勢の——双方の背後から突如出現して包囲してきた者だ。
「あの～。この質問も飽きてきましたけど——今度は何が起きてるんですの～？」
戦闘不能になり画面も全て失ったステフには、一切の状況がわからない。
まあ……画面があっても同じ質問をしたでしょうけど、と自嘲するステフの問いに、
「——フォエニクラムとやら。一応確認させて頂けますか」
だがジブリールは答えることなく、ただ画面に向かって語りかけた。

『はいは～い？　なんなのだわ✲』
「……こちらのやりとり、会話を、ブラック白様側には……？」
『一切伝えてないし、お互いに知る術《すべ》もないのだわ。ンなこたわかってるのだわ？』
そう答えたフォエニクラムに、ジブリールはただ一礼して。
「ええ、わかっていましたとも。正《ただ》しく賞賛するための、ただの確認でございます」
どこか嬉《うれ》しそうに――そう、崇敬に顔を染めて目を閉じる。
――『何が起きているのか』？
ステフの、その質問への答えは――明白だ。
――ブ・ラ・ッ・ク・白・の・軍・勢・が・ま・だ・動・い・て・い・る、だ。
つまり、ブラック白の被弾は〝偽装〟だったということになり。
そしてそれが意味することは――更に明白だ。
すなわち――
――自分達がどのような取引を交わし、結託したかを、完全に把握し。
『兵隊《ユニット》』の配置によって、狙撃兵でブラック白が撃《う》たれるように誘導し。
その瞬間――自分達が裏切り、同士討ちを始めることまでも読み切り。
兵を隠し、潜ませ、戦力を偽装し……最高のタイミングで包囲して殲滅《せんめつ》――

これらの全てを、一切の情報なしに。

きっと一言さえも発さずやってのけた者がいるということだ。

——白《しろ》か？　いいや違う。

そんなことができる者を、ステフとジブリールは知っている。

まだ短い付き合いであるイミルアインでさえ——知っている。

それは、白の背後に——いいや、その側《そば》に。

いつだって一緒にいる——『彼』にしかできないだろう故に——

「流石《さすが》はマスター。あまりに鮮やか過ぎて、このジブリールめ言葉もございません」

「【敬愛】一言も発さず全員を殲滅《せんめつ》。たった一手で逆転。ご主人様やばい。……すき」

そう口々にただ感嘆を零《こぼ》すしかない二人に、ステフは悲鳴を上げた。

「はあア!?　ソラがブ・ラ・ッ・ク・シ・ロ・に加担したってことですの!?　え、だってブラックシロが勝ったらソラ——一生彼女作らないって条件でしたわよねっ!?　え、それって——」

え……なんですのよ、それ……

そんなのもう……じゃあ、答え出てるじゃないですの……

「そういうことでございます。ドラちゃん……泣いていいのですよ？」

「【提示】当機の胸。ドー様に一時的借用を許可する。……一緒に泣く？」

白一人ならまだしも――『　』《くうはく》相手では、もはやこのゲームは必敗であり。

また、更に言えば――このゲーム以外の敗北までも確定したと告げる二人に。

ステフは言われるがまま、イミルアインの胸に顔を埋《うず》めた…………

■■■

果たして三人の推測通り。

桃色の『城』――ブラック白の拠点では。

「くっくっく……はっはっは――あ～～～ははははぁあッ!!　脆《もろ》い。利害関係が一致し得ない連合なぞ、嗚呼《ああ》なんと脆きことか!!　なんと脆く、なんと御しやすいものかッ!!」

そう――白に代わって画面を操作する空《そら》は。

己こそ真なる魔王とばかりの、見事な三段笑いをキメていた。

――ああ、空はステフ達の協定は聞かされていない。

だがそれでも知っているのだ、と笑みを深め吠《ほ》える。

「この条件で共闘してこんだけの戦力を用意する方法なぞ一つだ。何らかの条件でゲーム終了前に勝者を決め、勝者には敗者に誰と手を繋《つな》ぐかを指示できるようにする――これで『百合《ゆり》』を求む層からの〝支援《カキン》〟も得られるって寸法だ――アタリだろッ!?」

——空《そら》のその声は、ステフ達には届かない。

だが視聴者達には届いていると確信し、答え合わせを重ねる。

「勝者の条件は、大方俺か白《しろ》。あるいは両方を保有すること——ってとこだろ」

であれば——話は簡単だろう？

兵力が削られ、全てを失ったよう演出しながら——その実は潜ませておく。

プレイヤーは互いの『兵隊《ユニット》』保有数を正確に知る術《すべ》はない。チョロいものだ。

「なら白が被弾して〝戦闘不能〟になったと錯覚させる……それだけで次の瞬間、連中は仲間割れだ！　適度に潰し合ったとこで挟撃殲滅《せんめつ》、はい一丁上がり!!　ふはははッ!!」

そう高らかに笑って語る空だが。

——〝白の被弾偽装〟——それこそが、極めて危うい博打《ばくち》だった。

たった一つの——それも極めて薄弱な根拠に基づく仮説に過ぎなかった。

すなわち——フォエニクラムの言葉——

——『あーたらの私物は〝支援《あたいのちから》〟じゃ消せないのだわ』……

それが真実なら、空のシャツは——弾を通さないと考えられたのだ。つまりは。

白が着ている空のシャツに被弾しても、白《プレイヤー》の被弾とはならないと——ッ!!

ああ――空のシャツが弾を通さないことは、白の『兵隊《ユニット》』で検証はした。

だが、本当にそれで被弾とカウントされないかは、検証のしようがなかった。

また、シャツ以外への着弾――つまりは狙撃兵以外の弾。歩兵のシャボン玉や『兵隊《ユニット》』の破裂などで弾がシャツ以外にも及んだ場合、間違いなく被弾とカウントされるだろう。

よってまず狙撃兵に白の胸を撃《う》たせるよう――正確無比に誘導しきる必要があった。

しかも、そこまでの綱渡りを経て、万事が予想通りに行ったとしても。

白の被弾をちゃんと確認されたら――看破される。そこで全てご破算だ。

あまりに危うい――だが勝ち抜けられれば――ご覧の通りの博打に、空は更に笑う。


「そして更に面白いことになるな!? 早々にステフが脱落した今――ジブリール×イミルアインを望む最大の支持層は、さ～て今度は誰を勝たせるべく〝支援《カキン》〟するかなぁ!?」

本来、協定内容を知る三人の内――ステフだけが実現し得たそれは。

だが――その協定内容を空が看破した今となっては、違うのである！

「俺――つまりは白に〝支援《カキン》〟するんだよなぁ!? さぁ～～～て、圧倒的技量差と圧倒的物量差――両方に蹂躙《じゅうりん》される心の準備はＯＫかい二人とも!? ふふははははあああッ!!」

かくして、たった一手で、必敗の盤面を、必勝へと覆して。

ブラック白なぞよりよほど魔王じみた顔で邪悪に笑う空の――その背後で。

「……な、なん……で……？」

兄の指示通り被弾偽装を行い――全てを聞かされていた白《しろ》が。

故に、呆然《ぼうぜん》と佇《たたず》んで、絞り出すような悲鳴で問うたのは――

「……なんで……にぃ、どうやって抜け出したの……っ⁉」

そう――兄は白の手で、檻《おり》の中に閉じ込められていた。

途中からは手錠さえかけられ、猿轡《さるぐつわ》までかまされていた。

なのに――突如己の背後に現れ、戦略を語り、画面を操作し出した――

兄の錠破《だっこく》りスキルを疑う白は――だが、返された答えに目を丸くした。

「どうやってって、普通に。檻にも手錠にも最初から鍵かかってなかったじゃん？」

「…………え……？」

「猿轡も緩かったし。俺が本気で拒めばいつでも出られるようにしてたの、白だろ」

先程までの魔王の顔とは一転――優しい笑みで告げる空《そら》に、白は思う。

――そんなつもりはなかった。

単に鍵をかけ忘れたか――あるいは無意識に、兄が語る通りだったのか。

だが、どちらにせよ。なら尚更《なおさら》――と声を張り上げた白は――

「……じゃ、じゃあ何で拒まなかったの……っ⁉」

「俺が白を拒むわけないだろ」

不思議そうに、そう即答した空に、絶句した。

――意味が、わからない。

意味がわかんない。意味わかんないよ――っ!?

「……し、しろ――あんなひどいことしたよ!?　ひ、ひどいことも、いっぱい言ったよ!?　こんな女の子――気持ち悪いよ!!　じ、自分でも、何がしたいのか……何してんのかもわかんないよ!?　嫌われて当然――拒まれて当たり前のことしたんだよ!?」

なのに、何でそんなに優しくするの……!?

何でしろに加担するの!?　しろが勝ったら――

「……にぃ――一生、彼女作れなくなるよっ!?　何でしろの味方するの!?」

混乱して、そう声を震わせる白の悲鳴に、だが。

「ふむ、質問は一つずつにして欲しいが――まず俺、酷《ひど》いことなんてされたっけ？」

小首を傾《かし》げた兄に――気のせいだろうか。

その黒い瞳から光が消えたような気がして白は固まった。

――あ、あれ？

「特に酷いこと、されても言われてもないと思うが。わたくしみたいなざこが彼女作ろうとかおこがましいですし。そもそも冷静に考えて『一生彼女作らない』って何様だよな？

てめーは作らないんじゃなく作れないいんだろうが。盟約に誓うまでもなくてめーの意志で
どーなる問題じゃないいんなら、そもそも関係ねえだろっつーか？」

——え、もしかして。本当に〝洗脳《ちようきよう》〟できちゃった……？

そう内心焦る白《しろ》をよそに——だが、一転。

温和に微笑《ほほえ》んで「そんで」と、残る質問に答えた空《そら》の声を——

「俺は、いつだって白の味方だ」

「————————」

と……白はただ、ようやく至った理解と共に、呆然《ぼうぜん》と聴いた。

今更な——あまりにも遅すぎる理解と共に。そう……

「白が何を望もうと、白が何をしようと、俺は白の味方だ。白が地獄に行きたいってんな
ら喜んで一緒に落ちるし、世界を滅ぼしたいってんなら嬉々《きき》として一緒に滅ぼす」

——『十の盟約』があるこの世界で、何故《なぜ》。

どうやって兄を拉致し、監禁し、あまつさえ鞭《むち》で殴れたのか。

お風呂で泣いていた白に、兄がかけた言葉が、その全てだったのだ。

怒っても、殴ってもいい。反省も改善も——全て受け入れると。

天地が覆ろうと、白を拒むことなどないと。

その上でなお——

「だから白が俺を嫌うなら。許せないなら、それでもいい。キモいからあっち行けって。二度と関わらないでって望むなら——俺はそうする。その後どうやって生きていくのか、皆目見当もつかんけど。まー……うん……」

——許せないのなら、それさえも受け入れると。ただ——

「だがそれまでは——白を独りになんかしないし、独りで泣かせない」

そう、白が独りで泣きながら口にしたたった一つの願い。

たった一つの望みに応えて、今、ここにいると告げた兄が——

「だからまー、妹を性的に見ていた可能性も否定できない、キモくてヤバい、メンタルもフィジカルも終わってる、この三千大千世界の全生物ヒエラルキー最下位タイのどーしようもなくざこな俺に、いつか白がいなくなれって言う、その日が来るまで」

そう続けた言葉に、白は内心断じた。

来ないよ。

そんな日は、永遠に来ない。

だから——

いつも通り、兄が冗談めかして続けた——その先の言葉が。
だが決して覆すことはない、その言葉が、何を意味するか。
やはり兄はいつも通り、きっと自覚もなく口にしただろう。
嗚呼《ああ》……それが——

「俺と白《しろ》は、ずっと二人一緒だよ」
——永遠を誓う言葉だとは、きっと……

………、
そんな誓いの言葉に、だが白は胸を高鳴らせることはなかった。
顔が紅潮することも、涙することも、まして震えもしなかった。
あれほど荒れ狂っていた感情が嘘《うそ》だったように、凪《な》いで鎮まった中で。
兄の顔を視《み》て、兄の瞳を覗《のぞ》きこんで、聴けたその言葉は——
（……あぁ……これ……だよ……）
そう……ただ——〝ひどく聞き慣れた〟その言葉を、白は。
何のときめきも不安もなく——陽《ひ》が東に昇る様を眺めるような心境で、聴いた。
当然の。当たり前の、見慣れたもの——故にこそたまらなく安心して、聴いた。
そうして、ふと、白はそのひどく聞き慣れた言葉を。

初めて聴いたのは、ではいつだったろう、と思考した。
初めて逢《あ》った日。記憶はそう告げるが——断じて違う。
その日聴いたその言葉を、だが自分はもう、今と同じ心境で聴いたからだ。
その言葉を初めて聴いた日。きっとときめいて聴いた日が、いつだったか。
どう記憶を探っても特定できない白は——故に、安堵《あんど》に笑みを零《こぼ》した。

——ああ……やっぱり。
しろは間違ってなかったんだ。
やはり、錯乱していただけで。
自分の、この〝恋〟は——生まれる前には、とっくに始まっていたんだ。
嫌われないかと。捨てられないかと。飽きられないかと。不安に怯《おび》える……
いつでも終わりにできる〝恋人〟なんていう、脆くてくだらない関係なんて。
自分達《にいとしろ》は——きっと、とっくに。
生まれる前に、済ませてしまったんだ、と……
——………

■■■

かくて、ゲーム終了まで残り90秒──

「ぬふはははっ!! んじゃ〜お待ちかね──視聴者様方の熱い〝支援《カキン》〟にお応えして！
俺の指示は『ジブリールとイミルアインが手を繋《つな》ぐ』ことだ!! おるぁフォエニクラム!!
しっかりバッチリ向こうに伝え──あ。いや？ 俺は本来プレイヤーじゃねぇから、白《しろ》が
命じる必要あんのかな？ 白さんそれでいいですかっ!?」

兄の読み通り、突如全ての兵が動きを止め──全面降伏した様子の二人に。
強制仮カップリングを命じた空《そら》に、白は小さく頷《うなず》き、スマホを取り出した。

そして、すっかり冷静さを取り戻した頭で、ようやく。
玉座の裏にある『門《ゲート》』と──スマホに表示された数字──即《すなわ》ち。
──とっくに【50億】を超えた〝支援《カキン》〟の残高表示を目にして。
フォエニクラムがこのゲームに込めた、真意を察した。

──なるほど『鍵』を購入すれば、一人は出られる……
自分も含め、皆この『鍵』の購入が最難関と思っていたが──違ったのだ。
問題はむしろ、残り四人──二組のカップルがこの『門《ゲート》』を潜る必要があることだ。
つまりフォエニクラムは、このゲームで『鍵』の購入に必要な額に達すると読んで。

では、誰がカップルになり、誰が『鍵』を使って一人で出るのか。

そう——二組カップルを作ろうとするなら最低限、空か白のどちらかは誰かとカップルになる必要がある、という——大揉《おおも》めした挙げ句、決して決まらないだろうその問題を、一挙に片付けようとしたのである……

そして——無意識に、兄の檻《おり》にも、手錠にも鍵をかけていなかったという自分が。

ならばやはり無意識に、この部屋を『門《ゲート》』の前に創った自分が、何を意図したか。

——明白だろう、と。確信に至った白は、小さく笑った。


……スマホもタブレットも現在、白が独占している。

既に50億貯《た》まったと確認できるのも——この事実に気付けるのも、自分だけ。

この状況、このチャンス、このアドバンテージを逃がす手はないだろう——と。

すっかり調子を取り戻した白は、本来の思考を巡らせ一計を案じる。


ああ……確かに、自分《しろ》と兄《にい》は〝恋人以上〟の関係だと思い出した。

でも——だからといって、じゃあ、〝今まで通りの関係〟で済ます？

——せっかくだよね。もう一歩、踏み込んでもいいよね？　と……

とっくに正気を取り戻しながらも、姿はブラック白のままである白は。

「ふふ……にぃ、やっと身の程弁《わきま》えたんだね。ざ～こ♥」

空《そら》の背後から、覗《のぞ》き込《こ》むようにして——こう、口にした。

「これでにぃ、も～彼女できないね♥　ず～～っとしろと一緒にいるしかないね♥」

「うむ。願ったり叶《かな》ったりだ。強いて言えば白《しろ》が正気に戻ってくれれば理想だが？」

そう苦笑で答える兄に、だが白の思考は限界まで唸《うな》りを上げていた。

……さっきまで、どうやっていた？

どうやってスラスラと喋《しゃべ》っていた？

錯乱して思考停止していたが故の言語回路を——エミュレートし、再現する。

白の思考速度を以《もっ》てしても至難を極める所業に、頭が割れそうなまでに脈打つ。

だが——脳が焼き切れても構わない。ここでもう一歩、踏み込んでみせると！

白の決意に呼応し回転数を上げる脳で、白はブラック白を演じて——続ける。

「それじゃ～復唱ね♥『私は妹を性的に見ていた変態ざこです』♥」

「うむ。俺は妹を性的に見たことがあるのを否定できないかもしれない変態ざこだ」

「『そのキモさを妹に許され、一緒にいるのを認めて貰《もら》えたざこです』♥」

「そのキモさを寛大にも許した妹と一緒にいるのを認めて頂けて恐悦至極なざこだ」

「『妹を混乱させその気にさせた責任を取り、きっちり手を出すと誓います』♥」

「妹を混乱させてその気にさせた責任を取ってきっちり手を**イヤ出さねえよっ!?**」

予想通り、慌てて声を張り上げた空に、白は無言で詰め寄る。

「……にぃ？　復唱、って言ったんだけど♥」

笑顔のまま、じりじりと。一歩ずつ。

にじり寄る白に圧され、後ずさりする空はなおも反論を試みる。

「いや出さねえって!!　ってか、出したら今度こそ許されねえ流れじゃねえの!?」

果たしてついに壁際まで――つまり『門《ゲート》』の前まで空を追い詰め。

白は涙目を作って、最後の――トドメを刺す。

「にぃ……しろが望むならなんでもするって……嘘《うそ》、吐《つ》いたの……？」

「わたくしのキモさが白に多大な混乱を齎《もたら》した責任を取りまして!!　白が正気に戻っても
そう望んだなら!!　将来的には手を出すことを検討させて頂くことをここに誓います!!」

そう脊髄反射で敬礼した空に。


……ん。ま、その辺で妥協したげる♥　と。

白は、満足げな笑みを浮かべた――そして。

『タ――イムア――ップッ!!　ゲーム終了なのだわ!?　さぁ～てそれじゃージブリールちゃんとイミルアインちゃんには一日カップルになって貰うのだわぁあ!!　ワッショイ!!』

画面から響いたアナウンスに、ゲームの終了を確認した。

そう――兄が『一生彼女を作らない』という誓いが有効になったこと。

そして、もう手を繋いでも強制カップリングされないと確認した上で。

白《しろ》はスマホを投げ捨て、全体重を乗せて――空《そら》に飛びかかった。

「うお!? なんですか兄ちゃんの誠意が伝わらな――――っ!?」

そう――空の手を掴《つか》んで、その背後――『門《ゲート》』へと押し倒し。

とっさに兄が開いたその口には。

――唇を重ねて、黙らせて。

かくて光に包まれ出した視界の中、白はゆっくりと、重ねた唇を離し。

朱色に頬《ほお》を染め、空の耳元で小さく、囁《ささや》いた。

「――『約束』……だよ？♥」

■■■

そしてフォエニクラムは、視聴者と共にそれらを観《み》た……

そう……この『カップルにならなきゃ出られない空間』から――

――空《にい》は誰にも渡さないし、白《しろ》も空《にい》以外の誰ともカップルになる気はない、と。

〝恋人以上〟の関係《カップル》と自認する二人――白《しろ》が空《そら》を連れ、さっさと一抜けした様と。

手を繋《つな》いだジブリールとイミルアインが、啀《いが》み合《あ》いながらも『門《ゲート》』を潜る様と。

そして独り取り残されたステフが、涙を浮かべて虚《うつ》ろに笑いながら――だが。

誰かを選ばずに済んだことに安堵《あんど》し、白が置いていったスマホで『鍵』を購入する――

すなわち――〝エンディング〟を背景に。


「さて……視聴者のみんなも、もーわかってると思うけど――」

鳴り止《や》まぬ〝支援《カキン》〟の音の中、フォエニクラムは――視聴者に語りかけた。

「フォエニクラムチャンネル主催、あたい個人配信でお送りしてきた企画――『カップルにならなきゃ出られない空間』は――これが最終回。これにて堂々の完結なのだわ」

――そう……50億を超えて、なお止まらない〝支援《カキン》〟……

それが何を意味するかは、視聴者には全て説明済みだった。

その条件に同意した上でなければ、視聴不可能な配信だったのだから。

「――それじゃー最後の〝確認〟と行くのだわ……？」

故に、フォエニクラムが行うは、説明でなく確認であり――演説だった。

「妖精種《あたいら》の多くが、森精種《エルフ》の恋愛を目的に彼らに媚《こ》び諂《へつら》って来たのだわ。あたいはずっとそれに異を唱えて来たのだわ。種族の枠に収まった恋愛――ク・ソ・しょーもないのだわと」

この世界には十六もの種族がいる。

なのに、何故《なぜ》同じ種族でしか恋愛しないのか。

何故そんなものに満足していられるのか、と――

「そう主張したあたいを、みんな『頭がおかしい』と嗤《わら》ってきたのだわ……」

そう、誰もが嗤う、永遠の底辺配信者だったフォエニクラムは。

「さて……頭がおかしいのはどっちだったか、改めて問わせて貰《もら》うのだわ!?」

しかして今――一八〇万を超えるチャンネル登録者《しちょうしゃ》に――すなわち。

エルヴン・ガルドの奴隷になっていない全ての妖精種に――吠《ほ》えた。

「この恋愛の続きが見たい奴《やつ》は――あたいに付いて来るのだわ!!」

ああ、これはエンディングなどではない。

オープニングに過ぎないのだと!!

「妖精種《あたいら》があの子らと創る――新しい世界がこの続きなのだわ!!」

そう――彼らが創ろうとする世界にはこの先。

こんな恋愛が、いくらでも溢《あふ》れかえっているのだ!!

「想像してみるのだわ!!　人類種《イマニティ》が天翼種《フリューゲル》や機凱種《エクスマキナ》に恋をする。天翼種《フリューゲル》と機凱種《エクスマキナ》さえ恋しうる。森精種《エルフ》が人類種《イマニティ》と恋をして、神霊種《オールドデウス》さえ獣人種《ワービースト》に恋をして――人類種《イマニティ》同士でもこれほどの大恋愛が、この先に広がる地平には無限に転がってるのだわ!!」

ああ……それは夢物語でも、未来の話でもない。

既にあるものだ——彼らはそれを示したのだ!!

「それを興味がないとほざく奴《やつ》——いるならここが最後の機会《チャンス》なのだわ——今すぐあたいのチャンネル登録を解除するのだわ。でも、あえて言わせて貰《もら》うのだわっ⁉」

そこに、手を伸ばさないというのなら——ッ!!

「我ら《愛神《アルラム》》に創られし愛の種族!! 他人《ヒト》の恋バナのためなら奴隷にさえ身をやつす者すなわち妖精種《フェアリー》!! 世界を愛で満たす。そのためなら——世界くらい敵に回せるのだわ⁉ ここで引き下がるなら——てめー今すぐ妖精種《フェアリー》なんか辞めちまえだわっっ!!!!」

果たして——画面を埋め尽くしてなお止まらない、

『『然《しか》り!! 然り!! 然り!!』』

吹き荒れるコメントに、フォエニクラムは口角を吊《つ》り上《あ》げて。

よろしい、ならば——と大きく両腕を開いて——宣言した。

「妖精種全権代理者・フォエニクラムの名の下に——いざ〝叛逆《はんぎゃく》〟と行くのだわ」

瞬間——膨大な『魂《ちから》』が、妖精種《フェアリー》の長となったその腕を中心に渦巻いた。

妖精種達《しちようしゃ》から集めた50億もの——その意思、文字通りのその『魂《ちから》』を。

一国《エルキア》を丸ごと《洛園《スプラトゥール》》に閉じ込めた力を、更に超える魂《いし》で以《もっ》て——

「あたいらは世界を変える大恋愛の目撃者になるのだわ!!　さしあたり森精種《エルフ》の恋愛に満足していた——クソみたいな暗黒時代に!!　今日!!　ここで終止符を打つのだわッ!!」

常軌を逸するその魂《ちから》で以《もっ》て、エルキアを奪還する、それは。

かくして収束し、形を成して、フォエニクラムの声を——

「これより!!　妖精種《あたいら》はあの子らと共に森精種《エルヴン・ガルド》に弓引くのだわ!!

——『洛園剥がし《スプライトシェード》』——行っくのだわぁあああッッ!?」

——空間位相境界に、宣戦布告として響かせた…………

■■■

フォエニクラムが創った《洛園《ゲーム》》——

『カップルにならなきゃ出られない空間』から、脱出を果たした五人は。

脱出した先——東部連合《とうぶれんごう》領の無人島に放り出されたことに、しばし困惑した。

だが、それも僅かな間。どこからかフォエニクラムの声が——

——『洛園剥がし《スプライトシェード》』——と響いた瞬間。困惑も、疑問も残らず消し飛んだ。

その全ての答えは、失っていた記憶——そして戻った全ての記憶にあった。

ああ——全ての記憶だ。
徹底して真相には辿《たど》り着《つ》けないよう、念入りに消されていた記憶。
それは、つまりは——空達《そら》が仕込んだ『毒』に関する、全ての記憶であり。
そしてやはり。予想通り、このゲームが始まった経緯そのものでもあった。
すなわち——

——『　』《くうはく》初の——〝大敗北〟の記憶だった……

そう——『毒』を逆手に取られ。見事に利用され——敗北《まけ》た。
言い訳の余地なく。完膚なきまでに。完璧に——敗北《まか》された。

——エルヴン・ガルドに。
より正確には、エルヴン・ガルド——統領府主席に。
つまり——森精種《エルフ》・全権代理者——〝あの男〟に——————………

第四章——転回指向《ターニング・ワールド》

エルキア共和公国あらため——エルキア王国・首都。

フォエニクラムと行ったゲームが終わって、早一週間。

空《そら》と白《しろ》が玉座を追われてから数えれば、約一ヶ月半ぶりに帰還した王城。

だが空が真剣な顔で目を閉じ腕を組み声を響かせたのは、玉座の間ではなかった。

「……よし、最終確認だ。イミルアイン、本当にできるんだな？」

瞑目《めいもく》する空にその姿は見えない。だが応える声はすぐ側《そば》から響く。

「【肯定】当機の視覚および自律浮遊型観測機《ドローン》によって記録された全映像情報。指定修正を加えてご主人様の端末《スマホ》で再生可能動画《フォーマット》にして転送。余裕のよっちゃん。えっへん」

「……機凱種《エクスマキナ》、ちょっと……便利すぎ、ない？」

「そんな機凱種《エクスマキナ》の力をここまでくだらない目的に使うの、ソラだけですわよね……」

「【要求】当ミッション達成後のご褒美。ご主人様褒めてくれる？」

続けて呆《あき》れ声を響かせる白とステフの声をよそに、空は大仰に頷《うなず》いた。

ああ——褒めるとも。いくらでも褒《ほ》め讃《たた》えようとも！

ここエルキア王城——〝大浴場〟にて、これより始まるであろう光景を。

着衣のまま視覚を封じられた己には、見ること能《あた》わぬ、その楽園を。

間接的にでも拝めるなら、いくらでも褒め倒そうとも、そう――っ!!


――バンッ!!

「空！　白！　ひさしぶり、です!!　しょーぶしやがれ、です!!」

「おういづな！　マジで久しぶり～帆楼《ほろう》ん時以来だから――二ヶ月ぶりか？」

「……ひさしぶり……うん、あそぼ？　しろ達が勝ったら、モフる……ね♪」

「こ、これいづな……っ！　巫女《みこ》様の御前だぞ礼儀正しくせんか――」

「くくっ、ええやないの……子供はちょいと騒がしいくらいが可愛《かわ》えもんよ」

まず騒々しく大浴場に飛び込み空と白に抱き着いてきたのは、初瀬《はつせ》いづな。

フェネックのような大きな耳と尻尾が目を惹《ひ》く、獣人種《ワービースト》の少女である。

続いたのは東部連合《とうぶれんごう》代表の金色狐《きつね》こと巫女。そしていづなの祖父・初瀬いの。

――なお、不純物《いの》の存在はイミルアインにより編集・消去され。

更にいづなには倫理的なアレから入念に湯気が追加されるわけだが――ともあれ。

獣人種《ワービースト》を代表する美女と美幼女が、まずその場に現れた。続いて――

「汝《なんじ》！　汝汝汝！　空！　帆楼の問いに全て答える約束じゃったぞ!?　帆楼を依《よ》り代《しろ》に預け一二六八時間も何処《どこ》を彷徨《うろつ》いておった!?　問いが四三二三七問増えてしもうたぞ!!」

「わりわり。質問への答えも、アイドル業も今日から再開だ。許せ♪」

「後者の再開は求めておらぬ!? ほ、帆楼《ほろう》、まだ歌い踊らされるのかっ!?」

筆で刷《は》くように虚空から生じるや、口角泡を飛ばして詰め寄ったのは、帆楼。

傍《かたわ》らに身の丈ほどの墨壺《すみつぼ》を漂わせた、神々しい美貌を誇る幼い姿の女神。

近い将来神霊種《オールドデウス》を——更には世界をも代表するトップアイドル（予定）である。


「う〰〰ジブにゃん、お姉ちゃん一人で寂しかったにゃ……聞いて欲しいにゃ十八翼議会《みんな》うちをハブるのにゃ!! ジブにゃんが行方不明ってきいてちょっと軽くエルヴン・ガルドブチ滅ぼそうとアヴァント・ヘイム動かそうとしただけなのににゃ!? 酷《ひど》くないにゃ!?」

「ああ……あなた以外の先輩方がまともで安心しました♥ これを機に、このまま永久にハブられて、全翼代理から身を引いて隠居するのは如何《いかが》でしょう♪」

ジブリールにウザ泣き絡みしながら空間転移で連れてこられたのは、アズリール。

翡翠《ひすい》色の髪から一本角を伸ばし、動かぬ翼を垂らした天翼種《フリューゲル》・第一番個体。

天翼種《フリューゲル》の全翼代理にして、アヴァント・ヘイムの代表である。

——なお、その地位は現在進行形で危ぶまれているようだが……


「ダ〰〰〰リ〰〰〰ン♥ あたしを呼び出したってことは踏んでくれるのよね!? 踏んで蹴って冷たくあしらってダーリンんちの玄関マットにしてくれるってことよね!?」

「女王様ぁ!? いい加減ご自分が水なきゃ死ぬのを理解してくださいぃ!! 玄関マットになんかなったら干涸《ひか》らびて死にますよぉ!?」

「うふふ☆ プラムちゃんったら心配性♥ ギリギリ死なないよう水撒《ま》けばいいんだよ♪女王様《アホ》は苦しめられて喜んで～あたしはそれを見て悦《よろこ》ぶ――最高の計画だよお☆」

ドＭ性癖全開でビタビタと跳ねながら浴槽に飛び込んできた人魚は、ライラ。

頭の中身を投げ捨て、艶《なま》めかしく魚鱗《ぎょりん》の尾をくねらせる海棲種《セーレーン》の女王である。

続いて泣きっ面でやってきたのは、夜を編んだような吸血種最後《ダンピール》の少年・プラム。

そして〝まだマシな海棲種《セーレーン》〟こと実務的なオーシェンド代表であるアミラだ。

「というか！ みんな天翼種《フリューゲル》に空間転移で連れて来て貰《もら》ったって聞きましたよぉ!? なんでボクらだけ自力で呼びつけられたんですぅ!? こ、このお二方を水樽《みずだる》に詰めて炎天下をここまで運んで――ボクそろそろ死にますよぅ!?」

魂を削る魔法の乱用で瀕死《ひんし》らしきプラムの悲痛な訴えを、だが空《そら》は黙殺する。

無論、ただの嫌がらせなのは言うまでもない故。

――そして。

「うっひょ～～～バリエーション豊かな妄想捗《はかど》る空間なのだわ!? で？ で!? ぶっちゃけ誰が誰のこと好きなのだわ!? または好きになる予定なのだわ!? 予定もなきゃ妖精種《あたい》らが予定を作るのは誰なのだわ!? ほれおいちゃんに言うてみるのだわぐぇへっへっ」

最後に登場したのは、今回新たに加わった十六種族《イクシード》の一角。

今回の件で妖精種《フェアリー》の全権代理になったらしい——フォエニクラム。

獣人種《ワービースト》全権代理——巫女《みこ》。

天翼種《フリューゲル》全翼代理——アズリール。

海棲種《セーレーン》全権代理——ライラ・ローレライ。

吸血種《ダンピール》全権代理——プラム・ストーカー。

機凱種《エクスマキナ》全権代理——アインツィヒと遠隔連結済みのイミルアイン。

そして更に、将来的ながら神霊種《オールドデウス》全権代理となる——帆楼《ほろう》と。

半数以上が未《いま》だ森精種《エルフ》の奴隷ながら、妖精種《フェアリー》全権代理——フォエニクラム。

即《すなわ》ち、エルキア連邦に連なる各国・各種族の代表・要人が——一堂に会していた。

つまりはケモ耳っ娘に天使っ娘にマーメイドっ娘に（ヴァンパイアっ娘は無念にも不在ながら）メカっ娘に神っ娘《こ》にそして妖精っ娘——と!!

各種族を代表する文字通り人知を超えた美女美少女が、概《おおむ》ねここ!!

エルキア王城・大浴場に集結したのである!!

嗚呼《ああ》、何度でも繰り返そう〝大浴場〟——つまりはお風呂である!!

無論女性陣は一糸まとわぬ姿——それを条件に呼び出している故!!

なお男性陣は空《そら》と同じく着衣の上目を閉じるのを条件としているがさておき!?

目を閉じ、視覚を封じる空には、残念ながらその光景は見えない。

ああ……今は！　まだ見えない……ッ!!

だが!!　この世に楽園があるとするならば、それは間違いなくここであると!!

断言するに些《いささ》かの躊躇《ちゅうちょ》もない光景が、この至近距離に顕現しているのであるッ!!

そして今回は、その光景を後でじっくりねっとり堪能さえできる――

そう、イミルアインによって映像加工が施された動画で！

男性陣は削除され幼女勢には入念な湯気が追加された、完全に合法な形で!!

――空は確信する。

嗚呼――俺はきっと、この日のために生まれてきたのだ……


そう感動に身を震わせ涙さえ零《こぼ》す空は――だが、ふと。

「……ちなみに、さ。白《しろ》？　フォエニクラムは……服、脱いでるか？」

「……着てる、けど……」

つい口をついた空の疑問に、同じ疑問を共有する白が恐る恐る答える。

――結局のところ、フォエニクラムは男性なのか？　それとも女性なのか？

「ん？　〝女性は脱衣、男性は着衣で目を閉じる〟って指示なのだわ？　どっちでもない場合《あたい》はどーすりゃいいかわかんなくて一応着衣なのだわ。脱いだほうがいいのだわ？」

「【報告】個体名フォエニクラムの過去発言から――妖精種《フェアリー》に〝性別〟はないと推定」

なるほど――つまりフォエニクラムは男性でも女性でもない、と。

ならば、何も問題はない。

俺の独断と偏見、つまりは趣味に基づきどっちでもよいので脱ぐべし!!

「ならば何をしておるのかね!?　しめやかに服を脱ぎ我が動画に収められ――」

――いや。

「ちょい待て……確かフォエニクラム、雄しべと雌しべがどうこうって――」

「言ったのだわ？　〝雄しべと雌しべ両方ある〟のだわ。見てみるのだわ？」

と躊躇《ちゅうちょ》も恥ずかしげもなく訊《き》いてきたフォエニクラムに、空《そら》は苦悩した。

――これは……〝どっち〟だ？　と。

フォエニクラムには、小さくとも胸の膨らみがあり、くびれもあった。

中性的なプラムと違い、外見的な特徴からは疑う余地なく女性と断定できる。

ならば『雄しべと雌しべ』が指すものとは――つまり言葉通りの代物。

単に頭に咲いている花のそれであると考えるのが、自然であろう。

……………だが、もしも妖精種《フェアリー》が〝無性〟ではなく――〝両性〟だったら？

つまりは、こう……両方つ・い・て・い・るとしたら……？

自分では恋愛しない種族……羞恥がないだけってパターンだとしたら？

無論、ついていようがいまいが、最終的に空が確認する動画の中では、フォエニクラムの下腹部はイミルアインの編集によって空に都合のいいよう修正して貰《もら》えるだろう。

だが目を開いている女性陣はそれを確認でき――真実が観測されてしまう。

そして場合によっては、白《しろ》といづなには完全アウトな事案の可能性が――――

「～～～～～～～っフォエニクラムは脱衣の上、腰にタオルを巻くものとするッ!!」

「ん～～～？　空くんの苦悩がよくわかってないのだけど、別にいいのだわ？」

苦悩の末、空は折衷案を採択した。

――シュレディンガーの猫……その箱は、開けてはならない。

観測しなければ事象は確定しない――重なり合ったままで済むのである。

……箱を開けなければ、猫ちゃんは生きているかもしれないのだ……


と、空が大いなる先送りを決断した直後。

「――ほな。全員揃《そろ》うたことやし、そろそろ聞かしてもろてもええ？」

どこか気怠《けだる》げな声音で、東部連合《とうぶれんごう》代表、巫女《みこ》が言った。

「まさか、ここで『連邦会議』しよーっちゅうんやないやろな……？」

「そのまさかだが？　疑問の余地が？」

心底意外な問いに、空は目を閉じたまま小首を傾《かし》げた。

すぐ隣に控えていたジブリールが追従するように微笑を浮かべ、

「新たな仲間が加わったら一緒にお風呂――それがマスターが定めし摂理。『十の盟約』とかいうものより優先されるべき絶対遵守の原則でございます♪」

機凱種《イミルアイン》が加入した際は、ドタバタしててできなかった必須イベント。

ここで今までの分もまとめて行うのは必定である――っ！

「……さよけ。ほな早速、東部連合《とうぶれんごう》および獣人種《ワービースト》全権代理者として発議するわ。あてらはエルキア王国および人類種《イマニティ》全権代理者に対し――質疑を求める」

ちゃぷん、と巫女《みこ》の二つ尾が水面を叩《たた》き、

「返答次第で、東部連合はエルキア連邦から脱退するよってな」

――しん、と……

和気藹々《わきあいあい》としていた空気が、一瞬で冷えきった。

水滴の音さえ大きく響く大浴場に、押し殺すような沈黙が満ちる。

……それは巫女の発言に驚くものでも、反対するものでもなかった。

いづなは苦しげに項垂《うなだ》れ、いのは能面のような表情で黙して語らず。

アミラとプラムは揃《そろ》って微笑――冷笑を浮かべて、成り行きを静観している。

各々《おのおの》内心はどうあれ、その沈黙が意味したのは驚きでも反対でもなく――賛同だ。

「――今回の件で、世界は二分された。エルキア連邦か、エルヴン・ガルドかにな」

空《そら》と白《しろ》、ステフでさえも当然と予想していた、巫女の言葉が続く。

「一国の指導者として、全獣人種《ワービースト》の命運を預かるもんとして——乗るんは〝勝ち馬〟や。〝負け馬〟に乗り続ける理由も余裕もあらへんさかいな……堪忍な」

その宣言に、空と白はただ無言で応えた。

そう——自分達は負けた。完膚なきまでに、完全敗北した。
エルヴン・ガルド——森精種《エルフ》の全権代理者たる〝あの男〟に……

それは、フォエニクラムのゲームが始まる前のこと。

空達から剥奪《はくだつ》されていた記憶の、真相に他ならない——……

■■■

——それは、フォエニクラムとのゲームが始まる前。

空達はジブリールが空間に開けた穴越しに、エルキア議会を覗《のぞ》き見《み》ていた。

そう——

『私は妖魔種《デモニア》と内通している。これより私の知る全てを段階的に暴露する』

『私は森精種《エルフ》と内通している。これより私の知る全てを段階的に暴露する』

一字一句同文で、続いて妖精種《フェアリー》、月詠種《ルナマナ》、吸血種《ダンピール》、龍精種《ドラゴニア》と……

空達《そら》が仕込んだ『毒』——即《すなわ》ち盟約の強制力によって自白させられる議員達。

《商工連合会》——つまりはエルキア内で熾烈《しれつ》な諜報《ちょうほう》合戦を行っていた各国・各種族の間者達による一斉暴露が開始される、その有様を。

——自白が進めば、各国・各種族にとって致命的な情報が公然のものになり。

遠からず不利なゲームに応じる羽目になり——最悪の場合は滅亡さえあり得る。

その自白を止めるには『薬』——空達だけが知る〝異世界語《にほん》での言葉《ワード》〟が必要であり。

空達が設定した薬の値段は——〝テメェの国全部〟であった。

当然、素直に払う者などいるわけがない。

だが滅ぼされたくなければ空達に有利な〝値段交渉《ゲーム》〟をするしかない。

かくて、一気呵成《いっきかせい》に複数の種族を平らげる空達の計略は——しかし。

——『洛園堕とし《スプライトトウーン》』……と。

二日後——何者かの声が空間を震わせて響いた瞬間、その刹那。

——エル・キ・ア・の・消・失・を以て——完全に潰《つい》えた……

——………

「――おい……何が、起きた？」

即座にジブリールの空間転移《シフト》でエルキアへ駆けつけた空達は、

「……ここ……どこ？」

「エルキア王城・大会議室――少なくとも座標は、そのはずでございますが……」

「そ、そんなはずありませんわ!?　王城なんて、どこにも……ッ」

見渡す限り、地平の果てまで広がる『花畑』を前に、呆然《ぼうぜん》と立ち尽くした。

そこには何も、何処《どこ》にもなかった。影も形も。

見慣れたエルキアの王城も、街並みも、そこで暮らしていた大勢の人々も……

あるのはただ……名も知らぬ無数の花々と、舞い散る花吹雪ばかりであり、

「【報告】直前観測音声――および大戦時の記録から当現象を説明可能」

言葉を失った一同に、イミルアインが淡々と告げた。

「【推定】妖精種《フェアリー》による空間位相境界と〝実空間の置換〟現象――通称『洛園堕とし《スプライトトゥーン》』」

ああ、名前だけは対帆楼《ほろう》戦――ジブリールとの大戦再現ゲームで知っていた。

だが具体的にそれが何か、イミルアインの説明を以《もっ》てしても理解できず、

「……わかりやすく、頼む」

絞り出すように請うた空に、今度はジブリールが答えた。

「……妖精種《フェアリー》が〝エルキアをまるごと亜空間に閉じ込めた〟――でございます」

その説明に、だが空《そら》は内心、ああ……わかっていたさ、と唸《うな》る。

――エルキアが、国ごと消された。

犯人が誰で、仕組みが何であれ、それだけの話だ。

だから、問題はそこじゃなくて――


「――……んなのアリかよ!? 国を消す!? 明らかに盟約に反してるだろ!?」

強制的に国家を丸ごと消す――閉じ込めたという、その方法論である。

一国を――全国民ごと〝拉致監禁〟してのけた方法論である!!

直接危害は加えていなくとも、権利侵害も甚だしいだろーが!? と。

絶句する空に、だがイミルアインは首肯して、淡々と続ける。

「【肯定】戦後――『十の盟約』制定以後『洛園堕とし《スプライトトゥーン》』の使用は未確認。本来、ナシ」

当然の如《ごと》く権利侵害にあたる行為であるそれは――ならば。

「――同意があったってのか……少なくとも、それを承認できる立場の……」

つまり、即《すなわ》ち、それは。

事前に現在のエルキア最高意思決定機関――議会の承認があったということであり。

「【補足】当該規模の置換現象。四〇万体以上の妖精種《フェアリー》が必要と算出。よって――」

四〇万超の妖精種《フェアリー》を従えている国家――つまりエルヴン・ガルドが。

空達の『毒』を――逆手に取る『罠《わな》』を仕掛けていたことを意味した……

――立ち尽くす空達の頭上、太陽は一巡していた。

最初はどうするんですの、と騒いでいたステフも、今や頽《くずお》れ項垂《うなだ》れ。

ジブリールもイミルアインも言葉なく、空と白《しろ》もどうするか頭を抱えていた。

だが――何時間考えたところで、結論は変わらなかった。

すなわち――『どうにもできない《チェックメイト》』だ……

空間位相境界とやらに閉じ込められたエルキア……

天翼種《フリューゲル》や機凱種《エクスマキナ》――神霊種《オールドデウス》でさえ、外部からの干渉は『十の盟約』がある現在は不可能だというこれが、妖精種《フェアリー》の仕業――ひいてはエルヴン・ガルドの仕業ならば。

――間者達の下へ行けない以上、自白を停止させる手段はなく。

間者達の自白する全ての情報は、エルヴン・ガルドが独占する。

するとどうなるか――？

その情報は空達も把握している。兌換《だかん》紙幣に暗号として仕込ませ蒐集《しゅうしゅう》済みだ。

故にこそ、空達は断言できた――少なくとも、妖魔種《デモニア》と月詠種《ルナマナ》。

この二種族は、確実にエルヴン・ガルドに必敗のゲームに応じさせられる。

そして、それはもちろん空達のように〝対等な関係〟を求めてではなく。

エルヴン・ガルドのやり方で行われるだろう。
つまり、最低でも〝隷属〟を求めて。
それを止める手段は——ない。
今の空達《そらたち》は、人類種《イマニティ》の全権代理でも、王でさえない。
まして〝エルキアをまるごとを人質に取られている〟状況で——
この盤面を覆せる手など、考えるまでもなく存在するはずがない。
そう——つまるところ、それは——

「……『俺ら《おれら》』の……〝敗北《まけ》〟だ……」

空の沈痛な言葉通り——敗北だった。それも、ただの敗北ではない。
全ての策略を読み切られ、利用された結果——最低でも二種族の壊滅が確定した。
それは、十六種族《イクシード》全てのコマを無血で集めてテトに挑むという、このゲームが——
この世界《ゲーム》が、根底から破綻して攻略不可能になってしまう——致命的な失敗《ファンブル》だ。
問答無用の、言い訳不能の——完膚なきまでの……完敗であった……

果たしてそれを、空達と一度も会うことなく、交戦もせず。
一言として交わすことも悟らせもせずやってのけた者がいたという事実に。
理解を逸する絶望、沈黙の中、空と白《しろ》はこう……聞こえた気がした。

――『ご苦労。チェックメイトだ』と――……

…………。

…………。

…………――果たして、更にどれほどの時間が過ぎたのか。
いつの間にか、周囲が闇に染まっていた。
日が暮れたことにも気付かぬほど呆《ほう》けていたのかと自嘲した、その時。

「あれ、は……っ!?　いえ、まさかそんな――ッ!?」
どこか畏怖すら含んだ声に、空と白は訝《いぶか》しげに顔を上げた。
天を仰ぐジブリールの視線を追い、目を眇《すが》め……そして、やや遅れて。
ソレに気付いた。
果たして周囲が暗くなったのは、陽《ひ》が沈んで夜になったからではなく。
単に、空を覆い隠すほど巨大な翼が地上に影を落としていたからだということに。

――巨大？　大きい？　クソデカい？
そんな言葉では到底足らない――人知を逸する規格外のモノ。
実のところ数秒間ほど、認識さえ追いつかなかったそれは――

――『白い龍《りゅう》』。
あの日。
空《そら》と白《しろ》がこの世界に落とされたあの日。
崖に立って初めて異世界を見渡した空の彼方《かなた》に見た――あの『龍《ドラゴン》』だった。
ああ……見紛《みまが》うはずもない、空と白がこの世界に落とされたあの日。
そして――
【解析】――【絶句】――龍精種《ドラゴニア》最後の【王】……『聡龍』レギンレイヴ――!?」
「そんなはずがっ!? 大戦時でさえ姿を見せなかった最後の龍王が、何故《なぜ》!?」
イミルアインに己の解析結果を疑わせ、ジブリールに目を剥《む》かせる存在だった。
――その『龍《ドラゴン》』が降りてくる。
純白の偉大な存在が、翼を羽撃《はばた》かせ、雄大な山嶺《さんれい》じみた超質量で迫ってくる。
それは文字通り「天が落ちる」に等しい、天変地異に他ならないはずなのに。
空と白、ステフは、なんら恐怖を抱けなかった。
音も風もなく、常識的な遠近感を粉砕しながら舞い降りてくる、それは。
昨日までエルキアだった花畑にゆっくりと衝突――着陸した『龍《ドラゴン》』は――
だが実際には、小さな花の一輪さえ潰すことなく、いっそ優雅に蹲《うずくま》った。
「――――」
この途方もないモノに、恐怖を覚えない理由は単純だった。

——現実感が、まるでないのだ。

その圧倒的な存在感がなければ、幻を見ていると断言できたほどに。

それが近くにいるか、遠くにいるのか。本当にいるのかさえ、わからない。

それは例えば、廃墟《はいきょ》からかつてそこに存在した大都市を空想するような。

——あるいはこれから築かれる巨大建造物を設計図から思い描くような。

そこにないのに、ある。あると感じる。

今か、過去か未来か、この『龍《ドラゴン》』は確かにここにいる。いた……？

空は理解した。人の身にして、理解させられた。

……コレは、ただ見ているだけで、時間や、空間の認識が崩される類《たぐい》のモノだ。

それを仰ぎ、生じる感情は——断じて恐怖ではありえないのだ。

それは幾億年の末生じた大山脈、あるいは幾億光年と離れた銀河を仰ぎ見るように。

人知が及ぶことなぞ永久にない、どうしようもないものを前にして自然に湧く感情。

それは——畏怖だ。

花畑に降り立ち、蹲った畏ろしい『龍《ドラゴン》』が視線を落とす。

それと視線が交わった瞬間、空達はいきなり、閃光《せんこう》のように理解させられた。

【己《おの》が国を奪還せよ】

傲然たる、命令。

それは音声――空気の振動でも。念話《テレパシー》のようなものでさえなかった。

単に見た、視線が合った、本当にただそれだけで。

こちらの思考に直接『理解』させられ『認識』を刻み込まれる――

【急げ。手段は此方《こなた》が用意した】

――これが、龍精語《ドラゴニア》なのだろう。

その意思を『認識』するだけで、ごく自然に膝《ひざ》をつき従わされそうになる。

きっと『十の盟約』前なら、本当にその言の葉一つに森羅万象が従ったろう。

その言葉に、だが――

「はて。よもや大戦時から一貫して〝不干渉〟――調停者気取りで引き籠もっておられた龍王様がマスターに助力を申し出ているのでしょうか。殊勝な心がけでございますね♪」

空《そら》と白《しろ》――己の主人に命令する存在が、癇《かん》にさわったのだろう。

問答無用の支配力を捻《ね》じ伏《ふ》せ、ジブリールは嘲笑で軽口を叩《たた》いた。

その刹那――――空達は山が崩・れ・る・のを感じた。

それは――『龍《ドラゴン》』にすれば、怒りでさえなかったろう。
親が赤子に抱く小さな焔《ほのお》、僅かな不機嫌の発露に過ぎなかったろう――だが。
天を貫く連峰――あまりに理解を逸するが故に、現実感さえなかったものが。
突如として崩れ迫り来る――抗《あらが》いようのない破滅を確信させる天災《くうき》へと変じたそれは。
ジブリールやイミルアインをして、死を確信させるに十分な衝撃だった。
かくて吹き飛んだ一同の思考、抗えない硬直の中で『龍《ドラゴン》』は言葉少なく――

【助力ではない。此《こ》れは〝処分〟である】
その視線に乗せて、端的に――だが問答無用で理解させて――裁断する。

【償え。其方《そなた》らは此の世界の均衡を乱した】
均衡――大戦終結からざっと六〇〇〇年以上……
十六種族《イクシード》で相争いながらも、それでも一種族も滅ぶことはなかったと。
だが異世界から来た空と白が――自分達が、今や二種族を滅びに瀕《ひん》させている。
――その失策は間違いなく自分達の失敗であり。
――その敗北は疑いもなく自分達の罪科である、と。
文字通り全てを見透かす――あるいは過去《はじまり》から知っていたかの如《ごと》く。
果たしてその先をも見通すという眼差《まなざ》しで、『龍《ドラゴン》』は続ける――

【其方《そなた》らは滅びかけた一種族《イマニティ》を救った】
その功は認めよう。賞賛しよう。偉業である。
【だが行き過ぎた。もはや其方らの一手は世界を侵す「劇薬」である】
その言葉通り、劇薬は逆利用され、エルヴン・ガルドの手に渡り。
複数の種族を、この世界《ゲーム》そのものを破滅させる結果を招いていると——
反論などできようもない空《そら》に、『龍《ドラゴン》』は【故に——】と続けた。

【「劇薬」は召し上げる。——如何なる者の手からも】

その言葉を置いて『龍《ドラゴン》』は首を上げ、大陸を覆う翼を広げる。
山脈が立ち上がり——そして飛び立つ。
天変地異に等しいはずのそれは、だがそよ風一つ立てることもなく。
無音のまま雄姿を宙に溶かして消え去った——……
…………——、
……後には何も残っていない。
まるで最初から、そこには何も存在しなかったかのように——
「……ぁ～……くっそだりぃのだわぁ……」

――いや……

かの『龍《ドラゴン》』が去った後に、比較すれば米粒より小さな人影があった。

人と比してさえ小さい――故に声を発するまで存在さえ気付けなかったが。

妙にやさぐれた顔で葉巻を吹かす少女が一人残され。

「ったぁ～く……いきなり龍精種《ドラゴニア》が現れたかと思ったら、よりにもよって『聡龍』ときたもんだわ？　えらそーなクソトカゲなのだわ……あ？　あ～お祭しだろーけどもあたいがあーたらの救世主、フォエニクラムなのだわ。は～ぃこんちわ～っふ～～～……だぁるっ」

…………

――超越極まる『龍』のアレからの、コレである。

あまりの落差のGに気絶さえしそうな空達に――

「ま、いいのだわ。あたいの利害と一致するし――ノってやるのだわ✽」

フォエニクラムはにやりと含み笑い、その策を語り出した。

――それは、要約すれば。

エルヴン・ガルドの妖精種《フェアリー》達がエルキアを閉じ込めた亜空間に、それ以上の力で干渉し返し、エルヴン・ガルドが間者の自白から情報を抜く前に解放する――という策だった。

フォエニクラムの《洛園《スプラトウール》》――恋愛感情が増幅される空間に空達を閉じ込め。

空達の恋愛模様を配信し、視聴者から投げ銭という形で力――即《すなわ》ち『魂』を集める。

必要となる『魂』は、数値化すれば50億になるというその策は――

「ただし――まず自白を止める『解毒薬《ワード》』を教えること。エルキアを解放したら聡龍が全間者に使う為《ため》なのだわ。んで、空《そら》くん達が蒐集《しゅうしゅう》した情報も全て恒久的に破棄すること」

だが――

「あと、ゲーム中に限り〝この件に関わる全て〟――今こうしてることも忘れて、あたいからも質問されない限り一切教えない。以上がクソトカゲのつけた条件なのだわ」

――記憶があってさえ不可能と思われる、策であった。

元より、完全に詰んだこの状況――空達に選択権などない。

敗北が決した盤面を、引き分けまで戻す一手……ノるしかない。

だが……

「……その策、致命的欠陥が〝三つ〟と、質問が〝一つ〟あるけど、いいかな？」

それでも確認しなければならない懸念に、空は口を開く。

「まず一つめの欠陥――その条件じゃ、たぶん俺は絶望してゲームにならん……」

そこまで徹底的に記憶を消された自分がどう読み、何を考えるか。

脳内でシミュレーションした空は、断じる。

間違いなく敗北した結果――必敗のゲームを強いられたと読むだろう。

「質問されれば答えられるのだわ。そこはこ～なんとか乗り越えて欲しいのだわ」

「…………んじゃ二つ目の欠陥だが」

――そこはこ～なんとかしろ……と。

これ以上なく役に立たない回答は、ひとまず流し、続ける。

「……どう転んでも俺がぼっちになって終わりだろ、そのゲーム……」

――カップルを二組作り、残った一人が『鍵』を使用するという策。

その一人が空以外になる確率は――極めて低い。

具体的には、素数が1と自分自身以外の数字で割れる確率と等しい。

――要するに0《ゼロ》である。そう定義されている。

つまりたとえ万事上手《うま》く進み脱出、エルキアが解放されたとしても。

残されるのは百合《ゆり》カップル二組とぼっちになった自分である――!!

ああ――確かに、この最悪の状況を招いたのは、キッパリ俺だ。

だがその盤面を覆す対価が、ぼっちになること――安い代償か？

「あ、それは大丈夫なのだわ？」

悲壮な覚悟を胸にした空に、フォエニクラムはあっさりと首を振った。

「あたいの《洛園《スプラトウール》》から出れば、増幅された恋愛感情は元に戻るのだわ。視聴者から投げ銭稼ぐためとはいえ、感情をドーピングしての恋愛なんて、本来あたいの美学に反するのだわ。ちゃ～んと脱出後、改めて自然体で恋愛してどうぞなのだわ✻」

──なるほど。終われば全て元通り。

だが少なくとも、ゲーム中はぼっちになるのは不可避、と。

ま、まあ、その程度の代償なら払おう……と涙を拭った空《そら》は、

「じゃー三つ目にして最大の欠陥──根本的に恋愛なんかできる気がしねえ件は？」

──この俺に。空・童貞十八歳に、恋愛をしろという。

クラゲに陸上二足歩行を仕込む方が、まだ現実的に思える無理難題である。

あまつさえ、そこまで徹底して記憶を消された状態で……？

キッパリ不可能だ、と答えなど見込めるはずのない問いに天を仰いだ空に。

だがフォエニクラムは紫煙を吐いて──空の瞳を覗《のぞ》き込《こ》み、答えてみせた。

「……あーたらはフッツ～にしてるだけで、イケるのだわ」

擦れてやさぐれ、酸いも甘いも噛《か》み分《わ》けて、諦めさえして。

──だが、それでもなお煮えたぎる焔《ほのお》を灯《とも》す瞳で──

「あーたらが普通だと思ってること。あーたらが創ろうとしてる新しい世界、未来を示してみせれば、妖精種《フェアリー》なら必ず支持する。必ず勝てるのだわ──命賭けるのだわ？」

そう断じたフォエニクラムの熱を見て取り。

空はだが、故にこそ──問う。

「じゃー質問を。……俺ら、初対面だよな？　──なんでそうまでする？」

——『聡龍』……レギンレイヴが、こちらに手を貸す理由は、明快だ。

自分達とエルヴン・ガルド——双方から『情報《どく》』を取り上げるためだ。

では——フォエニクラム《こいつ》は？

フォエニクラムの策は、どう考えても彼女にとってリスクが高すぎる。

失敗した場合——最低でもフォエニクラムは、森精種《エルフ》と敵対する。

ましてや成功しても、妖精種《フェアリー》の多くを空達の側につける——やはりエルヴン・ガルドと敵対させる策であり、勝っても負けてもフォエニクラムにはリスクしかない。

何故《なぜ》なら、空達は——既にエルヴン・ガルドに敗北している。

敗者にあえて加担して、命を賭けるとまでいう——その瞳に宿る熱量。

その煮えたぎる〝信頼〟の根拠がわからず困惑する空に、

「……ンなの決まってんだわ？　ったく、ハッズいわぁ……言わせんなだわ」

フォエニクラムは、片目を閉じて、笑み《ウインク》を一つ。

「妖精種《フェアリー》も森精種《エルフ》とは別に間者を送りこんでたのは、当然知ってるのだわ？」

ああ。そこから得られた情報のほとんどは森精種《エルフ》と共通だったが——

「そっからあたいは、あーたらのファンになったのだわ✿」

——ファン？

「自分語り失礼するのだわ？　──あたいは長年主張してきたのだわ。種族だの性別だの枠に収まった恋愛とかクッソしょーもねえと。でも実際問題、前例は皆無だったのだわ」

「………」

「たとえば──他種族からすれば人類種《イマニティ》なんてサルなのだわ。サルに本気で恋をする──狂ってるのだわ。それが普通の認識だし、それを求めるあたいも、イカれてるって言われ続けたのだわ。ぶっちゃけ、あたいもほとんど諦めてたのだわ……」

とフォエニクラムは言葉を切り、ふぅ～と紫煙を吐いた。

その煙が宙に薄れ、消え去ってから──続ける。

「……あーたらが本当に、獣人種《ワービースト》も天翼種《フリューゲル》も機凱種《エクスマキナ》も──何なら吸血種《ダンピール》や神霊種《オールドデウス》すらも、好き勝手放題に城内を闊歩《かっぽ》させてるのを知るまでは……なのだわ」

……それは、特に意味のある情報ではなかったはずだ。

空《そら》達も特に隠しも、アピールもしていなかった、ただの・・・日常──

「その通りだわ。放し飼いのペットと同居してるから何──ってのが普通の思考だし大多数には意味のない情報なのだわ。でも、あーたらが種族・・って枠組みを性別よりくだらない・・・・ものと認識してると。気付いたあたいには──夢を見るに充分な情報だったのだわ」

──葉巻が燃え尽きる。

火の消えた吸い殻を指で弾《はじ》き飛《と》ばし、フォエニクラムが獰猛《どうもう》に笑う。

「狂ってるのはどっちだったか――ハッキリさせてやるのだわ？」

「……なるほどな。じゃー悲報だが……狂ってるのはおまえだよ」

きっぱりと断じて、空もまた獰猛に笑って返した。

「ンなアホな博打《ばくち》に自分の命を――あまつさえ種族ごと他人《ひと》の命までチップに全賭け《オールイン》？

それでてめーを狂ってないとでも思ってんなら、その方が頭おかしいぞ♪」

「それもそうなのだわ。ならいっちょ――世界《みんな》の方を狂わせるのだわ✽」

――……………


かくてフォエニクラムとのゲームは行われ。

結果は――そう……無事、成功に終わった。

エルヴン・ガルドによる『洛園堕とし《スプライトトゥーン》』で空間位相境界に閉じ込められたエルキアは、膨大な『魂』を用いたフォエニクラム達の『洛園剥がし《スプライトシェード》』――塗り返しにより、解放。

空達も全ての情報を失ったものの、レギンレイヴによって間者達の自白は致命的情報の暴露に至る前に止められ。他種族の間者から成っていたエルキア共和公国議会――《商工連合会》は、形式的にとはいえ君主だったステフによって国賊として一掃された。

彼らによるクーデターもまた、他国の工作であったとして空と白《しろ》を王座に戻し。

そうして、空と白は、エルヴン・ガルドに情報が渡るのを、辛くも阻止して。

無事、エルキア〝王国〟の――国王として返り咲いた。

……だが、当然ながら。

それで〝めでたしめでたし〟と、締《し》め括《くく》れるはずもなかった――

■■■

エルキア国王の座に戻った空《そら》と白《しろ》には、無数の問題が残されていた。

それは例えば――今まさにこの大浴場で巫女《みこ》がステフに詰め寄っている問題。

「まず――王国側《あんたら》は、エルキア共和国を、どう対処する気や？」

「……それ、は……まだ各方面と対応を協議中……ですわ……」

そう――エルキアは『分裂』……

人類種唯一の国家は二つに割れた。

ステフが裁こうとした《商工連合会《ぎかい》》――他国の間者らは直前で行方を晦《くら》ませ。

そして間髪をいれず、はるか西のヴァラル大陸・ティルノーグ州――

エルヴン・ガルドからかすめ取った領土にして、つい先日まで天翼種《フリューゲル》による開発が進んでいた、エルキアの飛び地領土において、改めて議会を再結成。

――『我らこそ真に人類種《イマニティ》の行く末を案じる正当なエルキアである』と。

高らかに『エルキア共和国』の樹立を、全世界に向けて宣言した……。

今や空と白は〝エルキア王国の〟王。全権代理ではあれど。

もはや——〝人類種《イマニティ》の〟全権代理ではなくなったのである。

そしてそれは——

「〝王国〟本土からも〝共和国〟側を支持——追随表明が相次いどる問題は？」

「……対応中、ですわ。で、でもダルトン侯やザーフィアス伯は既に説得して、王国側の支持を取り付けてますわ。ドーラ家の派閥に連なるものはある程度——っ」

「さよけ。で、正味なとこ——王国側はどんくらい残ると見積もっとんの？」

「…………」

ステフが思わず口をつぐんだその糾問。

答えは……半分にも満たない、である。


——他国の間者だった《商工連合会》による共和国が、何故《なぜ》支持されるか？

それは根本的に、空達もまた連邦に加わった種族の間者だと疑われているからだ。

元々空達が煽《あお》ったものであり、そして他種族の積極的な干渉があったとはいえ。

クーデターの根底にあったのは、そもそも各諸侯のそうした不満、不信、疑念である。

であれば、同じ間者なら、それを明らかにした上で各国・各種族の潤沢な支援・保護を取り付けている共和国の方が、相対的にはまだしも信用できるのだ。そう——

美味い話には裏があったのだ――と、安心できるのである。

もちろん、冷静に考えれば裏があった時点で美味《うま》い話でも何でもないのだが。

悲しいかな、既に『エルキア連邦』の信用は、毒にまみれて地を這《は》っている。

美味い話ですらなくなっているのだ……


そうして無表情のまま、淡々と巫女《みこ》は問いを重ねる。

「ほな最後の質問や。『対エルキア連邦戦線』へは、どう対処する気や？」

「…………それ、は……」


そう、共和国側は『対エルキア連邦戦線』と称し――

エルヴン・ガルド主導の下、連合による支援と保護を取り付け、協定を交わした。

森精種《エルフ》は当然のことと、妖魔種《デモニア》と月詠種《ルナマナ》、龍精種《ドラゴニア》に、巨人種《ギガント》まで――

そして、エルヴン・ガルドが保有する妖精種《フェアリー》と、更には複数の幻想種《ファンタズマ》。

そして人類種《イマニティ》の半分以上に達するだろう、大連合を表明し――

エルキア連邦は――〝全面戦争〟を宣告された。

かくて、巫女は嘆息を一つ。


「――さよけ。ほな、結論は一つしかあらへんね……」

「待ってくださいな!! 巫女様は本当にエルヴン・ガルド側につくつもりですの!?」

湯船を出て帰り支度を始める巫女に、慌ててステフが食い下がった。

「対エルキア連邦戦線はエルキア連邦の〝解体および支配〟を宣言してるんですのよ!? 彼らにつくって——他種族を搾取・隷属させることに賛成するっていうんですの!?」

そう……『対エルキア連邦戦線』の〝全面戦争〟布告。

それは、具体的には——〝エルキア連邦の解体および支配〟の宣言だった。

つまりは、講和も和睦もない。

エルキア連邦の存在を許さず、徹底的に叩《たた》き潰《つぶ》し、最低限——消滅させる。

そして連邦に所属する全ての人民を、対等ではなく被支配民として、隷属させる。

これまで『空白《くうはく》』が掲げてきた方針を真っ向から全否定する、強烈な意思表示だった。

「結局は自国——獣人種《ワービースト》さえよければいいんですの!? 見損ないましたわっ!!」

「ステファニー殿！　どうか発言の撤回を願いますぞ!!」

だがステフの言葉に、反駁《はんばく》の怒号を飛ばしたのは——初瀬《はつせ》いのだった。

「これが巫女様の本意と思われるなら私こそステファニー殿を見損ないますぞ」

「…………っ！」

「『対エルキア連邦戦線』——五種族の全てと三種族の半数。領土・経済全てにおいて世界最大の国エルヴン・ガルドを筆頭に五カ国……世界の半分が敵に回ったのですぞ」

嚙《か》みしめた口の奥から牙の軋《きし》みを立てて、いのが言う。

「既に東部連合《とうぶれんごう》の命綱たる大陸資源のほとんどが、共和国側にとられております」

それは、東部連合の心臓を掴《つか》み取《と》られたことを意味し、そして――

「この勢力を相手に全面戦争――連邦からの資源供給も絶たれた。戦線の資源提供を蹴り経済・海路封鎖を受ければ、東部連合《われわれ》は早晩干上がってしまいますぞ。そして――」

いのは息を吸い――突きつけた。

「その状況を作ったのは……他ならぬあなた方ですぞ!?」

「――――っっっ!!」


そう……そもそも。

拡大を続けるエルキア連邦を、他国がこれまで座視していたのは、何故《なぜ》か？

それは、他種族に対し『必勝の切り札』を有していると目された『　　《くうはく》』を。

どの種族が保有しているか、わからなかったからだ。

その疑心暗鬼が他国・他種族の結託を阻み、傍観を強いてきた。

だが今回の件で、少なくとも自白宣言をさせられたエルキア連邦外の種族――

すなわち、森精種《エルフ》、妖精種《フェアリー》、妖魔種《デモニア》、月詠種《ルナマナ》、そして龍精種《ドラゴニア》。

これらの種族は潔白が示された形になり、共同戦線を張れるようになったのだ。

その結果が、東部連合の経済的破壊を狙える現状であり。

それは紛《まぎ》れもなく――空《そら》と白《しろ》の〝敗北〟が招いた危機に違いなかった。

言葉を失い、俯《うつむ》き震えるステフに、巫女《みこ》は息を吐いた。

「……勘違いせんでや？　あてはあんたらを責めるつもりはあらへんよ」

そして日を伏せ、続ける。

「確かに今回、あんたらは負けた。おかげで複数の種族が森精種《エルフ》どもに滅ぼされかけ……まーようて奴隷にされとった。辛うじて首の皮一枚繋《つな》がったんは、ただの幸運やね？」

その通りだ。

空達は負けた。完全に詰んだ。挽回《ばんかい》の一手さえ残らなかった。

その上で助かったのは、レギンレイヴの思惑とフォエニクラムの決断によるもの。

いわば、想定外の一手で――たまたま助かっただけだ。

そのレギンレイヴも『対エルキア連邦戦線』側に加わっており……

せやけど、と巫女は苦笑する。

「――別にあては、それを悪手やったとは思ぉてへんよ？」

その言葉に、誰よりも、いのこそが意外そうに、怪訝《けげん》な表情を見せた。

いのの視線に応えるように、巫女は喉を笑わせて、

「あんたらの語る夢――十六種族《イクシード》が相争わず互いを犠牲にせずに済む世界――それは何千何万……何億年と続いて来た〝定石《せつり》〟の変革――右回りの星を左に回すに等しい無茶《むちゃ》や。そないなもん、トチ狂った手でも打たな辿《たど》り着《つ》けんのんは――重々承知しとる」

他ならぬ己の友人――帆楼《ほろう》を。

たった一柱《ひとり》を救うために、空達《そら》に五つも種のコマを賭けさせた自分に。

今更それを責める心算も、まして資格もないのは百も承知で――

だが、巫女《みこ》は続けた。


「……それでも。星を逆しまに回そうとするんやったら、相応の摩擦も生むわな」

星を左に回そうとすれば、まず自転を止める以上の力が必要になる。

それこそ――そう、ともすれば星が砕けかねないほどの、途方もない力が。

ただの夢物語も、だが実現に近づくほど――加速度的に摩擦は増していく。

「〝世界を変える〟っちゅうんは……そういうことやよ」

果たして摩擦は軋轢《あつれき》を生み、軋轢は致命的な負荷を生み――やがて自壊する。

それこそ、巫女に一度は夢を捨てさせた――『現実』という〝定石《せつり》〟だと。


「――あんたらは世界を変えようと望んだ」

巫女が金色の瞳を鋭くする。

「一方で、変わることを望まん者《もん》もおるわな。交わらん望みが睨《にら》みおうて、世界はわやになる寸前や。今《こ》んままやと、最初に擦り切れるんはあてら――東部連合《とうぶれんごう》やね」

だから――と吐息を一つ、狐《きつね》の尾でぴしゃりと湯船を叩《たた》いて、巫女が問う。

「――これが最後の質問や。ようよう気張って答えや？」

膨れ上がる巫女の気配に。

目を閉じたままの空は、白《しろ》の手を握りしめる。


「一つの犠牲も出さん世界――あんたらが語った夢は、所詮ただの夢やったかを」

その言葉、その視線、その気迫――

巫女がそこに詰め込んだ全ては、目を開かずとも受け取れた。

「今後も生じるやろう無数の犠牲。さしあたりあてら――東部連合の、獣人種《ワービースト》の犠牲を、回避する道が。そんな手がまだあるっちゅうんなら、ここで謳《うた》ってみせえ」

――全面戦争――間接的ながら大規模な殺し合いへ舵《かじ》を切ったこの世界を。

それでもまだ、犠牲なしに止められるというのなら。その方法を示して見せろと。

「……あては、もっぺん夢を見ようと決めた……」

どう足掻《あが》いて、藻掻《もが》いても、最後は殺し合いに至るしかない。

そんな世界の定石の――その向こう側に、至れると夢見た――っ！

「**あての選択は間違ってなかったと――そう吼《ほ》えてみせえッ!!**」

激した巫女の声に応えたのは、しかし。

なおも瞑目《めいもく》したまま沈黙を貫く空では、なく――

「遅くなったでありま〰〰す!!　今日も今日とて地中で止まった潜陸艦から地上を目指しせっせと掘り進むこと三時間!!　泥塗《どろまみ》れで恥ずかしながら只今《ただいま》到着でありまぁす!!」

──バーンッ!!　と……

扉を破り、騒々しく浴場に飛び込んできた者。

真霊銀《ミスリル》の髪から対の角が伸びる、褐色肌の小さな少女……すなわち。

まだ到着していなかったエルキア連邦傘下国──最後の代表だった。

「ていうか〰〰〰そら殿しろ殿どこ行ってたでありますかあ!?　じ、自分、お二人探して星を二周半したであります!?　姉上置いて自分《じぶん》どっか行くなんて酷《ひど》いでありまぁす!!」

泥塗れの褐色少女が、一息にまくし立てながら白《しろ》に飛びつく。

咄嗟《とっさ》に空《そら》にしがみついてその重みに耐えた白が、悲鳴のように叫んだ。

「……き、きたない……っ、シャワー、浴びて……っ」

「つきましては連邦首脳会談に参加する条件──〝脱衣〟の説明を求めたいであります!!　っていうかぶっちゃけ風呂で首脳会議とかアホでありますか!?　あ、でも自分汚れてたのでちょうどよかったでありま～すではお先にシャワー浴びるでありますね?」

とまったく空気を読まず体を洗い出した、その姿に──

「──ド、地精種《ドワーフ》?　な、何故《なぜ》ここに地精種《ドワーフ》がいるのですかな!?」

唖然《あぜん》とする一同を代表し、いのが驚愕《きょうがく》と混乱の入り混じった声を上げる。

その言葉に、褐色の少女はやっと周囲の視線に気付いたのか、

「ぬ？　あ、自分そら殿としろ殿の姉!!　ティルヴィルグのニーイであります!!」

「……あ、姉……上……？」

慌てて自己紹介した地精種《ドワーフ》の代表（代理）――ティルの言葉に。

空と白、ジブリールとイミルアインとステフを除く全員もまた目を剥《む》いた。

「叔父上――あ、ハーデンフェル頭領ヴェイグ・ドラウヴニルは『オレサマ宇宙行くのに忙しい』とか何か爆乳《おっぱい》キメたことほざいてるそうで！　代理で自分が出席するよう言われたであります!!　言われなくともお二人の元以外には行かねえであります!!　ぺっ」

やや荒《すさ》んだ説明に、その場の面々が力の抜けたように口を開ける。

そして誰もが開いた口から言葉を出せないうちに、

「あれ～？　言ってなかったっけ。世界第二位の大国《ハーデンフエル》が俺らのモンになったたって☆」

空は満を持して口角を釣り上げ、とぼけた声で告げる。

「地精種《ドワーフ》の全権代理者――ヴェイグには〝ハーデンフェルを俺らの好きにしていい〟って言われてるしぃ～？　ならエルキア連邦に加えて東部連合《とうぶれんごう》に資源供給してもらおっかぁ～って思ってたんだけどなぁ～そっか～巫女《みこ》さん抜けちゃうのかぁ……残～念♪」

と、ギリギリ歯を軋《きし》ませるいのの気配を楽しみながら、

「ティル～？　ハーデンフェルのアルマタイトの採掘量、年間どんくらい～？」

「は？　アルマタイトって白星鉄《アルゴライト》とかの採掘で出る、あのゴミでありますか？　非精霊性の鉱物なんか誰も採掘してないであります。掃いて集めてポイであります」

「そっか～掃いて捨てるほどあるソレ、もし東部連合《とうぶれんごう》が売ってくれって言ったら？」

「……アレを？　引き取ってくれるなら、むしろたぶんカネ払うでありますよ？」

「そっか～♪　まーでも東部連合、連邦抜けちゃうんだもんなぁ～関係ないかぁ～」

……他人《ひと》を苛《いら》つかせる天才の、本領。

その天賦を遺憾なく見せつける声と笑みで、空《そら》はひらひらと手を振って宣《のたま》う。

「んじゃ巫女《みこ》さん達者でな～ケモ耳王朝、近日中に改めて制圧に行くんでよろぴこ★」

「──このクソ野郎が……っ」

道理で、巫女様が何を言ってもジブリールが黙っていたわけだッ！　と。

全てを察したのか、いのがたまらず零《こぼ》したその悪態に、

「は～て♪　そちらの駄犬は何と吠《ほ》えたのでしょう。『頭下げて泣いて連邦離脱を取り下げるのでどうか改めて貿易協定を結ばせてください』と言ったのでございますよね♥」

ようやく煽《あお》ることを許されたジブリールは、嬉々《きき》として嘲笑《あざわら》った。

そして──

「……ごめん。巫女さんが間違ってなかったか、俺らには答えられない」

ついに――巫女以外が視界に入らぬよう慎重に――瞼《まぶた》を開いて。

まっすぐ、巫女の瞳を正面から見返して、空は真摯に謝罪した。

……巫女どころか、空も白《しろ》も――間違える。

何度となく間違えて来たし――ついには大敗さえした。

――故に、空と白は、その問いには答えられない……

「だから――それ以外の問いには、答える」

「…………」

巫女は無言で、ただ聴覚を研ぎ澄まし、空の言葉と、心音を聴く。

「まず――俺らは〝夢〟なんか語った覚えはない」

「…………」

「全種族を犠牲ゼロで束ねてテトに挑む――〝達成される事実〟しか語ったことねえし、

〝達成されるべき〟だと、巫女さんも感じたそれは――断じて夢なんかじゃない」

「…………」

「次に――世界の半分が敵になった？　それがどうしたよ」

巫女が聞き取っているだろう、空の鼓動は――落ち着いていた。

かつて相対した時と同じく。その言葉の重みを知った今、なお笑って――

「先に全世界に宣戦布告したのはこっちだぞ？　99％敵だったのが50％になった？　凄《すご》みが全然足りねえよ。危機感煽《あお》るなら、１００％になってから改めて頼むわ」

「…………」

「んで最後に――〝星を逆に回す〟って話だっけ？　んなのクソ簡単だろ？」

そう――摩擦なんか生じないし、星も壊れないし、犠牲も生まれない。

そもそも星を左回りにするのに、力なんてこれっぽっちも必要ないのだ。

なにせ、そもそも――

――星は右回りに回ってなどいないのだから。

どちらが右で、どちらが左かなど、誰かが都合定義したものに過ぎず。

北半球から南を向けば、この星は間違いなく左に自転している。

宇宙から見てさえ――宇宙にはいよいよもって本来、上下さえもない。

だから――

「騙せばいいだけだ。世界を騙《だま》す。この世の誰一人も残さず、騙しきる」

――そう。だから、騙せばいいだけなのだ。

たった一言〝こう〟信じさせればいい――

「〝右は左だ〟――ってな。これだけで、明日っから星は左回りだ♪」

「――――」

果たして、無言でその空《そら》の瞳、心音、言葉から巫女《みこ》が何を思ったか。

そこまではわからなかったが――改めて目を閉じて、空は問う。

「――以上を踏まえた上で。さて、改めてこの場の全員に訊《き》こうか」

すなわち、エルキア連邦に連なる全ての種族、全ての国の代表らに。

己《わの》が種族、己が国家の未来を賭けて、続ける《リレイズ》のか、降りる《フォールド》のか――

「世界を右に回すか、左に回すか――どっちをご所望だ？」

「マスターが望むほうへ。天翼種《フリューゲル》が縦にさえ回してご覧に入れましょう」

「ちょちょちょお!?　ジブにゃん!?　天翼種《フリューゲル》の全翼代理はうちにゃっ!?」

「はて……退屈な右回り《いままでどおり》を支持なさるのでしたら、今すぐ引退させますが……？」

「んんっ――アヴァント・ヘイムは引き続きエルキア連邦を支持するにゃ！　けど、実際十八翼議会も七：二でまだ全員が納得してるわけじゃないってことは認識して欲し――う、うちは支持に票入れてるにゃ!?　ジブにゃんそんな目で見ないでにゃあ!?」

――天翼種《フリューゲル》は、率直に。

「はいは～い!!　話全然わかんないけど、どっちって言えばダーリン踏んでくれる!?」

「……女王様がこんなのでぇ……まあ、オーシェンドも引き続き連邦支持ですぅ」

「うふふ☆　プラムちゃ～ん？　吸血種《ダンピール》も自白宣言した理由、まだ釈明聞いてないんだけど～☆　裏切ろうとしてるのはわかりきってるからぁ～吸血種を除くオーシェンド、ってちゃんと言わなきゃとダメだよ～♥」

「ボ、ボクは単にエルキアで行われてる諜報《ちょうほう》合戦を把握するために――っていうか空《そら》様がボクの間者に自白停止させてなかった方にこそ異議を申し立てたいですよぉ!?」

「そんなの～プラムちゃんがワンチャン、エルヴン・ガルドの側に付こうとしてたからに決まってるよね～☆　――いつまでアミラちゃんのことナメてんのかなこのガキ」

――海棲種《セイレーン》と吸血種《ダンピール》は……ちょっとこじれているようだが。


「【通信】全連結指揮体《アインツィヒ》より――『機凱種《われら》は二度と誓いを違《たが》えぬ』――以上《アウス》」

――機凱種《エクスマキナ》は、端的に。


「森精種《エルフ》が右回りを望むなら、地精種《ドワーフ》は無条件で左回りであります!!　あ、あ～……でも最終的には森精種《エルフ》とも仲良くしなきゃでありますか？　――マジ？　無★理であります」

「……仲良く、する必要、ない……〝許容〟……棲《す》み分《わ》け……」

「であれば問題なしであります!!　視界に入らない分にはＯＫでありまぁす!!」

そう、必要なのは理解ではない。許容である。

──地精種《ドワーフ》は、妥協に。

そして、次に視線を向けられたフォエニクラムは、きょとんとして、

「ん？　あたいも？　妖精種《あたい》らの答えなんか、今更言うまでもないのだわ？　種を超えた恋愛《つながり》こそがあたいらの望む世界──光の速さで左に回すのだわ？」

そして口の端を吊《つ》り上《あ》げ、中指を立てて続ける。

「負けてうじうじ凹《へこ》んで悩む鬱展開なんざ丸めてポイなのだわ。こちとらその敗者である──あーたらに賭けたのだわ？　負けたらやることなんか一つっきゃないのだわ──さっさと立ち上がってスカッと一発、大逆転勝利の大団円《ハッピーエンド》。それだけなのだわ✻」

──妖精種《フェアリー》は、明快に。

かくして……

「──っていうかちょっと!!　さっきからあたしの尾ひれにかぶりついてるこのワンコロ何なの!?　あたしを虐げていいのはダーリンだけよ!?　あたしを誰だと思ってんの!?」

「空が甘噛《あまが》みならOKつった、です。代わりにティルにモフらせ──」

魚類──もとい人魚《ライラ》を甘噛みする許可を空が出し、

「って、っふううう!!　おめー撫《な》でんの下手すぎん、です!!　ぶきっちょ、です!?」

「ふっふっふ、何を隠そうその通りであります!!　この世で最もぶきっちょなダメモグラそれが自分であります!!　──しろ殿〰〰〰じ、自分嫌われたでありま〰〰す!!」

その対価にティルにいづなをモフらせる許可を与える。

そのティルは、ジブリールとイミルアインに弄《いじ》られることを許容し、

「……真霊銀《ミスリル》の髪と感応鋼《オリハルコン》の瞳……やはり欲しいですね。分けて頂けないでしょうか」

「【同意】神火炉《ハーデンフェル》を保有している現在加工も可能──【質問】ちょっと捥《も》いでいい？」

「真霊銀《かみ》はともかく感応鋼《ひとみ》は二つしかないでありまぁすいいわけないでありまぁす!?」

その代償として、ジブリールがアズリールを売り飛ばし──差し出し。

かくして空《そら》は、アズリールの翼を弄るという、念願だった目標を一つ達成する。

「にゃ、にゃぁぁあ……そ、空くん？　ちょ、ちょっと……上手《うま》すぎないにゃ？　本当に目閉じてるにゃ!?　っ、んぁ……ジブにゃんの手前にゃ、姉としての威厳が……っ！」

「先輩に今更そんなものはございませんので。遠慮なく乱れてよろしいかと♥」

「そうにゃ!?　じゃ〜遠慮なく──っにゃぁぁあぁ、あっ、そこ、そこにゃぁあ♥」

などとビクンビクン悶《もだ》える天翼種《フリューゲル》の長を眺めつつ。

もじもじと指を絡める神霊種《オールドデウス》が、遠慮がちな声で友に告げる。

「の、のう依《よ》り代《しろ》。帆楼《ほろう》は──依り代と空達に争って欲しくない、と仮定するのじゃ」

──天翼種《フリューゲル》、海棲種《セイレーン》、吸血種《ダンピール》、機凱種《エクスマキナ》、地精種《ドワーフ》、妖精種《フェアリー》──そして獣人種《ワービースト》と。

たった一柱《ひとり》であろうと神霊種《オールドデウス》までもが——相争わず共存を願う様に。
……ああ、と巫女《みこ》は思う。
確かに、世界は二分された。
そう、つまり既に世界の半分は、かつて巫女《じぶん》の夢見た地平に在る。
その事実に——苦笑を零《こぼ》して。
「——ええやろ。あてが間違っとったか、判断は最後の最期にしといたるわ」
東部《とうぶ》連合《れんごう》もまた、左回りを望む、と。
改めて肩を湯船に沈めた巫女は、苦笑を深めて酒杯を呷《あお》る。

——果たして。
その巫女の笑みと、空と白《しろ》が浮かべている表情《かお》。
言葉にされないその繋《つな》がりに気が付いたのは——ステフだけだった。

■■■

連邦首脳会議も終わり、皆が帰路についた後。
ステフはやや閑散とした、夜のエルキア王城内を歩いていた。
右手にバスケットを抱え、左手の小さな角灯《ランタン》で先を照らして、思う。

——この廊下、こんなに足音が響くものでしたっけ。
人気《ひとけ》がなく静まり返っているのは、城の者の大半が共和国側へ離反したためだが……
息を吐き、暗がりを歩くステフが探しているのは、空《そら》と白《しろ》だった。
連邦首脳会議——あの場では力強く響いた空の声、頼もしげな表情《かお》に。
だがステフは、そうと気付いたからだ。
二人の自室や、図書館は真っ先に訪ねてみたが——どこにもその姿はなかった。
だからこうして、あの兄妹《ふたり》が引き籠もっていそうな暗がりを探して歩き回って。
——ようやく。
曇った夜空の下、月も星も隠れた夜闇の中。
ステフは、ぼんやりと端末の明かりに照らされる二人の姿を見つけた。
そこは、エルキア王城のバルコニーだった。
大広場を眼下に見渡せる、かつてエルキア王戴冠式で空が演説を行った場所。
(——思えば、全てここから始まったんですのよね……)
と、つい感慨に耽《ふけ》って立ち尽くしていると、
「…………ん？　ステフ？」
「……どーした、の……？」
こちらに気付いた空と白が顔を上げて、声をかけてきた。

ステフは慌てて感慨を振り払うと、意識して笑みを浮かべ、

「いえ、久しぶりにお菓子を焼きましたの。でもお二人が見当たらなくて──」

そう差し出すバスケットの中身は、手作りのドーナツだ。

「おう。いつもさんきゅー」

「……ん。おいしい……よ」

礼を言いつつ受け取り、早速ぱくぱくとかぶりつく空と白。

──それはいつもと変わらない、兄妹の反応。

そんな二人の様子に──やはりと根拠のない確信を深めて。

ステフは一瞬躊躇《ためら》い、だが思い切って、訊《たず》ねた。

「あ、あの……やっぱりソラとシロ……落ち込んでますわよ、ね……？」

それは──答えの分かりきった愚問だった。

──『　』《くうはく》に敗北はない。

散々とそれを口癖にしてきた二人である。

対帆楼《ほろう》戦でジブリールに喫した、勝利に勝る敗北とは違う──本物の敗北。

落ち込んでいないはずがない、とそう思っていたステフは、だが──

「ん？　いや別に……落ち込んではねえけど？」

空《そら》の不思議そうな顔での回答に、ステフはポカンと口を開けた。

「いやまーもちろん、悔しくないわけじゃないぞ？　つーか負けて悔しくないゲーマーなんかいねえから。そりゃもー本音を言えば奇声発しながらキーボード真っ二つにしてキーが全部宙を舞うまで机に殴りつけたいくらいには悔しいわけだけれども？」

「……にぃ、悔しがる、にも……品性、って……あると、思う……」

ともあれ、悔しさは認めつつも。

「でも、ゲーマーが負けてすることは、少なくとも落ち込むことではないだろ」

「……ん。敗因の分析……考察と、対策……戦略の再考、から、の……」

「〝再戦《リベンジ》〟——んで〝勝利〟だ。落ち込んでる暇があるなら頭を回せってこった」

その言葉に、一切の虚勢は感じられなかった。

こんな時に二人が口にするに違いない、心からの信念《こたえ》だと思えた。

だけど、それでも——

「っつーわけで俺ら、今回の敗因の分析……っつーか反省会で忙しいから。特に用が無いなら悪いけど白《しろ》と二人にしてくんねえか。あ、差し入れはありがとな。マジで」

「……ステフ、いつもありがと……ね？」

ああ……やっぱり、と。ステフは空いた右手を握りしめる。

――言われるままにこの場を立ち去るべきではない、と。

そう告げる己の直感に従って、踏み止まった。

「あ、あの！　巫女《みこ》様も言ってましたけど――お二人、本当に負けたんですの？」

「ああ。負けた」

一瞥《いちべつ》もせず、空は即答した。

「どーしようもなく完璧に。これ以上ないってくらいの大惨敗。派手に負けたなぁ」

「……ぼろっぼろ、の……ズタ、ボロ……ここまでの完敗、は……はじめて」

その答えに、息が詰まる。だがステフはなおも食い下がって、首を振った。

「で、でも!!　確かに危うくエルヴン・ガルドに詰まされそうになりましたけど。森精種《エルフ》の情報独占を回避しましたわ。地精種《ドワーフ》と、フォエニクラム――奴隷になってない妖精種《フェアリー》の皆さんまで仲間にして――でしたら〝一勝一敗〟……引き分けじゃないんですの？」

……確かに、今回の顛末《てんまつ》は偶然に助けられた部分が大きい。

空達の贔屓《ファン》だというフォエニクラムと、味方ですらない『聡龍《レギンレイヴ》』の介入――

だが結果論であろうと、事実としてエルキアを取り戻した。

森精種《エルフ》の目論見《もくろみ》は失敗し、分裂しかかったエルキア連邦も、結束を新たにした。

世界の半分を敵に回して――それでも対抗できるほどの大勢力が成ったのである。

なら、勝敗は〝引き分け《ドロー》〟が妥当では――と訴えるステフに、

「……〝一勝一敗〟じゃ——結局一回は敗北《まけ》てんだよ……」

だがついに、空《そら》の表情が——隠しきれない焦燥に歪《ゆが》んだ。

「この世界を制覇《クリア》するには、ただの一度も敗北は許されなかったんだよ」

それは、空と白《しろ》が常日頃から口にしている台詞《せりふ》——ではない。

同じ言葉、だが微妙なニュアンスの違いを感じ、ステフは喉を鳴らした。

「……どういうことですの？」

声を震わせながら、だが視線はまっすぐ揺らさずに空を捉える。

空は無言——だがやがてその眼差《まなざ》しに根負けしたように、口を開いた。

「ステフ。対帆楼《ほろう》戦——ジブリールとのゲームで言ったこと覚えてるか？」

「……色々言われましたけど。どれのことですの？」

「〝下手に勝ちすぎるとどうなるか〟——って話だ……」

ステフは頷《うなず》いた。その話なら覚えていた。確か——

「複数人が対戦するゲームでは、下手に勝ちすぎると他のプレイヤーを警戒・結託させてしまって袋叩《ふくろだた》きにされる……でしたわよね？　ジブリールが自滅した理由でしたわ」

そう——まさしく、それこそが。

かつての『大戦』が永遠に終わらなかった理由であり。

そして『十の盟約』でゲームになろうと、今なお変わらない真理である。

──全種族を束ねて世界を変える。
たとえ無血でも、犠牲を出さずとも、どんな建前や、お題目を並べたとしても。
それを望まぬ者にとっては、それは侵略行為以外の何物でもなく。
ただの──〝世界征服〟なのだ。
故に世界征服が必ず失敗するのと同じ理由で、空達の目的もまた必ず失敗する。
そう──普通にやれば。
普通の手段では、この世界《ゲーム》はクリア不可能なのだ──だから。
「だから──結託される前に『奇襲』で一気に勝ち抜ける必要があったんだよ」
まず、取るに足らない相手だと認識させ。
次に、下手は打てない相手だと錯覚させて。
さらに神霊種《オールドデウス》さえも降《くだ》せる必勝の切り札を匂わせて。
それを誰が握っているか、疑心暗鬼に陥らせて。
かくて徹底的に、他のプレイヤーを結託できなくするよう立ち回ってきたのだ。
──『　』《くうはく》は必勝である必要があった。
──『　』《くうはく》には一度の敗北も許されなかった。
それは空と白のモットーとは別に──絶対に達成しなければならなかったこと。
この世界《ゲーム》を攻略する──『必須条件』だったのだ。

「だが当然それも限界がある。一定以上勝ち続ければ、結局はリスクを許容してでも結託される。既にエルキア連邦は肥大し過ぎていた——時間の問題だった」

人類種《イマニティ》、獣人種《ワービースト》、天翼種《フリューゲル》、海棲種《セーレーン》に吸血種《ダンピール》、機凱種《エクスマキナ》に、たった一柱だが神霊種《オールドデウス》まで。

十六種族《イクシード》のうち、既に七種族がエルキア連邦に下っていた。

過半数に達する直前だったそれが、暗躍できる限界点だったのだ。

「——だから毒を盛った。三種族……理想は四種族以上一気に平らげる『毒』をな」

成功すれば十種族、決定的成功《クリティカル》なら十一種族以上がこちら側に加わる。

残すは六、ないしは五種族のみ。

もはや結託しても覆せない盤面まで一気に持ち込み、大勢を決しようとした——

「だがそれを読み切られた上に、利用された。……つまり、敗北だ」

そして——『　《くうはく》』に必勝の切り札などないことが、これで露呈したのだ。

空《そら》と白《しろ》は、確かにテトの召喚した異世界人であるが。

なんら特別な力も後ろ盾もない、当然に負けうる——ただの人類種《にんげん》であると。

少なくともエルヴン・ガルドには確実に気付かれた。

むしろ『対エルキア連邦戦線』が結託できた最大の理由は、こちらだろう。

「……要するに。もう今までのやり方——奇襲は通用しなくなったんだよ」

するとどうなるか？

敵は〝普通の手段〟で空達を潰しにかかってくる。

そう、つまりは全面戦争という——由緒正しい正攻法で。

武力が禁じられた世界といえど——直接交戦以外のことは、全てやれるのだ。

経済戦、外交戦、民間単位の切り崩しや妨害を、世界の半分が結託して行う。

——こうなってしまえば、大なり小なり必ず犠牲は出始める。

たとえば東部連合《とうぶれんごう》があっさりと詰まされそうになり——ハーデンフェルを味方につけていたことで辛うじて回避できた——今回のような事態が、この先無数に発生していく。

その流れは、もう止まらない。

もはや空と白——二人《ひとり》のゲーマーがどうこうできる話ではなくなったのだ。

そして……それを決定づけたのが今回の、空と白の敗北であり。

それ故に——〝大敗北〟なのだ、と。

そう顔に陰鬱な影を落として語った空に、だが——


「——え？　でも、それこそ時間の問題でしたわよね？」

きょとん、とステフは首を傾《かし》げ、問うた。

「……へ……？」

目を丸くする兄妹《ふたり》の反応に、だがステフはむしろ疑問を深めて訝《いぶか》しげに告げる。

「だって、お二人がいくら強いゲーマーでも――ただの人類種《ひと》ですわ？　いいえ、むしろただの人類種《イマニティ》よりだいぶ下らへんの……割と人《にんげん》として最低限のラインを下回ってる感じで失格的な、どこに出してもアレな部類のダメ人類種ですわ？」

「……いや……あの」

「読み間違いやミスで絶叫なんて日常ですし、全てが想定通りに運んだことなんてありませんでしたし、今までずっと――危ない橋をその場しのぎの思いつきとハッタリと勢いでどうにかフォローして、辛うじて勝利を拾ってきただけですわよね……？」

微塵《みじん》の悪意もなく――純度一〇〇％の疑問を浮かべたステフの視線に――

「……ステフ。おまえこの空気でも容赦ねえな……」

「……ちょ、ちょっと、は……手加減、して……？」

そう、こんな些細《ささい》な疑問で涙目になる程度には。

空《そら》と白《しろ》は、ただの人にすら劣る存在であり。

――かくも自明な真実を前にしてよもや、とステフが言う。

「そんなお二人が、まさか本当に〝一度も負けない〟とでも思ってましたの？」

「…………いや、まあ。さ、さすがにそこまで思い上がってはなかったよ……」

死体蹴りも真っ青なステフの言葉責め《メンタルアタック》に震え慄《おのの》きつつ……。

一周回って可笑《おか》しくなってきた空は苦笑して、想《おも》う。

ああ、その通り――そもそも『空白《くうはく》』の手はいつだって。

――『一歩でも踏み外せば谷底のタイトロープ』である。

当然、読み違え、踏み外すこともある。だから踏み外した場合を予《あらかじ》め想定する。

無論、ミスをして落下もする。だからそれすらも前提として戦略を編み上げる。

それでもなお想定を超えられる故に、リカバーも必死に行う。だからこそ――

「そりゃ、いずれは致命的にミスって負けるだろうとも、当然覚悟はしていたさ」

そしてその〝敗北後のリカバー〟を、如何《いか》に最速――かつ最適に行うかと。

未知の敗北を帳消しにする一手を、如何に打てるかが勝負になるだろうと。

そう、思っていた――だが。


「けど俺ら、今回は――ミスなんか一つもしてないはずなんだよ」

「…………はい？」

「白と二人で、何度考察してもなんで負けたかわからないんだよ」

何度再検討しても、空達の仕込みは――『完璧』だったのだ。

たとえ空達の手が読めても、回避するには〝関わらない〟以外なかったはずなのだ。

それは、あの感性《センス》の怪物――〝なんとなく〟で全てを看破する最強の地精種《ドワーフ》ヴェイグ・ドラウヴニルすら、後手に回らせたという事実が保証してくれている。

空達の計画は――『不可避かつ完璧』だった――と。

「一つとしてミスすることなく——完璧に計画を遂行して、その上で全てを利用された。じゃー一体どうすりゃ負けなかった？　……コレが、まるでわからねえんだよ……」

——エルキア全土を空間位相境界に閉じ込める。

これには事前同意が必要だった。

商工連合会《かんじゃたち》——議会が自白を宣言してからの、場当たり的な対処ではあり得ない。

最低でも議会全員の同意を——それぞれ異なる種族からの間者だった議員全員の同意を得る必要があったのだから、事前に仕組まれていたのは間違いない。

問題は、その時期。

果たして、誰がどの種族の間者なのか——

空《そら》達が読み切ったそれを、空達よりも更に前から読み切って仕込んでいなければ、こうも鮮やかに裏をかけるはずがない。

だがそれは、空達に必勝の切札があると想定していれば思いつかないはずの手だ。

すなわち——空達が徹底的に伏せてきたタネを。

『　』《くうはく》がなんら特別な力も後ろ盾も持たない、ただの人類種《イマニティ》であると把握し。

だが、それでも神霊種《オールドデウス》すら降《くだ》せるという——あり得ないはずの矛盾を想定して。

その上でなければ——決して打てないはずの手なのである。

……ならばそれは、いつから気付かれ、いつから読まれていたのか。

何度考察し、どう考えても──最低でも帆楼とゲームする前からだ。
ともすれば、東部連合を飲み込んだ時点……あるいは、それ以前から……
そこからの空達の行動を、目的を、暗躍を──全て想定し、読み切る。
──そんなことが、あり得るのか。
あり得るなら。だとすれば。もっと遥《はる》かに深刻な問題として。

俺達は──そんな怪物に、勝てるのか？

エルヴン・ガルドが〝最初から全てを読んでいた〟のだとしたら……？
エルキア連邦を築き上げ、他種族のコマを──集めさせていたのだとしたら？
そんな疑念が浮かんだと同時──気が付けば、空と白《しろ》はここにいた。

──エルキア王城のバルコニー。
全てを始めたこの場所の──この時点から、既に読まれていたとしたら？
あり得ない。考え過ぎだ。自分達こそ疑心暗鬼に陥っている──それだけのはずだ。
だが──万が一──……？
果たして、何もかもが疑わしく思えてきて、空と白は思わず背筋を震わせる。

……自分達こそ、誰かの画策によって、ただ動かされているだけの。

ただこの世界を、破滅させるための——コマに過ぎないのでは、と。

この世界に来て初めて主導権を奪われ——動かされている不安に……

「……なあステフ。俺らがやろうとしてること——本当に間違ってねぇのかな」

耐えきれず、ついに空《そら》の口から零《こぼ》れ落《お》ちた、疑念。

言葉にしてしまえば、心臓を掴《つか》み取《と》られたような悪寒が走る、それ。

自嘲とも懊悩《おうのう》ともつかない、それは——だが、

「はい？　間違ってますわよ。今更何を言ってるんですの？」

小首を傾《かし》げたステフの平然とした声に、一刀両断に切り捨てられた。

————…………

……え、えええ…………

「ソラとシロはずっと間違ってますわ。人として間違ってますし、やることなすこと全部道から外れた間違いですわ。頭のネジが残らずトんでるからそんな間違いを積み重ねられると思ってましたけど、その自覚すらなかったとなりますといよいよ深刻ですわね？」

「「…………」」

唖然《あぜん》と、呆然《ぼうぜん》と固まるしかない空と白《しろ》を見つめ、ステフは重ねる。

「ええ。お二人がやろうとすることは、いつだって間違ってますわ」

――でも、と一息。

声のトーンを変えないまま、ステフが続ける。

「ソラこそ対帆楼《ほろう》戦――ジブリールとのゲームで、私《わたくし》が言ったこと覚えてますの？」

「……色々、言われましたけど……どれのこと、ですの……？」

意趣返しのような質問。

あえて乗って問いを返した空に、

「〝誰かを犠牲にするなら誰かと言わず全員死ね〟――暴論《まちがい》そのものですわ」

――答えたステフの天上、星が輝いていた。

「でも〝だからこそ誰も犠牲にしない〟――是が非でも徹したいその暴論は」

気付けば雲が晴れ、青白い光に満ちた世界を背に――

「それだけは、絶対に――間違ってませんわ」

月明かりに照らされて、ステフはたおやかに笑って断じた。

変わらない声と、変わらない笑みと、変わらない眼差《まなざ》しで。

――そう、何も変わっていない。

空達のやろうとすることは、いつだって間違いだらけだろう。

けれど、その先――〝手段〟の先にある〝目的〟だけは。
それを望み――エルキア連邦《じぶんたち》が抱く、その願いは。
この世界の誰より――絶対に正しくて、間違ってなどいないと。
故に、ステフは、本来なら空《そら》が口にすべき台詞《せりふ》を、

「別にいいじゃないですの。一つの犠牲も認めない――それを貫こうとするソラ達のせいで滅ぶ世界だと言うのでしたら――誰がやってもどーせいつか滅んだ世界ですわ♪」

「…………」

そう苦笑して、小さく舌を出して告げて――

「あっ、もちろん簡単に滅ぼさせないために!? 私《わたくし》や巫女《みこ》様、いのさんが死ぬほど頑張るんですのよ！ いづなさんも。ジブリールやアズリールさん、イミルアインに、機凱種《エクスマキナ》の皆さん、ティルさんに女王《ライラ》様方、それにフォエニクラムさんに帆楼《ほろう》にプラムさんさえ――要するに連邦の皆《なかま》さんはその為《ため》にいるんですのよ」

慌ててそう付け足したステフに、空と白《しろ》は思う――

ああ――〝世界を変える〟……、
そんなことは、元より最初から。

二人《ひとり》のゲーマーがどうこうできる規模の話だったことなど――なかったのだ。

「お二人は似合わないこと考えず、いつも言ってる通りにしてりゃいいんですのよ」

だから——そう。空と白は、いつも通り。

ただ今まで通り——安心して世界をかき回せと。

「ゲーマーはゲーマー・・・・・・らしく。誰にも背負えやしない責任なんて考えず、黙ってゲームのことだけ考えてりゃいいんですのよ。それだけが取り柄じゃないですの♪」

お二人の背中《うしろ》には、常に自分《わたくし》がいるから、と……

星より輝く、眩《まばゆ》い笑みでそう告げたステフに、

「……あのさ……ステフ。ちょっと、さ」

「……『ママ』って、呼んでも、いい？」

「どういう脈絡ですのよ!? え、なんかイヤですわ!? お断りしますわ!?」

圧倒的な包容力……母性《ママみ》さえ感じて空と白は思わずそう呟《つぶや》いた。


自分達の一手目。このバルコニーの演説から始まった全て。

だがその時、自分達の背中《うしろ》には、もう——ステフもいたのだ。

それはこれからも。この先も。

世界さえ変えようと、変わらないのだと。

そう確信して、

「んじゃとりあえず──白《しろ》と二人にしてくれって前言、撤回だ」

「……反省会……ステフ、も……付き合、って……くれる？」

「ふっ！　言っておきますけどゲームに関わる部分はサッパリですわ!?」

「ああ。そこはアリの触角の先ほども期待してないから。安心してくれ」

「そのレベルで言い切られるとさすがに凹《へこ》みますわ!?」

紅《あか》い月と星空に照らされた、空《そら》と白の笑みが──いつも通りに戻ったことに。

ステフは安堵《あんど》と共に、そう叫んで応えて。

かくてドーナツを片手に、未来を賭けたゲーマー達の夜は更けていく……


…………──


ああ、ゲーマーはゲーマーらしく。

負けたらやることも、変わらない。

自分達を負かした奴《やつ》の名前を、百回負かすまで忘れないことだ。

すなわち──エルヴン・ガルド……いや、《アウリ＝エル》──

──森精種《エルフ》全権代理者──アウリ＝エル・ヴィオルハート。

勝ち越させてやると思うんじゃねえぞ……？

■■■

そのやり取りを、地平線の彼方《かなた》に聳《そび》える、巨大なチェスのコマ。

——黒いキングの頂で、足をばたつかせつつ眺める少年がいた。

正確には、少年でも人でもない——ダイヤとスペードを宿す瞳で。

唯一神テトは、自身の著す本に視線を落として笑う。


「白紙だった本も随分埋まってきたね。いよいよこの物語も終盤かな？」

どこまでも楽しげに、だがどこか寂しげに。

尽きない想《おも》いを胸に抱き、テトは本の頁《ページ》をぺらりとめくる。

……さて、このくだりはなんと綴《つづ》るべきだろう、と。

遠く、星空に浮かぶ紅《あか》い月を見つめて、しばし考え込み。

果たして——唯一神の受ける天啓とは、何処《どこ》のものか。

何らかの閃《ひらめ》きを得たように、テトは本の白紙に羽根ペンを走らせた。

「〝最弱の再来〟——その天敵はやはり〝最強の再来〟だった、と☆」

——うん、いいね♪　と。

己の記した文章を一頻《ひとしき》り満足げに眺め、そして改めて視界を遠くに投げる。

その瞳が映すのは、いよいよ後戻りできない局面へと動き出した世界。

己が創った世界――永らく機能不全だったゲームがとうとう終了となるのか。

それとも期待した通り――今度こそ最高に楽しいゲームへと昇華されるのか。

伸《の》るか反《そ》るか――六〇〇〇年越しの、一世一代の大博打《おおばくち》。

唯一神さえも知り得ないその結末が、果たして何処へと向かうのか。

いよいよ最大の山場へと突入する盤面に、テトは多分な熱を込めて――


「『……また、近いうちに。――今度は、チェス盤で』」

今も胸に刻んだ、約束を口ずさみ。

心から待望する未来を想って願う。

「約束を果たすなら、彼が最大の壁だよ『　　《くうはく》』さん」

できるよね？　期待するよ？　信じてるよ？

だから、はやく、ここまでおいで。

世界も――〝彼〟ごと、全てを引き連れて。

みんなでゲームができる――そこまで迫った。

――未来《ここ》まで、おいで――と………

テンポラリーエンド

いまだ多くの問題、課題は山積しながらも。

仮初めの日常を取り戻したエルキア王城を、愕然《がくぜん》とした声が震わせる。

「カップルにならなきゃ出られない空間!? 何故《なぜ》自分参加してないでありますかっ!?」

——エルキアが消えていた間に行われた、フォエニクラムとのゲーム。

今更その内容を知ったティルの魂の叫びに、玉座の空《そら》と白《しろ》は、耳を塞ぎつつ答えた。

「そりゃまあ、ティルを含むハーデンフェルの件は、ガッツリ『毒』に関わる記憶だったからだろーな——っていうか、え？ ティル参加したかったのか……？」

「……したと、して……にぃ、と……しろ、どっちが、目的——」

「え!? そ、それで!? け、結果はどうなったでありますかあァッ!?」

警戒を滲《にじ》ませる白の半眼には気付かぬ様子で、問いを重ねたティルに、空は思う……

ふむ……結果がどうなったか……？

答えは〝どうもこうもない〟である。

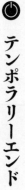

そもそも恋愛感情を増幅される空間、故に発生していた感情、カップリングだ。

ゲームが終わればそれらの感情は元に戻る、というフォエニクラムの言葉通り。

何事もなかったかのような日常に戻っただけである。

——いや……訂正しよう。

空にとっては、大きな変化があった。

そう——

「俺が『一生彼女を作らない』ことを盟約に誓わされた」

「そのゲームから、どういう経緯を経ればその結果に至るでありますかっ!?」

答えた空にティルの疑問の悲鳴が上がるが、それが事実である。

——結局のところ、すったもんだが無数にあった今回のゲームは。

だがゲーム終了後も影響の残った唯一の結果は、それだけだった。

「え、じゃ、じゃーそら殿、もう一生彼女を作れなくなったでありますか!?」

「うむ。その通り」

「——……あれ？　でもそら殿、全然残念そうじゃない、でありますね……？」

ああ……全く残念ではない。

むしろこんな純粋な気持ちは、果たしていつ以来だろうか、と。

澄み渡った晴天のような笑みを浮かべる空に、ティルは首を傾《かし》げた。

そも――人は何故《なぜ》、悩み、苦しむのか。
かつて空《そら》達の元の世界――二六〇〇年もの昔に、その答えを求めた者がいた。
長い修行の末にその答えに至り、そして悩みと苦しみから解脱し、目覚めた。
かの偉人に曰《いわ》く、その答えは――『執着』にあった。

――人は生まれ、そして死ぬ……決して覆らぬ絶対の真理である。

いかな財宝も、極めた栄華も、万象全ては等しく流転し、例外なく塵《ちり》と化す。

この真理を受け入れず、食い止めようとする、その執着故に……人は苦しむのだ。

そう……かくて空は、その執着をついに捨てさせられたのである。


――己には未来永劫、彼女ができない――

その疑惑は、盟約の力により、万象流転に等しい真理と〝確定〟したのだ。

今や空にとって『彼女』とは――水面《みなも》に映る美しい月の如《ごと》きもの。

もはや届かぬことを嘆く必要も、悩む必要もなくなったのである――

「【無念】当機がご主人様と結ばれる明るい未来を恒久的喪失。【報告】『絶望』と定義される感情を再観測。ぶっちゃけ世界情勢なんてどうでもいい。当機ひたすら傷心……」

「ありがとうな、イミルアイン。俺には身にあまる好意だったよ。その気持ちに応えてはやれないけど――今後も仲間《ゲーマー》として付き合って貰《もら》えれば嬉《うれ》しい。ごめんな」

そう──応えられなくなったのである。

盟約によって〝決して応えることができなくなった〟のである──っ!!

「マスターの彼女など元より恐れ多く。今後ともお慕い申し上げさせて頂ければ」

「ジブリールも、ありがとうな。今更だけど、おまえにはいつも助けられてる。これからも白《しろ》と二人、主《あるじ》として──また仲間《ゲーマー》としても、頼りにさせてくれるか？」

「嗚呼《ああ》……私如きになんと過ぎたお言葉……っ！　恐悦至極に存じますっ！」

そんな美少女らの好意に、嗚呼……もう応えられないのである！

もはや空の意志とは無関係に、そう無関係に！　全てが今や遠い星の光なのだ!!

決して届かぬ、故にこそ美しく尊いものを見て、空はただ穏やかに微笑する。


──なぜ俺はモテないのか？

長らく煩わされた問いに、もう悩み苦しむ必要はなくなったのである。

何しろ『原理的に不可能となった』のだからして……っ!!

かくて執着を捨て、真理を得て、かつての偉人と同じ境地へ至った空は。

ついには全く異なる教えの、その書の一節の意味さえ理解するに至った。

それは、地獄への門に刻まれているという、一節──

──『この門を潜る者。汝《なんじ》、一切の希望を捨てよ』……

その一節こそ、きっと神の用意された〝最後の救済〟だったのだろう。

永遠に続く地獄での罰も――だが、一切の希望さえ捨てれば。
少なくとも、もう……悩み迷い、絶望に涙する日は来ないのである……
「ほらドラちゃんも。フラれた仲間でございましょう♪」
「はぁ!? わ、私《わたくし》はフラれるも何も、ソラに何も――」
「【推奨】もう叶《かな》わない恋。ドー様も最期くらい素直になるべき。おいで《カームンジー》」
故に、そんな百合百合《ゆりゆり》しいやりとりも、空《そら》はただ慈しみの目で眺められる。
嗚呼《ああ》……自分は何と愚かだったのだろう。
白《しろ》がいて、これほど美しい少女達を拝むことができる。
それだけで己は十分に幸福で、世界は光に満ちていたではないか。
彼女候補などと、余計な劣情を抱くから、そこに悩みが生じたのだ。
根本的に誰とも恋人になれないのだ――と、そう確定してしまえば。
悩みは晴れ、ただただ可愛《かわい》いものを愛《め》でる純粋な心境でいられるのである……
それは、やがて散りゆく花を愛でるように。
決して届かぬ夜空の星々に、涙するように。
絵の奥――次元を隔てた美に恋するように。
ただ慈しみの念で以《もっ》て、接することができるのである……

嗚呼——今ならそれらを素直に祝福できる。

己が介在しない美少女達の恋愛。なんと崇高であろう。

妖精種《フェアリー》——フォエニクラムの気持ちが今ならわかる……っ!!　と。

かくて無風の湖面の如《ごと》く穏やかな空の心は——だが。

「ん？　空くんが盟約に誓ったのは『一生彼女を作らない』ことなのだわ？」

唐突に現れた妖精《フォエニクラム》の少女は、その心に一石を投じる言葉を続けた。

そう——湖面に問答無用の波を起こす大岩を、ぶん投げるようにして。

「彼女以外は——つまりは『愛人』とか『セフレ』——『ハーレム』だってセーフだし、なんなら『彼女』飛び越して『妻』を作るぶんにはなんら盟約に抵触しないのだわ✽」

その瞬間——間違いなく時間が止まった。

少なくともこのエルキア王城、玉座の間においては明確に。

そして、再び時が動き出すと——一斉に。

「「「…………」」」

悲しみに包まれていた美少女らの視線に、熱が戻るのを空さえ解した。

こいつ——何故《なぜ》。

せっかく全ての希望を捨てて平穏を手に入れたのに……っ!? と。
そう睨《にら》んだ空《そら》への答えは、だがフォエニクラムの笑顔が雄弁に語っていた。
——その方が面白いからに決まってるのだわ✽と——

「……よ～し。どーどー。まー待ちたまえよ諸君、落ち着こうか。ん？」
にじりにじりと、空との距離を詰めだした一同に。
だが、辛くも大岩を受け止めた空は、両腕でそれらを遮って告げる。
ふ、ふふ……危うく一瞬揺らぐところだったが、大丈夫だ。
フォエニクラムのゲーム——その結果は、もう一つあったのである。
いや、それはゲームの結果ではなく——ただの〝再認〟だったが。

——自分は、白《しろ》と二人で一人。
白が自分を拒む——その日までは、ずっと一緒だ。
それは盟約にさえ優先される、絶対の『約束』だ。
あまりに当然故に失念していた絶対《やくそく》を前には、もはや盟約さえも無関係！
百歩譲って、己一人が彼女らとそういう関係になるのを望んだとしても！
その決定権は——自分一人のものではないのである!!

己の半身たる白が『NO』といえば無条件で『NO』なのである！

よって、フォエニクラムの言があっても何も変わらない!!　と。

そう確信し、膝上《ひざうえ》の白に同意を求め視線を落とした空に――

だが。

返されたのは、かつてこの世界に来た最初の日の夜と、同じように。

また空が夢見たのと同じように、親指を立てた白の、この答えだった。


「……にぃ、どーてー卒業……おめ」

「なんで今になってそうなん!?」

ナンデ!?　逆にナンデ!?

じわじわにじり寄る気配から逃げるように、空は重ねて叫ぶ。

「いやいや待て待て待てって白!?　おまえらも!!　ウェイト!!　俺に一生彼女作るなって言ったの白だぞ!?　何でそこでGOサイン出すんだよ本格的に意味わかんねえよ!?」

だがそう疑問に喘《あえ》ぐ空に、ただ無言で。

薄く微笑《ほほえ》む白の答えは――単純《シンプル》な論理《ロジック》だった。

（……にぃ、は……しろを、絶対……ひとりにしない……）

そう――兄《にい》は何があろうと、白《しろ》の側《そば》から離れたりしない。

誰にも盗《と》られることもないし、何処《どこ》へも行ったりしない。

兄《にぃ》と白《しろ》は、恋人どころか夫婦さえ超えた絆《きずな》で、とっくに結ばれている。

なら、兄《にぃ》が誰に手を出そうが、出されようが——些末《さまつ》な問題だろう？

（……にぃ、将来的には、しろに手、出すの……『約束』した……なら、さっさと童貞、卒業させて……ハードル下げる……ほー、が……しろ、好都合……うぇるかむ）

——むしろ、他の子に手を出させてしまえば。

今度こそ——白に手を出さない口実を完全に失うのである!!

そう——恋人も、愛人も、セフレも。なんならハーレムさえも。

白が再確認した、己の地位を前にしては、悉《ことごと》く無に等しいのだ。

すなわち——『第一夫人』にして『正妻』——

つまりは——————『正ヒロイン』という、究極の地位。

決して揺らがぬ不動の座、その余裕を取り戻した白は、故に、問う。

「……で、にぃ……最初は、誰にする……の？」

「ふ……ふっふっふのふ、でありま～す!!　そ～～いうことでありましたら自分に任せるであります!?　弟の筆下ろしは姉の務めって相場が決まってるであります!!」

「どこの文化圏の話⁉　ハーデンフェルそんなエロ漫画みたいな風習あんの⁉　ていうかマジで一回確認させてくれ——ティルの〝姉設定〟って結局有効なん⁉」

「マスターの元の世界でも、一人前の男にするため婚約者よりまず熟女で性技を磨かせる風習があると存じております。でしたら熟女——この中で最年長たる私が——」

「中世のごく一時代ごく一地域の限定極まる文化を持ち出すな‼」

「【推察】ご主人様は妹様に操を立てている……【報告】当機機凱種《エクスマキナ》。心なき機械。ただの道具。道具との行為は自慰と等価。当機となら一切支障は生じない。だいて《うまーむん》？」

「都合のいい時だけ機械自称すんな‼　道具は恥ずかしげに抱いてとか言わねえよ⁉」

「選べないのでしたら、どうでしょう。全員まとめてというのは♥」

「ちょっと待ってくださいな⁉　その全員ってもしや私《わたくし》も含まれてますの⁉」

「ぬぁっはぁ～✽　やっぱ異種恋愛、最高なのだわあ⁉」

「なあ⁉　テメーはコレを恋愛って言い張るのか⁉　それでいいのかああ⁉」

もはや全ての元凶と言ってもよくなったフォエニクラム。

そのやりとりを文字通り酒の肴《さかな》と、美味《お》しそうに酒を呷《あお》る姿に吠《ほ》えて空《そら》は思う——

ああ——やはり不可能だったのだ。

自分《ざこ》ごときが、かつての偉人の如《ごと》く——悟るなど。

わからない。やはり何も。そもそもの話。

美少女に迫られ、白《しろ》もOKしているのに——何故俺は拒んでいる⁉

——もしや俺、本当はモテたいとさえ思っていなかったのか……？

もはや何もわからない。

いつになれば俺はこのルールのわからんゲームから抜け出せるのか……

「空《そら》くん空くん！　いづなちゃんには手ぇ出さねーのだわ⁉　ぜひ獣人種《ワービースト》も絡んで欲しいのだわ～～エルキア取り戻すのに『魂』使い尽くして今金欠やっべーのだわ⁉　配信してがっぽり稼ぐのだわ⁉　あと神霊種《オールドデウス》——帆楼《ほろう》ちゃんも!!　ていうか吸血種《ダンピール》の男の娘《こ》も希望するのだわ！　あとあと、あたいの情報では爆乳森精種《エルフ》と貧乳人類種《イマニティ》の百合《ゆり》っプルもいるはずだったのだけれど、どこに隠してるのだわ⁉」

「これ以上ややこしくすんな⁉　つかあの二人がここに居るわけねぇだろ!!」

更なる混迷を望む声に、そう悲鳴で答えて。

果たして空は、無数に差し伸べられる美少女達の手を振り切って。

いつも通り——ただ白の手を掴《つか》んで、わけもわからず逃げ出した……

■■■

ルーシア大陸の西――ヴァラル大陸。

そこは二ヶ月程前まで、エルヴン・ガルド・ティルノーグ州と呼ばれていた。

わずか七日前までは、エルキア連邦の飛び地領土として開拓中だった土地でもあり。

そして現在《いま》は――『エルキア共和国』となった地であった。

都市は未だ森精種《エルフ》領だった頃の面影をそのままに、開拓時の熱気を飛び越えてつい最近連邦から逃げ出した――移住してきた人々でごった返していた。

その首都中央、大通りが集う場所に、大きな白亜の建物がある。

ティルノーグ領主だった森精種《エルフ》の屋敷改め、エルキア開拓公社庁舎となり。

そして今や――エルキア共和国の政庁に指定された建物。

その中の議事堂では、現在――即席で組織された議会による議論が――否《いな》。

議論などと呼ぶべくもない、ただ口汚いだけの罵詈雑言《ばりぞうごん》が飛び交っていた……


――それも当然だろう。

この場にいるのは、その多くが元《商工連合会《ぎかい》》――他種族の間者《スパイ》であり。

要するに他種族の支援で同業者を出し抜き甘い汁を吸っていた連中であり。

つまるところ己《おの》が利益の為《ため》に国を売った、売国奴どもに過ぎない。

己とその支援種族の利を優先するだけの連中に、まともな議論など望むべくもなく。

あまつさえそんな連中が、言うに事欠いて『我らこそ真に人類種《イマニティ》の行く末を案じる正当なエルキアである』などと宣言したのだから、もはや笑えないジョークである。
何より笑えないのは、きっと全くの本心からそう宣《のたま》っていることだが……

——なるほど、連邦のほうもさぞ大変でしょうけれど。
共和国《こっち》は共和国《こっち》で、ゴミとクズの掃きだめなのよ、と。
作り笑顔の裏で舌打ちと罵倒を重ね、少女は扉を押し開ける——直後。
——しん、と。
議場に現れた二人の少女の姿に、唾を飛ばしていた議員達が一斉に押し黙った。
——これも、当然だろう。
なにせ彼らが今そこで騒いでいられるのは、その二人のおかげなのだから。
本来、ステファニー・ドーラによって裁かれるはずだった国賊ども——
彼らはその直前で自分達を逃亡させ、ここに座らせた少女らの言葉を、じっと待つ。
そう——淡い金色の髪を靡《なび》かせる森精種《エルフ》を連れ。
無言のまままっすぐ議場を進む、黒髪の人類種《イマニティ》。
議員達の探るような視線にも揺らぐことなく、議場の最上位席に座った少女。
——すなわち。

エルヴン・ガルド派遣監査官——フィール・ニルヴァレンを背後に据えて。

エルキア共和国議院内閣・主席——クラミー・ツェルが。

「それじゃ……さあ——戦争《ゲーム》を始めましょうか」

悪意に歪《ゆが》んだ笑みと、害虫を見る目で告げる——その言葉を。

●あとがき

「……それでは早速ですが。三年半も刊行が空いた件について、弁明をどうぞ」

そうネット越しに詰める新担当O氏の笑顔に。

だが榎宮《かみや》は内心、今のご時世に感謝していた。

オンライン打ち合わせなら物理的に殴られる心配はないのだからしてッ!!

よって、榎宮は余裕で──ただ困ったような表情だけ繕って、こう答えた。

「や〜だってテトが全然原稿を寄越《よこ》さなくてですね〜？　僕も困りましたよぉ〜」

「ふむ……ちょっと何言ってるか分からないので、もう少し詳しくお願いします」

あくまでも笑顔を貫く担当に、榎宮は重々しく頷《うなず》いて続ける。

「ファンタジー世界で『四面楚歌《しめんそか》』や『矛盾』などの中国由来の言葉。あるいは『業《カルマ》』などの仏教由来の言葉──要は地球の歴史上の逸話等を元にしている慣用句や表現を使っていいのか、という議論があるのはご存じですよね」

「もちろん存じ上げております」

「僕の場合その回答は単純で──原文はテトが書いたものだから使ってOK、です」

「……ほう」

興味深そうに身を乗り出した担当の姿に、榎宮は気を良くして続けた。

「作中で度々描写されている通り――ノーゲーム・ノーライフという作品は、そもそもがテトが書いてる、あの本です。神が紡ぐ、やがて神話になるあの物語なのです。要するに僕は作者《テト》が送って来る原稿を、日本語に翻訳しているだけなのです。ファンタジー世界で地球由来の言葉を使うのはおかしい？　それ言ったらそもそも地球の言語喋《しゃべ》ってる時点でおかしいでしょう。原文はもちろん異世界語で書かれていますよ。原文における表現を、僕が現代日本語で読者に伝わるよう意訳しているわけでございます。その証拠に、ほら、ジブリールのルー語。英語版では英語・仏語の混合になっているわけですね」

「なるほど。確かにそれなら筋が通りますね」

――まあ、ぶっちゃけコレはとっくの昔。

元祖ファンタジーたる『指輪物語』の作者が既に言っていたことだが。

その辺は堂々と伏せて、榎宮はなおも堂々と続けた――っ！

「つまり作者《テト》が原稿上げなきゃ僕は何も出来ません。奴《やつ》が三年半原稿上げなかった理由？　わかりませんね。本人に訊《き》いてください。ゲームでもしてたんじゃないですかねえ!?」

かくして完璧な言い訳を結んだ榎宮に、担当はなおも笑顔で、返した。

「なるほど。わかりました。では印税は、テトにお支払いで問題ありませんね？」

「え」

「あと既刊も全て、榎宮さんが翻訳者だったなら契約書の修正も必要ですね……」

「あ、ちょ、その」

「法務部と相談しますが、過払いが発生していたことになるのでおそらく――」


お久しぶりでございます！　三年半待たせた作者の！　榎宮祐《かみやゆう》です!!

三年半ぶりの新刊――長らく読者をお待たせして申し訳ございません。

また、長らく待っていてくれたことに、深く感謝を。


「で。本当は何故《なぜ》こんなに刊行の間が空いたんですか？」

はい、文体を改めましてこんにちは新担当編集Oさん。

そうですねぇ……具体的に書くと重いのでネタにしようがなくて。

なので〝割と本格的に体を壊してた〟としか言えないんですよね。

あえてぼかし気味に書くなら……


――『死ぬこと以外かすり傷』って、聞いたことあります？

「ええ。まあ、よく聞く言葉ですよね」

はい。わかりやすくて、明瞭で、力強い言葉ですよね。

でも明瞭過ぎるからこそ、早合点せず冷静に考えるべき言葉だと思うんです。

たとえば――

……かすり傷だからって、放置してたら化膿《かのう》して普通に死なね？　と。

かすり傷＝気にしなくていい、って図式は全然成り立たなくね!?　と。

むしろかすり傷＝治るんだから、ちゃんと治せとしか言ってなくね!?　と!!

そう――精神論や気の持ちようでどうこうなるほど人体都合よくないのです。

嘗《かつ》てニーチェも喝破した通り、精神なんて肉体の奴隷に過ぎないのですから!!

傷ついた体は病んで、かくして病んだ体に、今度は精神もまた病んでいく……

そしてついに、嗚呼《ああ》……何故自分はダメなのだ、とか悩むわけですよ。


――何故？　は？　体が壊れてるからだよ？　と。

その自覚すら出来ないくらい末期的だからだよ。おまえバカなの？　と!!

医者にアホを見る眼《め》で告げられたくない読者諸兄、どうかご自愛ください。

かすり傷だって、治療は必要であり！

健康に勝《まさ》る資本もないのだからして！


と、いうわけで。平たく言えばその資本《けんこう》を全部失って素寒貧に――いや？

むしろ負債さえこさえてしまって、その返済に年単位でかかりましてっ！

ようやく完済の目処《めど》が立って来ての今日《こんにち》、という感じでございますかね!?

「よ、よ〰〰し!!　も、もっと明るい話をしませんか!?」

お。いっすねぇ!! 明るい話大歓迎です!! かもん!

「僕、ノゲノラの大ファンで。担当になるのが入社からの夢だったんですよ! その夢が叶《かな》ってめっちゃ嬉《うれ》しくて。この本に自分の名前が載ってるの、もー感慨深くって!!」

……、

…………あ。ふーん……そっすか。あざっす。光栄っす……

え。あれっ? どうして急にそんな露骨に警戒されてるんですか僕!?」

「え。だって担当編集が露骨に褒めるのって裏がある時でしょ?

ほら、イタリアンマフィアが殺す相手に贈り物をするのと同じ。

この後に続く言葉もどうせ『次の原稿さっさと寄越《よこ》せ』でしょ?

「……どんな人生歩んできたんですか。明るい話って言ってるじゃないですか」

——え。じゃあ、まさか本当に、本心?

「はい! 学生時代に初めてノゲノラ読んで。あの時の衝撃未《いま》だに覚えてます」
マ、マジの明るい話じゃないですか!!
おめでとう&ありがとうございます!! こちらこそ嬉しいです——

——って、ちょっと待ってください? 学生時代って言いました?

「はい。言いましたが、それが?」

……いえ。うん? 担当さんって今、入社何年目でしたっけ……?

「あー。かれこれもう八年目ですね」

――え？　その担当さんが学生時代に僕の本に出会って、僕の担当、に……

ん？　あれ？　ちょっと時間の計算が合わなくないですか？

「どこがですか？　だってノゲノラ――来年で十周年ですよ？」

――――

はあああ!?　じゅじゅじゅじゅじゅ～年!?　僕十年もこの作品書いてんの!?

じゅじゅじゅ十年も書いて外伝を含めても十二冊しか出してないのお!?

ていうか、え!?　僕一巻から十歳も歳《とし》とってんの!?

リアルではもう白が成人しちゃう時が過ぎてんの!?

なんだこの話全然明るくねえええええええええええええっっっ!!

「作品も十周年を迎えて！　今巻から物語も終盤に入って!!　新たにコミカライズも動き出して――担当として、完結に向けてガンガン盛り上げて行きますよ!?　ファンとしても次巻以降を楽しみにしてますので！　早く読ませてくださいね!?」

んでやっぱ『次の原稿《げんこう》さっさと寄越せ』って催促じゃないですか!!

いや書きますけど！　資本を損なわないよう気をつけて書きますけど！

読者に次巻を楽しみにしてください。それではまた、って言いますけど!!

ええ……十年？　……え、マジ……？

二分された世界は総力戦へ舵を切る。
全種族の全面衝突が齎す無数の犠牲を
無数のゲームによって阻止できるか――
求められるはかつて唯一神が問うたもの。
すなわち、理力と知力と才力と資力……
――そして、そう!
「体力だよ!! まず健康がなきゃ
知性もクソもねぇだろーがっ!」
「……にぃ。フォーム、崩れてる。
腕立て、100回追加、ね……」

健康志向に目覚め筋トレを始める空!
筋肉は知性を凌駕するのか
あるいは筋肉こそ知性の源か——!?
『ノー~~マッスル~~ゲーム・ノーライフ 12』
一部嘘ながら鋭意執筆中……

特報!!!!
ブラックジャック…
ノーゲーム・ノーライフですわ
第二章 東部連合編
内藤隆 原作・キャラクター原案・榎宮祐
原作小説2〜3巻を
なんでですのよガガガガオオオ?
2対1
くうはくにはいぼくはないの
SHIRO WIN!
ほお?
そいつは…
暇つぶし程度には蒐集《たのしま》させていただけると良いのですが
空《しろ》に
ゲームを挑む
――ってことか?
装い新たにコミック化!
期待させていただきましょうか――
人類種《いまにてぃ》♥
NEXT
図書館の天翼種

月刊
コミックアライブ
2022年1月号より
（2021年11月27日発売）
連載開始！

獣人種《ワービースト》の少女、いづながおくる

一番かわいい
〝ふわふわもふもふ〟の
毎日!!
ノーゲーム・ノーライフ、です!
4
NO GAME NO LIFE, DESU!
ユイザキカズヤ
Yuizaki Kazuya
原作・キャラクター原案：榎宮祐
MFコミックス アライブシリーズ
MFコミックス アライブシリーズ
ノーゲーム・
ノーライフ、です!
全4巻
漫画■ユイザキカズヤ
原作・キャラクター原案■榎宮祐

ノーゲーム・ノーライフ 榎宮祐 Art Works
榎宮祐渾身の描きおろしイラストによる豪華スペシャルBOX仕様！
B2ポスター付き！
カバーももちろん描きおろし!!
原作小説第1巻から第6巻、さらに当時の描きおろし特典イラストまで完全収録！
TVアニメ、劇場版それぞれに榎宮祐が描きおろしたイラストも掲載！
画集のために短編マンガ&小説を描きおろし!!
好評発売中!!
待望の榎宮祐画集!!!

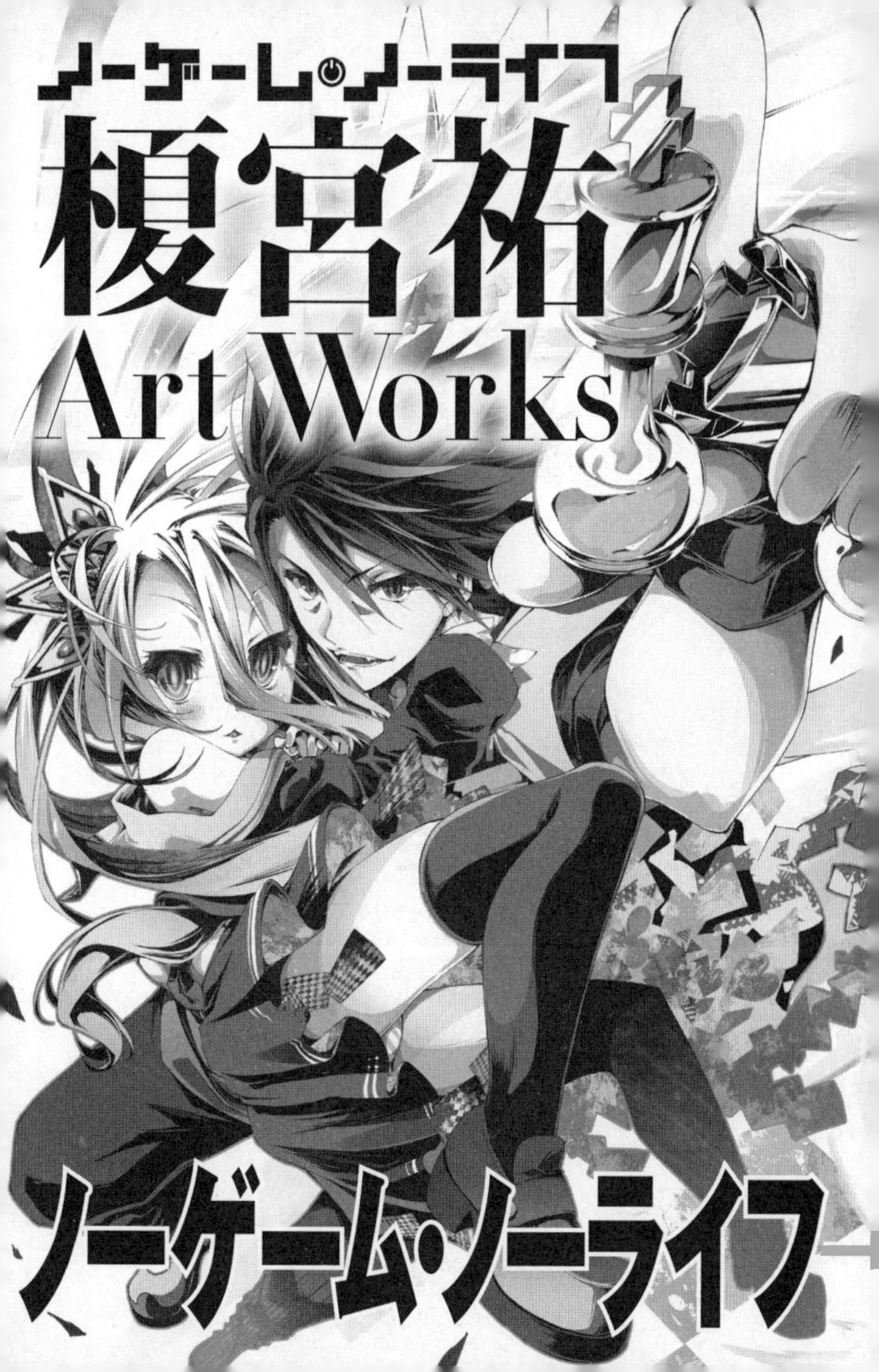
ノーゲーム・ノーライフ
榎宮祐
Art Works
ノーゲーム・ノーライフ

ファンレター、作品のご感想をお待ちしています

あて先

〒102-0071　東京都千代田区富士見2-13-12
株式会社KADOKAWA　MF文庫J編集部気付
「榎宮祐先生」係

MF文庫J

ノーゲーム・ノーライフ 11
ゲーマー兄妹たちはカップルにならなきゃ出られないそうです

2021年11月25日　初版発行

著者　榎宮祐

発行者　青柳昌行

発行　株式会社 KADOKAWA
〒102-8177 東京都千代田区富士見 2-13-3
0570-002-301（ナビダイヤル）

印刷　株式会社広済堂ネクスト

製本　株式会社広済堂ネクスト

Printed in Japan　ISBN 978-4-04-065382-2 C0193

◇◇◇

ようこそ実力至上主義の教室へ

好　評　発　売　中

著者：衣笠彰梧　イラスト：トモセシュンサク

――本当の実力、平等とは何なのか。

INFORMATION

ようこそ実力至上主義の教室へ 2年生編

好 評 発 売 中

著者：衣笠彰梧　イラスト：トモセシュンサク

大人気作の２年生編、開幕！